Le journal de Bridget Jones

HELEN FIELDING

Le journal de Bridget Jones

ROMAN

Traduit de l'anglais par Arlette Stroumza

À ma mère,
Nellie, parce qu'elle ne ressemble pas à celle de Bridget.

Titre original
BRIDGET JONES'S DIARY

© Helen Fielding, 1996

Pour la traduction française
© Éditions Albin Michel, 1998

Bonnes résolutions
du nouvel an

À proscrire

Boire plus de 14 unités alcool par semaine.

Fumer.

Me ruiner bêtement en : machines à faire des pâtes, sorbetières et autres ustensiles de cuisine dont je ne me sers jamais, livres illisibles d'auteurs à la mode pour frimer, lingerie extravagante (inutile puisque pas de mec).

Traîner à la maison en tenue débraillée : toujours supposer qu'on me regarde.

Dépenser plus que je ne gagne.

Laisser s'amonceler le courrier en souffrance jusqu'à ce que la tâche d'y répondre soit insurmontable.

M'enticher personnages catégories suivantes : alcooliques, travailleurs forcenés, allergiques à l'engagement, hommes mariés ou non disponibles, misogynes, mégalomanes, bavards impénitents ou salopards, pervers.

M'énerver contre maman, Una Alconbury ou Perpetua.

Me ronger les sangs pour les hommes : au contraire, être équilibrée et glaciale.

Me prendre de passion pour le premier venu : au contraire, établir relations fondées sur évaluation raisonnée du personnage en question.

Débiner amis et connaissances : au contraire, voir côté positif des gens.

Délirer sur Daniel Cleaver : pathétique de craquer pour patron, genre Moneypenny.

Me lamenter sur absence de petit ami ; mais développer sérénité, autorité et conscience de ma valeur personnelle en tant que femme de qualité, complète *sans* mec (car meilleur moyen de trouver mec).

À faire

Arrêter de fumer.

Limiter consommation alcool à 14 unités par semaine.

Perdre 7 centimètres de tour de cuisses (35 cm chacune) en suivant régime contre cellulite.

Débarrasser appartement de tout le fourbi superfétatoire.

Donner à SDF fringues non portées depuis deux ans ou plus.

Améliorer carrière et trouver boulot plus prometteur.

Mettre argent de côté sur compte épargne. Envisager fonds de retraite.

Prendre de l'assurance.

M'affirmer.

Mieux utiliser mon temps.

Ne pas sortir tous les soirs mais rester à la maison pour lire un livre ou écouter musique classique.

Donner pourcentage revenus à bonnes œuvres.

Être plus aimable, aider les autres.

Manger plus de sucres lents.

Sauter du lit dès réveil.

Aller gymnase trois fois par semaine, pas seulement pour y acheter un sandwich.

Classer photos dans albums.

Enregistrer sur bande compils d'ambiance avec airs préférés : sentimentales, dansantes, sexy, féministes, etc., pour éviter de passer soirées à jouer au DJ hagard, au milieu d'un fouillis de cassettes étalées par terre.

Établir relations fonctionnelles avec adulte responsable.

Apprendre à programmer magnétoscope.

Janvier

Pour un début,
ça ne pourrait pas être pire

Dimanche 1er janvier

58,5 kg (mais post-Noël), unités alcool : 14 (mais compte en fait pour deux jours, à cause de soirée de nouvel an), cigarettes : 22, calories : 5 424.

Aliments consommés aujourd'hui :

2 paquets tranches de Gruyère
14 pommes de terre nouvelles froides
2 Bloody Mary (compte pour nourriture, à cause de Worcester Sauce et tomates)
1/3 miche de pain avec Brie
1/2 paquet feuilles de coriandre
12 Milk Tray (mieux valait se débarrasser d'un coup confiseries de Noël, et prendre nouveau départ demain)
13 brochettes fromage et ananas
Une portion dinde au curry d'Una Alconbury, avec petits pois et bananes
Une portion bombe glacée d'Una Alconbury : biscuits au bourbon, framboises congelées, un litre et demi crème fouettée, décoré cerises confites et angélique.

Midi. Londres : chez moi. Beurk ! S'il y a une chose au monde dont je me sente physiquement, mentalement et affectivement incapable, c'est bien de prendre ma voiture pour aller à la Dinde au Curry du Nouvel An chez Geoffrey et Una Alconbury, à Grafton Underwood. Geoffrey et Una Alconbury sont les meilleurs amis de mes parents, et, comme Geoffrey ne manque jamais de me le rappeler, ils m'ont connue quand je courais toute nue sur la pelouse. Ma mère m'a téléphoné à huit heures et demie du matin, le dernier dimanche d'août, et m'a fait promettre d'y aller. En s'y prenant d'une façon particulièrement vicieuse et détournée.

– Bonjour ma chérie ! Je t'appelle pour savoir ce que tu voudrais pour Noël.

– *Pour Noël ?*

– Tu préférerais peut-être que ce soit une surprise, ma chérie ?

– Non ! me suis-je écriée d'une voix suppliante. Excuse-moi, je ne voulais pas...

– Je me suis dit qu'un Caddie à roulettes, pour ta valise...

– Mais je n'ai pas de valise.

– Et si je t'achetais une petite valise *à roulettes*, alors ? Tu sais, comme celles des hôtesses de l'air ?

– J'ai déjà un sac de voyage.

– Mais enfin, ma chérie, tu ne peux pas continuer à te promener avec ce vieux machin en toile verdâtre ! On dirait une espèce de Mary Poppins qui aurait eu des revers de fortune ! Non. Une petite valise rigide, avec une poignée qu'on tire, voilà ce qu'il te faut. Tu n'imagines pas tout ce qu'on peut y fourrer ! Tu la veux en rouge avec du marine, ou en marine avec du rouge ?

– Il est huit heures et demie du matin, maman. On est en plein été. Il fait très chaud. Je ne veux pas d'une valise d'hôtesse de l'air.

– Julie Enderby en a une. Elle dit qu'elle ne se sert plus que de celle-là.

– Qui est Julie Enderby ?

– Mais voyons, chérie, tu connais *Julie* ! La fille de Mavis Enderby. Julie ! Celle qui a un super job chez Arthur Andersen.

– Maman…

– Elle la prend pour tous ses voyages d'affaires.

– Je ne veux pas d'un petit sac à roulettes.

– Bon. J'ai une idée. Et si papa, Jamie et moi on se cotisait pour t'offrir une belle grande valise neuve avec un jeu de roulettes ?

Épuisée, j'ai éloigné le téléphone de mon oreille. Où avait-elle pêché ce zèle de missionnaire : offrir des bagages comme cadeaux de Noël ? Quand j'ai écouté à nouveau, elle disait :

– … en fait, on en trouve avec des compartiments pour ranger les flacons de bains moussants et tout ça. J'ai aussi pensé à un Caddie pour faire tes courses.

– Et *toi*, qu'est-ce qui *te* ferait plaisir pour Noël ? ai-je fini par articuler en clignant des yeux, éblouie par le resplendissant soleil du mois d'août.

– Rien, rien, répondit-elle, comme si de rien n'était. *Moi*, j'ai tout ce qu'il me faut. À propos, ma chérie, m'a-t-elle soudain lâché, tu viendras à la Dinde au Curry de Nouvel An de Geoffrey et Una, n'est-ce pas ?

– Heu… En fait, je…

J'ai paniqué. Qu'est-ce que je pouvais bien trouver comme prétexte pour décliner ?

– … crois que je travaillerai, le jour de l'an.

– Aucune importance. Tu viendras après. Et tu sais quoi ? Malcolm et Elaine Darcy seront là. Avec Mark. Tu te rappelles Mark, n'est-ce pas, ma chérie ? C'est un avocat très en vogue. Il gagne un argent fou. Divorcé. On ne se mettra pas à table avant huit heures.

Oh, mon Dieu. Encore un de ces phénomènes de foire bizarrement habillés, aux cheveux hirsutes séparés par une raie sur le côté.

– Maman, je te l'ai déjà dit. Je n'ai pas besoin qu'on me case avec…

– Allons, allons, chérie ! Una et Geoffrey reçoivent au nouvel an depuis l'époque où tu courais toute nue sur la pelouse ! Évidemment, que tu viendras ! Ce sera l'occasion d'étrenner ta valise neuve.

23:45. Beuh… Le premier de l'an a été une journée d'horreur ! N'arrive pas à croire que j'ai une fois encore commencé année dans lit à une place chez parents. À mon âge, c'est trop humiliant. Si je m'en fume une, à la fenêtre, est-ce qu'ils le sentiront ? Après avoir traîné à la maison toute la journée, en attendant d'être débarrassée de gueule de bois, me suis enfin décidée à me mettre en route. Beaucoup trop tard. Quand je suis arrivée chez les Alconbury et que j'ai sonné à la porte (sonnerie, genre carillon Westminster), j'étais encore dans mon petit monde à moi – nauséeuse, de mauvais poil, et la tête comme un tambour. Souffrais aussi d'un reliquat de la colère que j'avais piquée en ratant la sortie d'autoroute : me suis payé la moitié du chemin jusqu'à Birmingham avant de pouvoir faire demi-tour. Si furieuse, qu'ai tapé du pied sur l'accélérateur pour me soulager ; aurait pu se révéler très dangereux. Résignée, ai vu s'avancer la silhouette d'Una

Alconbury – curieusement déformée par la vitre dépolie – et se pencher sur moi dans un éclatant deux pièces fuchsia.

– Bridget ! On avait presque abandonné tout espoir ! Bonne et heureuse année ! On allait commencer sans toi.

Elle s'est débrouillée pour tout à la fois m'embrasser, m'enlever mon manteau, le suspendre, essuyer les traces de son rouge à lèvres sur mes joues et me donner un intense sentiment de culpabilité. Me suis appuyée contre une étagère pour ne pas tomber.

– Je suis désolée, je me suis perdue.

– Tu t'es perdue ? Tsss ! Qu'est-ce qu'on va faire de toi ? Allez, entre !

Elle m'a conduite au salon *via* les portes en verre dépoli, en clamant :

– Vous vous rendez compte ! Elle s'est perdue !

– Bridget ! Bonne et heureuse année ! a dit Geoffrey Alconbury, attifé d'un chandail jacquard jaune.

Puis il m'a sauté dessus et m'a serrée dans ses bras avec un enthousiasme qu'un spécialiste du harcèlement sexuel aurait immédiatement dénoncé à la police.

– Ah-hum, bredouilla-t-il en rougissant et en remontant son pantalon.

– Tu as pris quelle sortie ?

– La dix-neuf. Mais il y avait une déviation et…

– La dix-neuf ! Una, elle a pris la dix-neuf ! Tu as rallongé le trajet d'une bonne heure ! Allez, viens boire un verre. Au fait, comment vont tes amours ?

Oh *mon Dieu*. Pourquoi les gens mariés ne comprennent-ils pas qu'on ne pose plus ce genre de questions ? Est-ce qu'on leur saute sur le poil en rugissant : « Comment va votre mariage ? Vous faites encore l'amour ? » Tout le monde sait qu'au-delà de trente ans les bons plans se font plus rares qu'à vingt-deux et que si l'on voulait répondre franchement il faudrait dire : « En fait, hier soir, mon amant, un homme marié, avait mis un porte-jarretelles et un ravissant bustier en angora, il m'a annoncé qu'il était homosexuel/obsédé sexuel/toxicomane/allergique à l'engagement, et il m'a tabassée avec le godemiché », plutôt que « Très bien, merci. »

Je mens très mal : ai donc fini par balbutier, honteusement : « Ça va, merci », avec pour résultat de le faire s'écrier :

– Alors, tu n'as *toujours pas* de petit copain !

– Bridget ! Mais qu'est-ce qu'on va faire de toi ! s'est exclamée Una. Ces filles qui ne pensent qu'à leur carrière ! C'est terrible ! Le temps passe, tu sais. Tic-tac, tic-tac, tic-tac.

– Très juste. Une femme de ton âge, pas mariée ! invraisemblable ! a rugi Brian Enderby (le mari de Mavis, ex-président du Rotary de Kettering) en brandissant son verre de xérès.

Heureusement, mon père est venu à mon secours.

– Content de te voir, Bridget.

Il m'a pris le bras.

– Grâce à ta mère, toutes les forces de police sont prêtes à passer chaque centimètre carré du Northamptonshire au peigne fin pour nous rapporter tes membres disloqués. Viens te montrer, que je puisse enfin commencer à m'amuser. Comment as-tu trouvé la valise – prochainement – à roulettes ?

– Invraisemblablement grande. Et ta pince à tailler les poils dans les oreilles ?

– Oh ! Euh… au poil !

Ça voulait dire OK, j'espère. Me serais sentie un peu minable si je n'étais pas venue, mais Mark Darcy... beurk ! Chaque fois que ma mère m'appelait, c'était la même chanson. « Mais bien sûr que tu te rappelles les *Darcy*, ma chérie ! Ils sont venus nous voir quand nous habitions Buckingham. Mark et toi, vous avez joué ensemble dans notre petite piscine. » Ou alors : « Je t'ai dit que Malcolm et Elaine amenaient Mark pour la Dinde au Curry du Nouvel An de Una ? Il revient des États-Unis. Divorcé. Il cherche une maison à Holland Park. À ce qu'on m'a dit, ça s'est très mal passé avec sa femme. Une Japonaise. Des gens très cruels. »

La fois d'après, c'était, mine de rien : « Tu te souviens de Mark Darcy, ma chérie ? Le fils de Malcolm et Elaine ? C'est un avocat très coté, tu sais. Il vient de divorcer. Elaine dit qu'il travaille tout le temps, et qu'il se sent très seul. Je crois bien qu'il viendra pour la Dinde au Curry du Nouvel An chez Una. »

Aurait dû y aller franco : « Chérie, tape-toi Mark Darcy, dans le curry. Il est *très* riche. »

– Viens, Bridget, je vais te présenter Mark, a roucoulé Una Alconbury, sans même me laisser le temps de m'envoyer un verre.

Ce genre de présentation est déjà assez humiliant en soi, mais y être tirée quasiment de force par Una Alconbury, avec la gueule de bois, sous les yeux attentifs d'une foule d'amis de ses parents, c'est carrément la honte.

Mark, le riche-divorcé-d'une-femme-cruelle – plutôt grand –, nous tournait le dos et examinait le contenu de la bibliothèque des Alconbury : en majorité des collections d'ouvrages reliés sur le Troisième Reich, que Geoffrey commande au *Reader's Digest*. Ridicule, non ?

S'appeler Mr. Darcy[1] et se tenir à l'écart, l'air arrogant. Comme si on s'appelait Heathcliff[2] et qu'on passait sa soirée entière dans le jardin, à crier « Cathy ! » en se tapant la tête contre un arbre.

– Mark ! s'écria Una, comme si elle était une envoyée spéciale du Père Noël, j'ai quelqu'un de charmant à te présenter.

Il a fait volte-face, révélant, à la place de ce qu'on prenait, de dos, pour un banal pull marin, un chandail décolleté en V, en jacquard jaune et bleu – du genre qu'affectionnent les plus ringards des journalistes sportifs du pays. Comme le dit souvent mon ami Tom, on perdrait beaucoup moins de temps en sorties avec les uns ou les autres si on accordait un peu plus d'attention aux détails. Une chaussette blanche par-ci, des bretelles rouges par-là, des mocassins gris, une croix gammée, et on sait d'avance qu'il est inutile de noter un numéro de téléphone et de casquer pour des additions salées, parce que ça ne marchera jamais.

– Mark, je te présente la fille de Colin et de Pam, Bridget, minauda Una en rosissant. Elle travaille dans l'édition, n'est-ce pas, Bridget ?

– En effet, oui, ai-je répondu qui sait pourquoi, comme si je participais à un débat en direct avec les auditeurs sur Radio-Capitale et que j'allais demander à Una si je pouvais en profiter pour dire un grand bonjour à mes amis Jude, Sharon et Tom, à mon frère Jamie, à tous mes collègues de bureau, à mon papa et ma

---

1. Personnage du célèbre roman de Jane Austen *Orgueil et préjugés*.
2. Personnage des *Hauts de Hurlevent* d'Emily Brontë. (Toutes les notes numérotées sont de la traductrice.)

maman et enfin à tous les invités de la Dinde au Curry du premier de l'an.

– Bon, je vous laisse, les jeunes ! dit Una. Tsss… Vous devez en avoir par-dessus la tête de nous autres les vieux croûtons !

– Pas du tout, protesta maladroitement Mark avec un vague sourire gêné.

Sur quoi Una leva les yeux au ciel, posa la main sur son cœur et lâcha un petit rire cristallin avant de nous abandonner, sur un petit signe de tête d'encouragement, au plus hideux des silences.

– Je… Heu… Vous lisez… Heu… Vous avez lu de bons livres, récemment ?

– Oh ! pour l'amour du ciel.

Je me suis frénétiquement torturé les méninges. Quel était donc le dernier livre convenable que j'avais lu ? Le problème, quand on travaille dans l'édition, c'est que lire pendant son temps libre c'est un peu comme si on était éboueur et qu'on allait renifler l'auge des cochons le soir venu. J'en suis à la moitié de *Les hommes Viennent de Mars, les femmes viennent de Vénus*, que Jude m'a prêté, mais je n'avais pas l'impression que Mark Darcy, bien que manifestement bizarre, en était à s'accepter comme Martien. Tout à coup, j'ai eu une inspiration.

– *Backlash*, de Susan Faludi, ai-je triomphalement énoncé.

Bon ! Je ne l'ai pas vraiment lu, mais Sharon m'en a tellement rebattu les oreilles que c'est tout comme. D'ailleurs, aucune raison de s'inquiéter : un type en chandail jacquard lisant un traité féministe de cinq cents pages, ça ne s'était jamais vu.

– Ah oui ? Je l'ai lu quand il est sorti. Vous ne trouvez pas qu'il y a beaucoup de parti pris ?

– Ma foi, pas *tant* que ça… ! ai-je hasardé.

Je me torturais de nouveau les méninges pour trouver un autre sujet de conversation.

– Vous avez passé le nouvel an chez vos parents ?

– Oui, a-t-il répondu précipitamment. Et vous ?

– Oui. Enfin non. Hier soir, j'étais à Londres. À une fête. D'ailleurs, j'ai un peu la gueule de bois.

Et je me suis mise à babiller nerveusement, pour que Una et maman ne s'imaginent pas que j'étais nulle avec les hommes au point d'être incapable de parler même avec un Mark Darcy.

– Mais, de toute façon, je trouve que les bonnes résolutions qu'on prend pour le nouvel an ne peuvent pas s'appliquer le jour même, qu'en pensez-vous ? Parce que le premier de l'an, c'est la continuation de la soirée du nouvel an, non ? Les fumeurs ne peuvent pas s'arrêter brutalement, quand sonne minuit : ils ont trop de nicotine dans le sang. Pour le régime, c'est pareil. Le premier de l'an, on ne peut pas se nourrir rationnellement : il faut ingurgiter ce dont on a besoin, tout au long de la journée, pour compenser les effets de la gueule de bois. Il me semble qu'il serait beaucoup plus raisonnable d'attendre le 2 janvier, d'une manière générale, pour appliquer ses bonnes résolutions.

– Vous devriez peut-être manger un petit quelque chose, a-t-il dit en décollant brusquement vers le buffet tandis que je restais seule, devant la bibliothèque, et que tout le monde me regardait en pensant : « Voilà pourquoi Bridget n'est pas mariée : elle rebute les hommes. »

Mais le pire c'est que maman et Una ne se sont pas déclarées vaincues pour autant. Elles n'ont pas cessé de m'obliger à passer des plateaux de petits fours ou de crème glacée, dans l'espoir insensé que je finirais par croiser de nouveau la route de Mark Darcy. À la fin, elles étaient tellement folles de rage qu'à la seconde où je me suis retrouvée à un mètre de lui avec mon plateau Una a foncé à travers la pièce comme un rugbyman pour dire à Mark :

— Mark, il faut que tu prennes le numéro de téléphone de Bridget avant de partir, pour que vous puissiez vous voir à Londres.

Je n'ai pas pu m'empêcher de rougir comme une tomate, du cou au front. Je l'ai senti. Mark allait s'imaginer que c'était moi qui le lui avais demandé.

— Je suis sûr que Bridget a une vie déjà très remplie, Mrs. Alconbury, a-t-il dit.

Hum ! Je n'avais pas particulièrement envie qu'il ait mon numéro de téléphone, mais je n'appréciais pas non plus qu'il manifeste aussi clairement aux yeux de tous qu'il n'y tenait pas du tout. J'ai baissé les yeux et je me suis aperçue qu'il portait des chaussettes blanches avec un bourdon jaune brodé.

— Un cornichon au vinaigre, peut-être ? lui ai-je proposé pour lui prouver que j'avais une raison de me trouver là, et que cette raison concernait les cornichons et non mon numéro de téléphone.

— Non, merci, m'a-t-il répondu, le regard inquiet.

— Une olive farcie, alors ? ai-je insisté.

— Non, vraiment pas.

— Oignon confit ? Cube de betterave ?

— Merci.

De désespoir, il a pris une olive.

— Bon appétit, ai-je déclaré triomphalement.

Vers la fin de la soirée, il s'est fait alpaguer par sa mère et Una, qui l'ont encadré et conduit vers moi. Elles sont restées debout derrière lui tandis qu'il me disait, avec l'amabilité d'un gardien de prison :

– Vous n'avez peut-être pas le courage de prendre votre voiture ? Moi, je reste, mais ma voiture pourrait vous reconduire.

– Toute seule ?

Il m'a regardée en clignant des yeux.

– Tsss. Mark a une voiture de fonction et un chauffeur, andouille ! s'est exclamée Una.

– Merci, c'est très gentil à vous. Mais je prendrai un de mes trains demain matin.

2:00. Mais pourquoi suis-je aussi peu séduisante ? Pourquoi ? Même un type qui porte des chaussettes avec des bourdons brodés me trouve moche. Je déteste le nouvel an. Je déteste tout le monde. Sauf Daniel Cleaver. M'en fous. Il me reste un paquet géant de Dairy Milk de Cadbury et des adorables flacons miniatures de gin-tonic. Vais consommer le tout et fumer un clope.

Mardi 3 janvier

59 kg (abominable tendance à l'obésité. Pourquoi ? Pourquoi ?), unités alcool : 6 (excellent), cigarettes : 23 (t.b.), calories : 2 472.

9:00. Beurk… Ne supporte pas l'idée d'aller travailler. Tolérable uniquement parce que ·rêverai de Daniel. Quoique pas conseillé, vu que j'ai grossi, qu'un bouton m'a poussé sur le menton et que je n'ai qu'une envie :

me vautrer dans mes coussins pour regarder les programmes de Noël à la télé. Il y a quelque chose de très injuste avec les fêtes : avant, c'est l'angoisse, financièrement et sentimentalement, on ne peut absolument pas y échapper, et, au moment où l'on s'y habitue enfin, ça se termine abruptement. Commençais tout juste à apprécier arrêt de toutes activités normales, grasses matinées, droit de se fourrer en bouche tout ce dont on a envie et de boire alcools à toute heure du jour ou de la nuit, même matin. Et, tout d'un coup, sommes tous censés replonger dans autodiscipline, comme des chiots bien dressés.

10:00. Beurk. Perpetua, qui, sous prétexte qu'elle est un peu plus vieille que moi, a la détestable habitude de jouer au petit chef, n'a jamais été aussi toxique. Nous rebat oreilles avec appartement de cinq cent mille livres qu'elle et son petit ami, Hugo, riche mais trop bien élevé, sont sur le point d'acheter. « Orienté au nord, oui, mais ils ont magnifiquement réussi l'éclairage. »

L'ai regardée, songeuse. Son vaste derrière en poire était moulé dans une étroite jupe rouge sur laquelle elle avait enfilé un drôle de gilet trois quarts rayé. Une vraie bénédiction, cette indifférence royale aux problèmes de poids. Perpetua se moque éperdument de ressembler à une Renault Espace. Combien d'heures, de mois, d'années, ai-je passé à me morfondre sur kilos en trop pendant que Perpetua chinait chez les brocanteurs pour dénicher un pied de lampe en forme de chat ? Mais P. se prive d'une source de bonheur. Enquêtes le prouvent : le bonheur ce n'est ni l'amour, ni la richesse, ni le pouvoir. Le bonheur, c'est la poursuite d'objectifs réalisables : un régime, qu'est-ce que c'est d'autre ?

Pour oublier que Noël était fini, en rentrant à la maison me suis acheté décorations de sapin en chocolat en solde et bouteille de mousseux norvégien, pakistanais ou équivalent, à 3,69 £. M'en suis goinfrée sous l'arbre, plus deux pâtés à la viande, un reste du gâteau de Noël et quelques tranches de fromage, en regardant *Eastenders*[1] comme si c'était un programme de Noël.

Et maintenant j'ai honte et je me sens affreuse. Impression que la graisse suinte de mon corps. Tant pis. Il est parfois salutaire de s'enfoncer jusqu'au nadir dans océan de mauvaise graisse pour émerger, tel phoenix, d'enfer chimique sous apparence Michelle Pfeiffer, splendide et purifiée. Demain, régime spartiate de beauté et de santé.

Hummm. Daniel Cleaver. Adore son air vicieux et débauché, qui ne l'empêche pas d'être t. intelligent ni de réussir. A été t. drôle aujourd'hui, quand il a raconté que sa tante a pris le rouleau à pâtisserie en onyx que lui a offert sa mère pour un modèle de pénis. Vraiment t. rigolo. M'a demandé si j'avais eu de beaux cadeaux, d'un ton plutôt coquin. Pense mettre jupe noire courte demain.

Mercredi 4 janvier

59,5 kg (état d'urgence : on jurerait que la graisse emmagasinée dans une capsule pendant les fêtes est lentement libérée sous la peau), unités d'alcool : 5 (en progrès), cigarettes : 20, calories : 700 (t.b.).

---

1. Feuilleton télévisé très populaire en Grande-Bretagne.

16:00. Au bureau. État d'urgence. Jude vient de m'appeler, en larmes, sur son portable. A vaguement réussi à m'expliquer, d'une voix bêlante, qu'elle avait été obligée de se faire porter pâle à une réunion de direction (Jude est chef de la prospective chez Brightlings) parce qu'elle sentait qu'elle allait éclater en sanglots, qu'elle était présentement enfermée dans les toilettes, les yeux rouges comme Alice Cooper, et sans sa trousse de maquillage. Son petit ami, Richard l'Infâme (autre allergique à l'engagement et content de lui) qu'elle fréquente depuis un an et demi, avec des hauts et des bas, l'a laissée tomber parce qu'elle avait osé lui proposer de partir en vacances avec elle. Caractéristique. Mais évidemment, Jude s'en veut.

– Je suis trop dépendante. J'en demande toujours trop, pour me rassurer. Oh, si seulement je pouvais remonter le temps !

J'ai immédiatement appelé Sharon et nous avons programmé une réunion au sommet à six heures et demie, au Café Rouge. Pourvu que je puisse me tirer sans que cette garce de Perpetua en fasse toute une histoire.

23:00. Soirée stridente. Sharon s'est immédiatement lancée dans sa théorie au sujet de Richard : il s'agirait d'un cas type d'« enfoirage affectif », un fléau qui se répand à la vitesse du vent parmi les hommes de plus de trente ans. Quand les femmes passent de la vingtaine à la trentaine, il se produit un subtil glissement dans le rapport de forces. Les garces les plus effrontées perdent leur assurance, victimes des premiers symptômes d'angoisse existentielle : la peur de mourir seules et d'être découvertes trois semaines plus tard, à moitié dévorées par leur berger allemand. Des idées toutes faites de mise au placard, de roues qui tournent, d'objet sexuel au rebut, conspirent à les rendre idiotes, quel que soit le temps qu'elles consacrent à penser à Joanna Lumley et Susan Sarandon.

– Et les hommes comme Richard, a fulminé Sharon, profitent de ce défaut dans la cuirasse pour se tirer d'affaires : plus d'engagement, plus de maturité, plus d'honneur, plus de relations entre hommes et femmes évoluant normalement.

À ce stade, Jude et moi faisions « chut, chut ! » en nous ratatinant dans nos manteaux. Après tout, il n'y a rien que les hommes détestent comme le féminisme strident !

– Comment ose-t-il prétendre que tu es allée trop loin en lui proposant de passer vos vacances ensemble ? hurlait Sharon. Mais pour qui il *se prend*, ce mec ?

Tout en pensant rêveusement à Daniel Cleaver, j'ai avancé que tous les hommes n'étaient pas comme Richard. Sharon a rétorqué par une longue liste de cas d'enfoirage affectif parmi les partenaires de nos amies : l'une fréquente depuis treize ans un homme qui refuse d'évoquer seulement la vie commune ; une autre est sortie quatre fois avec un garçon qui l'a laissée tomber juste après, sous prétexte que cela devenait trop sérieux ; une troisième, qu'un type a poursuivie pendant trois mois de propositions de mariage enflammées et qui l'a surpris, trois semaines après avoir succombé, en train de répéter la scène avec sa meilleure amie.

– Nous, les femmes, nous sommes vulnérables parce que nous sommes une génération de pionnières, qui refusons le compromis, qui nous assumons financièrement.

Dans vingt ans, les hommes n'oseront plus se conduire en enfoirés affectifs, parce que nous leur *rirons au nez*, beugla Sharon.

C'est à ce moment-là qu'Alex Walker, qui travaille dans la même boîte que Sharon, est entré avec une superbe blonde, environ huit fois plus séduisante que lui. Il s'est approché de notre table pour nous saluer.

– C'est ta nouvelle petite amie ? lui a demandé Sharon.

– Si on veut. Heu… Elle se l'imagine, mais… on n'est pas ensemble, en fait, on couche ensemble, c'est tout, a-t-il répondu d'un air suffisant. Je devrais sans doute arrêter, mais…

– Foutaises ! Tu n'es qu'un lâche, un petit branleur, incapable de fonctionner normalement ! Bon. Je vais dire deux mots à cette fille.

Sharon s'est levée brusquement. Jude et moi nous l'avons retenue pendant qu'Alex, pris de panique, battait en retraite afin de reprendre le cours normal de ses relations dysfonctionnelles.

À nous trois, on a concocté une stratégie adaptée au cas de Jude : il faut qu'elle cesse de se prendre la tête avec *Ces femmes qui aiment trop* et qu'elle lise à la place *Les hommes viennent de Mars, les femmes viennent de Vénus*. Ce livre l'aidera à analyser le comportement de Richard non comme un signe de sa dépendance à elle ou de son excès d'amour, mais comme une preuve de son état à lui d'élastique Martien, qu'il faut tendre au maximum avant de le voir revenir.

– D'accord ! Mais ça veut dire que je dois l'appeler ou non ? a demandé Jude.

– Non, a répondu Sharon juste au moment où je disais « oui ».

Après le départ de Jude – elle se lève à six heures moins le quart pour faire sa gym avant d'aller au boulot à huit heures et demie (c'est dingue) –, Sharon et moi avons été prises de remords et de mépris pour notre manque de courage : pourquoi ne lui avions-nous pas conseillé de se débarrasser de Richard le Cruel, pour la simple raison qu'il était cruel ? Mais, comme l'a souligné à juste titre Sharon, la dernière fois que nous l'avions fait ils s'étaient remis ensemble et, dans l'euphorie de la réconciliation, elle lui avait tout raconté. Depuis, quand on se rencontre, c'est extrêmement embarrassant. Il nous prend pour des suppôts de Satan, mais, comme le dit Jude, il se trompe, car, bien que nous ayons détecté les tendances diaboliques qui dorment en nous, nous le les avons pas encore libérées.

Jeudi 5 janvier

58,5 kg (en progrès – un kg d'envolé par combustion spontanée, de bonheur et de perspective de jouissance), unités alcool : 6 (t.b.), cigarettes : 12 (en bonne voie), calories : 1 258 (l'amour a éradiqué le besoin de s'empiffrer).

11:00. Au bureau. Oh mon Dieu. Daniel Cleaver m'a envoyé un message. Étais en train de travailler à mon CV en cachette de Perpetua (dans la perspective du développement de ma carrière) lorsque sont apparus les mots Message en attente en haut de l'écran. Enchantée – comme toujours lorsque quelque chose vient me distraire de mon travail –, ai cliqué sur lecture messages et presque bondi en lisant signature de Cleave. J'ai d'abord cru qu'il était branché sur mon terminal et qu'il avait vu ce à quoi je passais mon temps. Puis j'ai lu.

À l'attention de Jones
Apparemment, tu as oublié de mettre une jupe. Je croyais pourtant que ton contrat de travail était parfaitement explicite : une tenue correcte et complète sera exigée du personnel en toutes circonstances.
Cleave

Hah ! Si ce n'est pas du flirt, ça ! Ai réfléchi un petit moment, en faisant semblant de lire le manuscrit incroyablement mortel d'un cinglé. Encore jamais envoyé de messages à Daniel Cleaver. Ce qu'il y a de bien, avec ce système, c'est qu'il rend inutile de respecter les formes, même lorsqu'on écrit à son patron. On peut aussi y passer des heures. Ai envoyé ceci :

À l'attention de Cleave
Monsieur, suis stupéfaite par message. Si l'on peut raisonnablement trouver jupe peu généreuse en matériau de base (mais économie n'est-il pas le maître mot du service éditorial ?), la considérer comme absente relève du contresens. Envisage de contacter syndicat.
Jones

Attendu réponse avec impatience frénétique. Message en attente n'a pas tardé à clignoter. Cliqué sur lecture.

Que celui ou celle qui a pris le manuscrit préparé de « La moto de Kafka » sur mon bureau ait la gentillesse de me le rendre immédiatement.
Diane

Grrr !

Midi. Seigneur. Daniel n'a pas répondu. Il doit être furieux. Si ça se trouve, il parlait sérieusement au sujet de la jupe. Oh, mon Dieu ! Me suis laissé piéger par la pseudo-liberté de ton des messages informatiques au point d'être insolente avec mon patron !

12:10. Il ne l'a peut-être pas encore reçu. Si je pouvais le récupérer ! Vais aller faire un tour du côté du bureau de Daniel pour voir si je ne peux pas l'effacer.

12:15. Ha ! Tout s'explique. Il est en réunion avec Simon, du marketing. Il m'a jeté un coup d'œil quand je suis passée. Aha ! Aha ! ha ha ha ! Message en attente :

À l'attention de Jones
Si le passage devant mon bureau était censé prouver la présence de la jupe, tentative complètement ratée. Jupe indiscutablement absente. Serait-elle malade ?
Cleave

Un autre Message en attente suivit immédiatement :

À l'attention de Jones
Si jupe effectivement malade, prière de vérifier le nombre de jours de congé maladie sur les douze mois écoulés. Caractère aléatoire de la présence de la jupe sans doute révélateur d'une tendance à la simulation.
Cleave

Je viens de répondre :

À l'attention de Cleave
Jupe à l'évidence ni malade ni abscente. Stupéfaite par le jugement purement quantitatif de la direction. Obsession

sur jupe révélatrice d'une maladie de la direction, et non de
la jupe.

Jones

Hum... vais effacer la dernière phrase. Pourrait être
prise pour une accusation de harcèlement sexuel. Personnellement aime beaucoup être sexuellement har-
celée par Daniel Cleaver.

Aaargh ! Perpetua vient de se pencher pour lire sur
mon épaule. N'ai eu que le temps de cliquer pour faire
disparaître le message. Grosse erreur. C'est le CV qui
est apparu.

– Préviens-moi dès que tu auras fini ce manuscrit,
d'accord ? a dit Perpetua avec un sourire sarcastique.
Je ne voudrais surtout pas que tu te sentes *sous-
employée*.

Puis elle a décroché le téléphone.

– Franchement, Mr. Birkett, pourquoi écrire quatre
chambres à coucher alors qu'on s'aperçoit immédiatement que la quatrième est un placard ?

Et je me suis remise au boulot. Voilà ce que je vais
envoyer :

À l'attention de Cleave
Jupe à l'évidence ni malade ni absente. Stupéfaite par
le jugement purement quantitatif de la direction. Envisage
d'en appeler au tribunal correctionnel, aux journaux à scandales, etc.

Jones

Oh ! là ! là ! Voici la réponse.

À l'attention de Jones
Évidence, Jones, pas évidance. Absente, Jones, pas abscente. Un minimum de respect pour l'orthographe, pour

l'amour du ciel ! il ne me viendrait pas à l'idée de militer pour une langue figée à jamais, car il s'agit d'un outil de communication fluctuant et en constante adaptation (voir théorie d'Hoenigswald), mais je ne saurais trop recommander l'utilisation du vérificateur d'orthographe inclus dans logiciel.

Cleave

J'étais déconfite. Daniel est passé devant mon bureau avec Simon, du marketing. A lancé un regard brûlant sur ma jupe, le sourcil relevé. J'adore ce système de messages sur écran. Mais je devrais améliorer mon orthographe. Après tout, je suis diplômée d'anglais.

Vendredi 6 janvier

17:15. Folle de joie. La petite correspondance sur la présence ou non de la jupe a continué tout l'après-midi. Estimé patron n'a rien fichu pendant tout ce temps. Perpetua (sous-patronne) n'a pas apprécié, elle a repéré manège, t. mécontente. Mais le fait que je corresponde avec chef suprême a provoqué chez elle violent conflit intérieur : sur un terrain de jeux aussi déséquilibré, le premier venu aurait compris que le rapport de forces penchait évidemment en faveur du chef.

Voilà le dernier message.

À l'attention de Jones
Désirerais envoyer fleurs à jupe souffrante pendant week-end. Prière communiquer coordonnées personnelles dans les plus brefs délais. Pour raisons évidentes, impossible de compter sur « Jones » pour les trouver par ailleurs.

Cleave

Ouiii, ouiii. Daniel Cleaver me demande mon numéro de téléphone. Suis magnifique ! Suis irrésistible déesse de l'amour ! Hourrah !

Dimanche 8 janvier

58 kg (super-bien, mais à quoi bon ?), unités d'alcool : 2 (excellent), cigarettes : 7, calories : 3 100 (médiocre).

14:00. Bon Dieu, pourquoi suis-je aussi moche ? Dire que je me suis persuadée que je me gardais tout mon week-end pour travailler alors que j'étais simplement en faction devant le téléphone, au garde-à-vous, à attendre que Daniel m'appelle. Atroce ! Deux jours à fixer cet appareil comme une malade mentale, en grignotant n'importe quoi. Pourquoi n'a-t-il pas appelé ? Hein ? Qu'est-ce qui cloche chez moi ? Pourquoi me demander mon numéro, si ce n'était pas pour me téléphoner ? Et s'il voulait me téléphoner, il l'aurait évidemment fait pendant le week-end. Besoin urgent me recentrer. Vais demander à Jude de me conseiller bouquin de développement personnel, éventuellement tendance religions orientales.

20:00. Alerte téléphonique. Ce n'était que Tom, pour savoir s'il y avait du nouveau. Tom, qui, depuis quelque temps se traite peu flatteusement de vieille tante, s'est montré très compréhensif au sujet de l'affaire Daniel. Il a une théorie : les homosexuels et les femmes célibataires de plus de trente ans ont beaucoup en commun : ils sont habitués à faire le malheur de leurs parents et à être traités en phénomènes de foire par le reste du monde. M'a écoutée gentiment le bassiner avec mon complexe de mocheté, développé à cause, d'abord, de ce salaud de Mark Darcy, et ensuite de ce salaud de Daniel. Là, il m'a interrompue, plutôt mal à propos, j'ai trouvé.

– Mark Darcy ? Ce n'est pas ce grand avocat, le spécialiste des droits de l'homme ?

Hummm. Et alors ? Et mes droits à moi ? Ils ne sont pas bafoués par cet abominable complexe d'infériorité ?

23:00. Daniel n'appellera plus. Il est beaucoup trop tard. T. triste. Traumatisée.

Lundi 9 janvier

58 kg, unités alcool : 4, cigarettes : 29, calories : 770 (t.b., mais à quel prix ?).

Journée de cauchemar au bureau. Ai surveillé la porte pour guetter Daniel pendant toute la matinée. Rien. À midi moins le quart, j'étais sérieusement inquiète. Devais-je donner l'alarme ?

Et Perpetua s'est mise à brailler au téléphone :

– Daniel ? Il est en réunion à Croydon. Il sera de retour demain.

Elle a raccroché violemment en disant :

– Ras le bol, de toutes ces nanas qui l'appellent sans arrêt.

Saisie de stupeur, j'ai cherché mon paquet de Silk Cut. Quelles nanas ? Quoi ? Bon, la journée a fini par passer, suis rentrée à la maison et dans un accès de folie ai laissé un message sur le répondeur de Daniel (oh ! non. Comment ai-je pu faire une chose pareille ?).

– Salut, c'est Jones. Je me demandais juste comment tu allais, et si tu pensais toujours à la rencontre au sommet sur la santé des jupes.

Dès que j'ai raccroché, j'ai compris qu'il y avait urgence. J'ai téléphoné à Tom, qui m'a dit calmement qu'il s'en chargeait : s'il appelait plusieurs fois le répondeur, il trouverait le code de l'engin, ferait défiler les messages et effacerait le mien. À un moment, il a cru l'avoir découvert, mais malheureusement Daniel a répondu. Au lieu de s'excuser, comme s'il avait fait un faux numéro, Tom a raccroché. Donc, non seulement Daniel a eu mon message débile, mais il s'imagine en plus que j'ai appelé son répondeur quatorze fois ce soir et que, lorsque je lui ai enfin mis la main dessus, j'ai raccroché.

Mardi 10 janvier

57,5 kg, unités alcool : 2, cigarettes : 0, calories : 998 (excellent, une vraie petite sainte).

Me suis faufilée au bureau, malade de honte à cause du message. J'avais décidé de ne plus penser à Daniel, mais il est arrivé, l'air incroyablement sexy, et il s'est mis à faire rire tout le monde. J'avais envie de rentrer sous terre.

Tout à coup, le signal message en attente est apparu sur mon écran.

À l'attention de Jones
Merci pour ton appel
Cleave

J'ai cru mourir. Mon message proposait un rendez-vous. Personne n'y répondrait par un simple merci à moins de... Ai réfléchi quelques instants. Ai répondu :

À l'attention de Cleave
Te prie de te taire. Suis très prise par importantes responsabilités.
Jones

Quelques minutes plus tard, il me répondait :

À l'attention de Jones
Pardon t'avoir interrompue. Pression doit être infernale. Terminé.
Cleave
P.S. Tes nénés sont super, dans ce chemisier.

... C'était reparti. On s'est abreuvés de messages toute la semaine, jusqu'à ce qu'il me propose de sortir avec lui dimanche soir et que j'accepte, au comble de l'euphorie. Quand je vois les gens taper comme des malades sur leur ordinateur, je me demande si quelqu'un bosse dans cette boîte.

(C'est moi qui délire, ou un dimanche soir, pour un premier rendez-vous, c'est bizarre ? Ça sonne faux, comme samedi matin ou lundi deux heures.)

Dimanche 15 janvier

57 kg (excellent), unités alcool : 0, cigarettes : 29 (nul, surtout en deux heures), calories : 3 879 (répugnant), pensées négatives : 942 (approximation fondée sur la moyenne à la minute), minutes passées à compter les pensées négatives : 127 (à peu près).

18:00. Au bord de l'épuisement. Ai passé la journée à me préparer pour ce soir. Femme. C'est pire que paysan – semis, arrosage, arrachage, récolte... on n'en finit jamais. Jambes à épiler, aisselles à raser, sourcils à épiler, pieds à poncer, peau à gommer et hydrater, points noirs à enlever, racines à décolorer, cils à teindre, ongles à limer, cellulite à masser, abdominaux à exercer. Un programme si rigoureusement exigeant qu'il suffit de se laisser aller quelques jours pour se retrouver en jachère. Il m'arrive de me demander ce que ça donnerait si je retournais à l'état de nature – barbe et moustaches en forme guidon de bicyclette sur chaque tibia, sourcils à la Groucho Marx, cimetière peaux mortes sur visage, boutons en éruption, longs ongles recourbés de Pierre l'Ébouriffé, aveugle comme une chauve-souris, triste spécimen d'humanité sans lentilles, flaccidité absolue des chairs molles et étalées. Beurk, beurk. Comment s'étonner que les filles manquent de confiance en elles ?

19:00. Incroyable ! En allant à la salle de bains pour une dernière retouche, j'ai vu que mon répondeur clignotait : Daniel.

« Désolé, Jones, vraiment, mais je crois que ce ne sera pas possible pour ce soir. Je présente le programme éditorial demain matin et j'ai quarante-cinq argumentaires à étudier avant. »

Incroyable ! Il m'a posé un lapin ! Une journée entière de rude labeur et d'énergie corporelle hydroélectrique de gâchée ! Bon. La vie d'une femme ne doit pas dépendre des hommes. Les femmes doivent apprendre à se suffire à elles-mêmes. Voilà.

21:00. Il est tout en haut de l'échelle hiérarchique. Il n'a peut-être pas voulu gâcher notre première soirée par préoccupations professionnelles sous-jacentes.

23:00. Hum. Il aurait quand même pu rappeler ! Il a dû sortir avec une fille plus mince.

5:00. Qu'est-ce qui cloche chez moi ? Je suis absolument seule. Je hais Daniel Cleaver. Ne veux plus entendre parler de lui. Vais me peser.

Lundi 16 janvier

58 kg (pris où ? Pourquoi ? Pourquoi ?), unités alcool : 0, cigarettes : 20, calories : 1 500, pensées positives : 0.

10:30. Au bureau. Daniel n'est toujours pas sorti de réunion. Ce n'était peut-être *pas* un prétexte.

13:00. Viens de voir Daniel partir déjeuner. Ne m'a pas fait le moindre signe. T. déprimée. Vais faire du shopping.

23:50. Dîné avec Tom au cinquième étage de Harvey Nichols. Il m'a bassinée avec « un réalisateur de cinéma free-lance » qui a l'air prétentieux à mort, un certain Jerome. Ai pleuré sur son épaule : Daniel a passé l'après-midi en rendez-vous. Tout ce qu'il a réussi à me dire, à quatre heures et demie, c'est : « Salut, Jones. Comment va la jupe ? » Tom m'a conseillé de ne pas être parano, de donner du temps au temps, mais je voyais bien qu'il ne m'écoutait pas. Il n'avait qu'une envie : parler de Jerome d'un air libidineux.

Mardi 24 janvier

Journée paradisiaque. À cinq heures et demie, tel un cadeau des dieux, Daniel est entré, s'est assis sur le coin de mon bureau. Tournant le dos à Perpetua, a sorti son agenda et susurré :
– Qu'est-ce que tu fais, vendredi ?
Voui ! Voui !

Vendredi 27 janvier

58,5 kg (mais bourrée de cuisine génoise), unités alcool : 8, cigarettes : 400 (c'est l'impression que j'ai), calories : 875.

Hum. Dîner de rêve avec Daniel dans un petit restaurant génois très *intime*, près de chez lui.
– Bon... Je... J'appelle un taxi, ai-je bafouillé quand nous nous sommes retrouvés dans la rue.
Alors, il a doucement repoussé mes cheveux en arrière, m'a pris le visage dans la main et m'a embrassée fougueusement, désespérément. Puis, en me serrant très fort contre lui, il a chuchoté d'une voix rauque :
– Un taxi ? Pour quoi faire, Jones ?
À la seconde où nous sommes entrés dans l'appartement, nous nous sommes jetés l'un sur l'autre comme des bêtes : chaussures, vestes, etc., ont jonché le sol.

– Cette jupe a vraiment mauvaise mine, il faudrait la coucher, a-t-il murmuré, avant d'ajouter, en baissant ma fermeture Eclair : On va juste prendre un peu de bon temps, d'accord ? Je ne crois pas qu'il faille se lancer dans quelque chose de sérieux.

Et, la conscience tranquille, il a continué. Sans Sharon, sa théorie sur l'enfoirage affectif et la bouteille de vin que j'avais bue presque en entier, je pense que je lui serais tombée, alanguie, dans les bras. Mais en l'occurrence, j'ai bondi sur mes pieds en tirant sur ma jupe.

– Foutaises ! Comment oses-tu te comporter de façon aussi mensongère, lâche et dysfonctionnelle ? ai-je réussi à articuler. Je ne veux pas de ton enfoirage affectif. Salut !

C'était super. Il fallait voir sa tête. Mais maintenant que je suis chez moi, je me noie dans la déprime. D'accord, j'ai eu raison, mais, résultat des courses, je finirai ma vie toute seule, à moitié dévorée par un berger allemand.

Février

Le massacre de la Saint-Valentin

Mercredi 1er février

57 kg, unités alcool : 9, cigarettes : 28 (mais je vais bientôt arrêter pour le carême, autant fumer jusqu'à l'écœurement), calories : 3 826.

Ai passé le week-end à m'efforcer de considérer avec plus grand mépris débâcle avec Daniel. Je me répétais « Respect de soi », et « Non mais » jusqu'au vertige, pour conclure : « Mais je l'aiiiiime. » Fumé comme une malade. On m'a dit que dans un roman de Martin Amis il y a un personnage qui est tellement intoxiqué que l'envie d'une cigarette le dévore alors qu'il est déjà en train de fumer. Tout à fait moi. Téléphoner à Sharon pour me vanter d'être Madame Ceinture de Chasteté m'a fait du bien, mais quand j'ai appelé Tom, il ne s'y est pas trompé, lui, « Ma pauvre chérie » ! s'est-il exclamé. Me suis tue, pour ne pas éclater en sanglots d'auto-apitoiement.

– Tu vas le voir tirer la langue, maintenant. Il te suivra partout comme un petit chien.

– Non, ai-je répondu tristement. J'ai tout gâché.

Dimanche, ai déjeuné chez les parents. Un repas colossal, dégoulinant de graisse. Maman est orange vif, et plus péremptoire que jamais. Elle a passé une semaine à Albufeira avec Una Alconbury et la femme de Nigel Coles, Audrey.

Elle revenait de l'église, et une révélation, genre saint Paul sur le chemin de Damas, l'avait frappée comme l'éclair : le pasteur était homosexuel.

— C'est de la paresse, chérie. (Voilà à quoi se résumait, pour elle, le problème de l'homosexualité.) Ces types refusent de se compliquer la vie avec le sexe opposé. Regarde ton Tom. Si ce garçon avait un peu plus de cran, vous sortiriez ensemble normalement, lui et toi, au lieu de prétendre que vous êtes « amis » ! Grotesque !

— Maman, Tom a découvert son homosexualité à l'âge de dix ans.

— Ce sont des idées qu'on se fait, chérie ! Il faut les raisonner.

— Tu veux dire que si je te raisonnais, toi, tu quitterais papa pour aller vivre une folle passion avec tante Audrey ?

— Ne sois pas ridicule, chérie.

— Ta mère a raison, Bridget. Tante Audrey ressemble à une bouilloire.

— Pour l'amour du ciel, Colin ! a jeté maman, ce qui m'a étonnée car en général elle parle plutôt gentiment à papa.

Pour je ne sais quelles raisons, et bien que je lui aie affirmé qu'elle marchait parfaitement bien, papa a insisté pour réviser ma voiture avant que je ne parte. Moi, je serais du genre à me vanter d'avoir oublié comment on ouvre le capot.

— Tu n'as rien remarqué de bizarre, chez ta mère ? m'a-t-il demandé d'un air gêné, tout en sortant la jauge à huile, en l'essuyant avec un chiffon et en la replongeant d'un geste suspect, pour qui serait freudien, ce que je ne suis pas.

– Elle est orange vif, mais à part ça...

– Non. Je parle de... de son comportement.

– Plus agacée que d'habitude par l'homosexualité, peut-être.

– Ça, c'est à cause du pasteur, et de sa nouvelle chasuble. Je dois reconnaître qu'ils tombent un peu dans le frou-frou. Il est allé à Rome avec l'abbé de Dumfries et ils sont revenus habillés en rose vif. Non. Tu n'as pas trouvé ta mère *différente* ?

Je me suis trituré les méninges :

– Honnêtement non. Rayonnante de certitude, comme d'habitude.

– Hummm. Bon. Mieux vaut que tu files avant qu'il ne fasse nuit. Mes amitiés à Jude. Comment va-t-elle ?

Et il a refermé le capot, comme s'il me signifiait mon congé – si violemment que j'ai eu peur qu'il se casse une main.

Je croyais qu'avec Daniel on s'expliquerait lundi, mais pas de Daniel. Hier non plus. Le boulot, maintenant, c'est comme aller à un rendez-vous pour découvrir que c'était un lapin. Inquiète pour mon ambition, mes projets de carrière et ma rigueur morale : je réagis comme une midinette. À force de tourner autour du pot, j'ai fini par apprendre par Perpetua que Daniel était à New York. À l'heure qu'il est, il s'est sûrement tapé une Américaine mince et décontractée prénommée Winona, qui couche avec le premier venu et se promène armée. Exactement le contraire de moi.

Pour couronner le tout, suis invitée à un dîner de Mariés-Fiers-de-l'Être, chez Magda et Jeremy. Ce genre de festivité réduit mon ego aux dimensions d'un ver de terre, ce qui ne m'empêche pas d'accepter les invitations avec reconnaissance. J'adore Magda et Jeremy. Il m'arrive de dormir chez eux, et de m'extasier devant les draps impeccablement repassés et les pots remplis de différentes sortes de pâtes, en imaginant que ce sont mes parents. Mais quand ils sont avec leurs amis mariés, j'ai l'impression de me transformer en Miss Havisham[1].

23:45. Seigneur ! Il y avait moi, quatre couples mariés et le frère de Jeremy (quantité négligeable : visage et bretelles rouges, appelle les filles des « pouliches »).

– Alors, a beuglé Cosmo en me servant un verre. Comment vont tes amours ?

Oh non. Pourquoi font-ils ça ? Pourquoi ? À force de se fréquenter entre eux, peut-être que les Mariés-Fiers-de-l'Être ne savent plus comment communiquer avec les individus isolés. À moins qu'ils ne se sentent vraiment supérieurs, et qu'ils tiennent à ce qu'on se prenne pour des ratés. Ou qu'ils soient tellement obsédés par le sexe, et par le vaste monde de sensations au-delà de leurs frontières, qu'ils espèrent éprouver le grand frisson au récit détaillé de nos excitantes aventures amoureuses.

– C'est vrai, ça, Bridget, pourquoi n'es-tu pas mariée ? a ricané Woney (surnom puéril de Fiona, la femme de Cosmo) avec une inquiétude feinte, tout en caressant son ventre manifestement fertile.

---

1. Personnage du célèbre roman de Ch. Dickens *Les Grandes Espérances*. Abandonnée par son mari le jour même de son mariage, miss Havisham attend son retour pendant trente ans.

Parce que je ne veux pas te ressembler, espèce de grosse vache laitière, voilà ce que j'aurais dû répondre, ou, parce que, s'il fallait que je prépare le dîner de Cosmo avant de me coucher dans le même lit que lui, ne fût-ce qu'une fois, je ne parle même pas de tous les soirs de ma vie, je me couperais la tête et je la boufferais, ou, parce que, Woney, sous mes vêtements, ma peau est recouverte d'écailles. Mais je n'ai rien dit de tout ça parce que, aussi paradoxal que cela puisse paraître, je n'avais pas envie de lui faire de peine. Je me suis contentée d'un geste d'impuissance et un dénommé Alex a estimé utile d'ajouter son grain de sel.

– À un certain âge, vous savez...

– Exactement... Tous les types convenables ont été raflés, a poursuivi Cosmo avec un rire narquois qui a ébranlé ses bajoues, et en claquant sur son ventre rebondi.

À table, Magda m'avait placée entre Cosmo et ce chieur de frère de Jeremy, genre sandwich-club à la sauce d'inceste.

– Tu devrais te grouiller de te faire engrosser, ma vieille, m'a dit Cosmo en ingurgitant d'une seule traite un grand verre de pauillac 82. Le temps presse.

À ce moment-là, j'en avais personnellement bu trois verres.

– Voyons, quelles sont exactement les statistiques ? C'est un mariage sur trois ou un mariage sur deux qui finit par un divorce, actuellement ? ai-je bredouillé, dans une vaine tentative de sarcasme.

– Sérieusement, ma vieille, a-t-il continué en ignorant ma réplique, le bureau regorge de femmes de trente ans célibataires. Jolies filles et tout. Trouvent pas de mec.

– C'est un problème que je n'ai pas, ai-je susurré dans un envol de cigarette.

– Vraiment ? Raconte, a dit Woney.

– Qui est l'heureux élu ? a demandé Cosmo.

– On tire son coup, ma vieille ?

Ça, c'était Jeremy. Tous les yeux, arrondis comme des billes, se sont tournés vers moi. Bouche bée. Ils salivaient.

– Ça ne te regarde pas.

J'ai pris mes grands airs.

– C'est parce qu'elle en a pas, a croassé Cosmo.

– Grands dieux ! Il est onze heures ! s'est écriée Woney. La baby-sitter !

Ils se sont tous levés d'un bond décidés à rentrer chez eux.

– Excuse-moi pour ce crétin, m'a dit Magda à l'oreille. Ça ira, mon chou ?

Elle me comprenait, elle.

– Tu veux que je te ramène ? m'a proposé le frère de Jeremy.

Puis il a roté.

– Non merci, je vais en boîte, ai-je gazouillé, en me dépêchant de sortir. Merci pour cette super-soirée !

Me suis engouffrée dans un taxi où j'ai fondu en larmes.

Minuit. Ha, ha. Viens d'appeler Sharon.

– Tu aurais dû leur dire : « Je ne suis pas mariée parce que je suis une célibattante, bande de crétins rassis avant l'âge, puritains à l'esprit étroit », a déclamé Sharon. Et parce que tout le monde n'est pas obligé de vivre de la même façon. Un foyer sur quatre est composé d'une personne seule, la majorité des membres de la famille royale sont célibataires, les sondages ont démontré que la plupart des hommes jeunes de ce pays sont absolument *inaptes au mariage*. Résultat, il y a toute une génération de femmes célibataires, comme moi, qui gagnent leur vie, ont un appartement, se payent du bon temps, qui n'ont pas à laver les chaussettes de leur conjoint. Et on serait parfaitement à l'aise dans nos baskets sans les connards dans votre genre, qui conspirent pour qu'on se sente anormale sous prétexte que vous êtes jaloux !

– Célibattante ! Hourrah ! Adopté !

Dimanche 5 février

Aucune nouvelle de Daniel. Ne peux affronter l'idée d'un long dimanche s'étirant devant moi, seule, alors que le reste du monde est au lit avec quelqu'un, à glousser et à baiser. En plus, dans une semaine, c'est la Saint-Valentin et son cortège d'humiliations. Je n'aurai pas la moindre carte. Envisage un instant de flirter énergiquement avec premier type venu susceptible de m'en envoyer une. Repousse l'idée. Trop immoral. Ne me reste qu'à assumer, pan dans les dents.

Hmm. Je sais. Je vais aller revoir les parents. Papa m'inquiète. Et je pourrai me prendre pour un ange miséricordieux, ou pour une sainte.

14:00. On vient de me scier la dernière branche à laquelle je me raccrochais. Avec ce qui me restait de confiance en moi. Papa a bizarrement accueilli ma magnanime proposition de leur rendre une petite visite dominicale.

– Euh... Je ne sais pas... Ne quitte pas.

J'ai chancelé. L'arrogance de la jeunesse (enfin, jeunesse, façon de parler...) vient en partie de la certitude que nos parents vont abandonner tous leurs projets et nous accueillir à bras ouverts, au moment même où on leur fait la grâce d'aller les voir. Il est revenu en ligne.

– Écoute, Bridget, ta mère et moi, nous avons des problèmes. On peut te rappeler dans la semaine ?

Des problèmes ? Quels problèmes ? J'ai essayé d'avoir une explication, mais sans succès. Que se passe-t-il ? Le monde entier est-il condamné au drame à perpétuité ? Pauvre papa ! Et moi, vais-je devenir la tragique victime d'un foyer brisé, en prime ?

Lundi 6 février

56,8 kg (ai fondu de l'intérieur. Mystère), unités alcool : 1 (t.b.), cigarettes : 9 (t.b.), calories : 1 800 (b.).

Daniel rentre aujourd'hui. Me comporterai en femme indépendante et posée qui n'a aucun besoin des hommes pour se sentir bien, et surtout pas de lui. Ne lui enverrai pas de message. Ne prêterai aucune attention à lui.

9:30. Hum. Apparemment, il n'est pas encore arrivé.

9:35. Toujours pas là.

9:36. Oh, mon Dieu. Et s'il était tombé amoureux de sa New-Yorkaise et qu'il ait décidé de rester là-bas ?

9:47. Ou d'aller à Las Vegas pour se marier ?

9:50. Hmmm. Vais retoucher maquillage, au cas où il arriverait.

10:05. Coup au cœur en revenant des chiottes. Daniel était avec Simon, du marketing, près de la photocopieuse. La dernière fois que je l'ai vu, il était allongé sur son canapé, l'air complètement dépassé par les événements pendant que je remontais ma jupe en fulminant contre son enfoirage affectif. Là, il fait très genre « Ouf, quel bien ça fait de s'absenter quelques jours. » Il m'a regardée passer, les yeux braqués sur ma jupe, avec un grand sourire.

10:30. Message en attente clignote sur mon écran.

> Message pour Jones.
> Garce frigide.
> Cleave

J'ai éclaté de rire, sans pouvoir me retenir. En levant le nez, je l'ai vu, derrière la vitre de mon bureau, qui me souriait gentiment, l'air soulagé. Bon. Je ne lui répondrai pas.

10:35. C'est grossier de ne pas répondre, non ?

10:45. Seigneur, que je m'ennuie !

10:47. Je vais lui mettre un petit mot amical, sans rien d'ambigu, juste pour renouer des relations normales.

11:00. Hi hi. Ai signé Perpetua, pour lui faire peur.

Message pour Cleave
J'ai assez de mal comme ça à essayer d'atteindre les objectifs fixés par direction. N'ai nul besoin que vous fassiez perdre leur temps à mes collaborateurs avec des messages triviaux.
Perpetua.
P.S. La jupe de Bridget ne se sentait pas bien du tout. L'ai renvoyée chez elle.

22:00. Mmmm. Daniel et moi, on s'est écrit toute la journée. Mais pas question que je couche avec lui.
Ai rappelé les parents. Personne. T. bizarre.

Jeudi 9 février

58 kg (excès de poids sans doute dû à graisse protectrice hivernale), unités alcool : 4, cigarettes : 12 (t.b.), calories : 2 845 (il fait froid).

21:00. Ah ! les charmes de l'hiver ! La neige nous rappelle opportunément que nous sommes à la merci des éléments déchaînés et que nous ferions mieux de rester au chaud à regarder la télé plutôt que de nous donner tant de mal pour devenir des créatures sophistiquées ou des travailleuses acharnées.

Ça fait trois fois cette semaine que je téléphone aux parents sans obtenir de réponse. Les fils seraient-ils coupés ? En désespoir de cause, j'ai appelé mon frère Jamie à Manchester. J'ai eu droit, comme d'habitude, à l'un des messages hilarants qu'il laisse sur son répondeur : un bruit d'eau qui coule, Jamie se présentant còmme le président Clinton à la Maison Blanche, une chasse d'eau et les pathétiques gloussements de sa petite amie en bruits de fond.

21:15. Ai appelé les parents trois fois de suite, en laissant sonner au moins vingt fois à chaque coup. Maman a fini par répondre. Elle avait l'air bizarre. Elle a dit qu'elle ne pouvait pas me parler maintenant et qu'elle rappellerait pendant le week-end.

Samedi 11 février

57,3 kg, unités alcool : 4, cigarettes : 18, calories : 1 467 (mais éliminées en allant faire des courses).

En rentrant, ai trouvé un message de papa, qui voudrait déjeuner avec moi dimanche. M'a fait l'effet d'une douche écossaise. Le dimanche, mon père ne vient pas déjeuner seul à Londres avec moi. Le dimanche, il mange du rosbif ou du saumon, avec des pommes de terre nouvelles, chez lui, avec maman.

« Ne me rappelle pas, disait le message. À demain. »

Que se passe-t-il ? Je suis allée m'acheter des Silk Cut au coin de la rue en grelottant. En revenant, j'ai trouvé un message de maman. Elle aussi, elle veut déjeuner avec moi demain. Elle apportera du saumon, elle sera là vers une heure.

J'ai rappelé Jamie. Vingt secondes de Bruce Springsteen et la voix de Jamie : « Baby I was born to run... ». Il chante faux.

Dimanche 12 février

57,3 kg, unités alcool : 5, cigarettes : 3 (pas étonnant), calories : 1 647.

11:00. Seigneur, ils vont me tomber dessus tous les deux à la même heure. Un vrai vaudeville à la française. Et si mes parents souffraient d'une overdose de sit-coms ? Cette histoire de déjeuner est peut-être une mauvaise plaisanterie. Maman va peut-être se pointer avec un saumon frétillant au bout de sa laisse et m'annoncer qu'elle quitte papa pour lui. Papa fera peut-être son apparition par la fenêtre, tête en bas, avec un nez de clown, entrera en cassant les vitres et se mettra à taper sur la tête de maman avec une vessie de mouton ; à moins qu'il ne sorte tout d'un coup de l'armoire et ne tombe en avant, de tout son long, un couteau en plastique planté dans le dos ? Une seule solution pour remettre la situation sur les rails : un Bloody Mary. Après tout, c'est presque l'après-midi.

12:05. Maman vient d'appeler. « Bon. Qu'il *vienne* ! Qu'il n'en fasse qu'à sa satanée tête, comme d'habitude ! » En général, ma mère ne jure pas. Elle dit des trucs comme « miel » ou « nom d'un petit bonhomme ! » ou « miséricorde ! » Elle a continué sur le même ton. « Je serais sacrément mieux toute seule. Je ferais le ménage, comme cette salope de Germaine Greer et la Femme invisible. » (Était-il envisageable qu'elle fût saoule ? Ma mère n'a jamais touché à l'alcool de sa vie, sauf un malheureux sherry, un dimanche soir, en 1952, parce que la tête lui tournait un peu à cause du verre de cidre qu'elle avait bu à la santé de Mavis Enderby, pour ses vingt et un ans.

Et elle n'a jamais cessé de nous le seriner depuis : « Il n'y a rien de plus atroce qu'une femme soûle, chérie ! »)

– Maman. Écoute. Déjeunons plutôt tous les trois ensemble, pour discuter tranquillement de tout ça.

Ma parole ! Je me croyais dans *Insomnies à Seattle !* Je les voyais déjà, après déjeuner, s'en aller main dans la main et moi faire un clin d'œil coquin à la caméra avant de repartir pour de nouvelles aventures.

– Tu ne perds rien pour attendre, dit-elle d'un air sombre. Tu découvriras bien assez tôt ce que valent vraiment les hommes !

– Mais, maman, j'ai déjà...

– Je sors, chérie. Je sors pour aller me faire *baiser*.

À quatorze heures, papa est arrivé, son *Sunday Telegraph* bien plié sous le bras. Comme il s'asseyait sur le canapé, son visage s'est décomposé, et il s'est mis à pleurer à chaudes larmes.

– Elle est comme ça depuis qu'elle est allée à Albufeira avec Una Alconbury et Audrey Coles.

Il sanglotait, s'essuyait les joues avec le dos de la main.

– Quand elle est rentrée, elle a commencé à dire qu'elle voulait recevoir un salaire pour le travail qu'elle faisait à la maison, qu'elle avait gâché sa vie à être notre esclave. *(Notre* esclave ? Évidemment. C'est de ma faute. Si je m'étais mieux conduite, maman n'aurait pas cessé d'aimer papa.) Elle veut que j'aille m'installer ailleurs pendant quelque temps, elle dit... elle dit...

Il s'effondra en hoquetant.

– Elle dit quoi, papa ?

– Elle dit que je crois que le clitoris est un spécimen de la collection de lépidoptères de Nigel Coles.

Lundi 13 février

57,5 kg, unités alcool : 5, cigarettes : 0 (étape décisive : ai découvert que force de caractère supprime besoin de fumer), calories : 2 845.

Bien que catastrophée par la détresse de mes parents, je dois reconnaître que prendre soin d'eux, donner de sages conseils, me procure, malgré ma honte, une certaine satisfaction. Ça fait une telle éternité que je n'ai rien fait pour personne ! Sensation nouvelle, qui me monte un peu à la tête. Voilà ce qui me manquait. Me découvre une vocation de samaritaine, ou assistante sociale, fantasme sur bonne soupe que préparerai pour déshérités (ou plutôt, comme me l'a suggéré mon copain Tom, d'adorables crostini au basilic), envisage même d'entreprendre des études de médecine. À moins que... Un petit ami médecin serait peut-être une meilleure solution, sexuellement et psychologiquement. Et si je mettais une annonce dans la rubrique cœurs à prendre du *Lancet* ? Je répondrais aux appels téléphoniques, j'enverrais balader les patientes qui exigeraient des visites nocturnes à domicile, je lui concocterais avec amour des soufflés au fromage de chèvre... et à soixante ans je ne pourrais plus le sentir, comme maman !

Seigneur ! Demain c'est la Saint-Valentin ! Pourquoi, pourquoi ? Pourquoi le monde entier se ligue-t-il contre les gens seuls alors qu'il est parfaitement connu, par ailleurs, que les histoires d'amour finissent toujours mal ? Exemples ? La famille royale. Mes parents.

La Saint-Valentin n'est qu'une vulgaire et cynique entreprise commerciale. Qui m'est, personnellement, suprêmement indifférente.

Mardi 14 février

57 kg, unités alcool : 2 (petite gâterie de la Saint-Valentin, deux bouteilles de Blecks, pour moi toute seule), cigarettes : 12, calories : 1 545.

8:00. Ohhh ! chouette ! La Saint-Valentin. Le facteur est-il déjà passé ? Je recevrai peut-être une carte de Daniel. Ou d'un mystérieux admirateur. À moins qu'on ne m'envoie des fleurs, ou des chocolats en forme de cœur. Je dois avouer que je suis assez impatiente.

Bref instant d'exultation à la vue d'un immense bouquet de roses dans le vestibule. Daniel ! J'ai dévalé l'escalier, extasiée. J'étais en train de le ramasser quand la porte palière s'est ouverte sur Vanessa.

– Oh ! Qu'elles sont belles ! s'est-elle écriée avec envie. Qui vous les a envoyées ?

– Je ne sais pas, ai-je répondu timidement.

J'ai jeté un coup d'œil sur la carte. « Ah… » Ai battu en retraite sans fanfare.

– Elles sont pour vous.

– Ah ? Bon. Tiens, ça, c'est pour vous, a-t-elle dit gentiment.

C'était une facture de téléphone.

Ai décidé de m'offrir un cappuccino et un croissant en chemin, pour me consoler. Tant pis pour ma ligne. À quoi bon se tracasser quand personne ne vous aime ? Ne vous regarde ?

Dans le métro, on voyait sur la tête des gens ceux qui en avaient reçu et ceux qui n'avaient rien eu. Tout le monde se regardait à la dérobée, les uns triomphaient, les autres détournaient les yeux.

Perpetua avait un bouquet de fleurs de la taille d'un mouton sur son bureau.

– Alors, Bridget !

Elle beuglait assez fort pour que tout le monde entende.

– Tu en as reçu combien ?

Je me suis faufilée sur mon siège en marmonnant « ta gueule » entre mes dents, comme une gamine boudeuse.

– Allez ! Dis-nous combien ?

J'ai eu l'impression qu'elle allait me tirer l'oreille et me la tordre.

– Ce truc est une pure exploitation commerciale et scandaleuse de la bêtise humaine !

– Je le savais *bien* que tu n'en avais pas reçu !

La garce croassait littéralement. C'est alors que j'ai repéré Daniel au bout de la pièce, qui écoutait en rigolant.

Mercredi 15 février

Divine surprise ! En partant au boulot j'ai vu une enveloppe rose sur la table du vestibule. Une carte de la Saint-Valentin, apparemment, avec un jour de retard. Dessus, il était écrit : « Pour la Beauté brune. » Je me suis laissée aller à imaginer qu'elle était pour moi, je me suis vue en mystérieux objet du désir d'un inconnu. Puis je me suis rappelée cette garce de Vanessa et son casque de cheveux noirs. Pfff.

21:00. Viens de rentrer. La carte est encore là.

22:00. Toujours là.

23:00. Incroyable ! La carte n'a pas bougé. Vanessa n'est peut-être pas rentrée.

Jeudi 16 février

56,8 kg (monté et descendu les escaliers à pied), unités alcool : 0 (excellent), cigarettes : 5 (t.b.), calories : 2 452 (pas génial), nombre de fois où je suis allée dans le vestibule vérifier si la carte de la Saint-Valentin était toujours sur la table : 18 (psychologiquement catastrophique mais excellent exercice).

La carte est à sa place ! Manifestement, c'est comme prendre le dernier morceau de gâteau ou manger le dernier carré de chocolat. Nous sommes toutes les deux trop bien élevées pour ça.

Vendredi 17 février

56,8 kg, unités alcool : 1 (t.b.), cigarettes : 2 (t.b.), calories : 3 241 (mauvais, mais éliminées dans les escaliers), vérifications carte : 12 (obsessionnel).

9:00. Elle est là.

21:00. Toujours là.

21:30. Pas d'évolution. Ma résistance à bout. Je savais que Vanessa était chez elle, des odeurs de cuisine s'échappaient de son appartement. Ai frappé à sa porte.

– Je pense que c'est pour vous.

– Ah ? Je croyais que c'était pour vous.

– On l'ouvre ?

– D'accord.

Je lui ai tendu la carte, elle me l'a rendue en pouffant. Je la lui ai redonnée. Les filles sont vraiment géniales !

– Allez-y.

Elle a déchiré l'enveloppe avec le couteau de cuisine qu'elle avait en main. La carte était plutôt sophistiquée, comme si on l'avait achetée dans une galerie d'art.

Elle a fait la tête.

– Ça ne me dit rien du tout.

À moi. « Une exploitation commerciale et scandaleuse de la bêtise humaine, pour ma chère petite garce frigide. »

J'ai laissé échapper un gloussement perçant.

22:00. Ai tout raconté à Sharon par téléphone. Elle prétend que je ne dois pas me monter la tête pour une vague carte et que je devrais oublier Daniel, personnage peu recommandable dont je n'ai rien de bon à attendre.

Ai aussi appelé Tom, pour avoir son avis, et pour lui demander si je devais téléphoner à Daniel pendant le week-end. « Surtout pas ! » Puis il m'a posé un certain nombre de questions. Par exemple, l'attitude de Daniel devant mon absence de réaction à sa carte. J'ai répondu qu'il m'avait semblé plus coquin que d'habitude. Tom m'a prescrit de faire la morte jusqu'à la semaine prochaine et de garder mes distances.

Samedi 18 février

57 kg, unités alcool : 4, cigarettes : 6, calories : 2 746, bons numéros de loto : 2 (t.b.).

J'ai enfin réussi à comprendre ce qui arrive à mes parents. Je commençais à soupçonner un scénario post-vacances portugaises, du style *Marie-Claire*. Un de ces jours, j'allais ouvrir le magazine et y trouver la photo de ma mère, teinte en blonde, en T-shirt façon léopard, assise sur un canapé avec un type en jeans nommé Gonzales, et expliquant que, lorsqu'on aime vraiment quelqu'un, une différence d'âge de quarante-six ans ne compte absolument pas.

Elle m'a proposé de déjeuner avec elle au restaurant du magasin Dickens et Jones, et je lui ai posé la question sans tergiverser : Y avait-il quelqu'un d'autre dans sa vie ?

– Non, il n'y a personne, a-t-elle répondu le regard lointain, avec une expression de courage mélancolique imitée, j'en jurerais, de la (regrettée) princesse Diana.

– Alors, pourquoi es-tu si méchante avec papa ?

– Parce que, ma chérie, quand ton père a pris sa retraite j'ai réalisé que j'avais passé trente-cinq ans à tenir sa maison et à élever ses enfants...

– Jamie et moi, nous sommes aussi tes enfants, ai-je objecté, blessée.

– ... et qu'il n'allait plus travailler de sa vie alors que moi j'allais continuer à m'échiner. C'est exactement ce que je ressentais quand vous étiez petits et que le week-end arrivait. On n'a qu'une vie. J'ai donc décidé de consacrer le reste de la mienne à m'occuper de moi, pour changer.

Je suis allée payer au comptoir. En tant que féministe, je pouvais comprendre le point de vue de maman. Mon regard a été attiré par un homme grand et distingué, les cheveux gris, en veste de cuir de coupe européenne, avec un de ces sacs à main que portent les messieurs qui en portent. Il tapotait sur sa montre, les sourcils levés. J'ai fait volte-face et surpris ma mère, parlant avec ses lèvres : « j'arrive » en me désignant d'un signe de la tête.

Sur le moment, je n'ai rien dit à maman. Quand nous nous sommes quittées, je l'ai suivie, pour être sûre que je n'avais pas d'hallucinations. Et je l'ai trouvée au rayon parfums, accompagnée du grand mec en question. Elle se vaporisait les poignets avec tous les flacons à sa portée et les lui flanquait sous le nez avec un petit rire coquin.

En arrivant chez moi, j'avais un message de mon frère sur mon répondeur. Je l'ai rappelé immédiatement, et je lui ai tout raconté.

– Bridge ! Pour l'amour du ciel ! dit-il en hurlant de rire. Tu es une obsédée sexuelle, ma parole ! Si tu voyais maman agenouillée devant un prêtre pour recevoir la sainte communion, tu t'imaginerais qu'elle lui fait une pipe ! À propos, tu as reçu des cartes de la Saint-Valentin, cette année ?

– Bien sûr !

Mon indignation l'a fait rire de plus belle. Et puis il m'a dit qu'il devait raccrocher parce que Becca et lui allaient faire du Taï-Chi dans le parc.

Dimanche 19 février

57,3 kg (t.b., mais c'est parce que je me ronge), unités alcool : 2 (mais c'est le jour du Seigneur), cigarettes : 7, calories : 2 100.

Ai appelé ma mère pour lui jeter à la figure le vieux beau avec qui je l'avais vue après déjeuner.

– Oh ! Tu parles de Julian ? a-t-elle gazouillé.

Elle s'est trahie. Mes parents n'appellent jamais leurs amis par leurs prénoms. Ils disent Una Alconbury, Audrey Coles, Brian Enderby. « Tu connais David Ricketts, chérie, le mari d'Anthéo Ricketts, du Lifeboat Club ? » Ils me prouvent ainsi qu'ils savent parfaitement que je n'ai pas la moindre idée de qui est Mavis Enderby, même s'ils vont me parler d'elle et de son mari pendant trois quarts d'heure d'horloge comme si j'avais sauté sur leurs genoux depuis l'âge de quatre ans.

J'ai tout de suite compris que ce Julian n'avait rien à voir avec les déjeuners du Lifeboat, et qu'il n'aurait pas d'épouse au Lifeboat, au Rotary ni aux Amis de Saint-George. Elle l'avait rencontré au Portugal, à coup sûr, et il devait sans doute s'appeler Julio plutôt que Julian. Mon père n'était pas au bout de ses peines.

Je lui ai exposé la gaffe qu'elle avait commise. Elle a nié. Elle m'a même inventé toute une histoire, très élaborée : « Julian » l'aurait bousculée au Marks et Spencer de Marble Arch, elle en aurait lâché une cocotte en fonte Le Creuset, qui lui était tombée sur le pied, et il l'aurait invitée à boire un café au Selfridges pour se faire pardonner. En aurait découlé une solide amitié, toute platonique, sur fond de cafétérias de grands magasins.

Pourquoi, quand on quitte son partenaire, s'obstine-t-on à nier que c'est pour quelqu'un d'autre ? S'imagine-t-on que ça fera moins de peine à l'autre de croire qu'on s'en va parce qu'on ne peut plus le voir en peinture, et que c'est par le plus grand des hasards qu'on a rencontré, deux semaines après, un type style Omar Sharif, avec un sac à main, alors que l'autre en est encore à pleurer toutes les larmes de son corps en regardant le verre à dents ? C'est comme ces gens qui racontent le premier mensonge venu plutôt que la vérité, même quand la vérité est plus agréable à entendre.

Mon copain Simon a un jour annulé un rendez-vous avec une fille qui lui plaisait beaucoup parce qu'il avait un bouton infecté sur l'aile du nez, qu'il était allé travailler avec une vieille veste années soixante-dix et pensait récupérer une veste correcte chez le teinturier à l'heure du déjeuner. Mais il y avait eu un problème de personnel et sa veste n'était pas prête.

Il préféra raconter à cette fille que sa sœur avait débarqué à l'improviste, qu'il fallait qu'il s'occupe d'elle pendant toute la soirée et qu'en prime, il devait visionner des cassettes pour le bureau avant le lendemain matin ; à ce stade, la fille lui a rappelé qu'il lui avait dit qu'il était fils unique et lui a proposé de venir regarder les vidéos chez elle pendant qu'elle leur préparerait à dîner. Comme il n'avait pas la moindre cassette à exhiber, il s'est enferré dans de nouveaux mensonges. Moralité ? La fille a cru qu'il sortait avec quelqu'un d'autre et l'a envoyé sur les roses. Pour de bon. Simon a passé la soirée tout seul, à se pinter, avec son bouton et son veston années soixante-dix.

J'ai essayé d'expliquer à maman que ce n'était pas la peine de mentir, mais elle baignait tellement dans la lubricité qu'elle avait perdu le sens des... qu'elle avait en fait perdu tout sens commun.

– Comme tu es devenue cynique et soupçonneuse, chérie ! Julio, aha ! ahahahahaha... comme tu dis, n'est qu'un excellent ami. Et j'ai besoin d'un peu d'espace vital.

Donc, ai-je fini par apprendre, pour lui rendre service, papa va prendre ses quartiers dans le studio de la défunte grand-mère des Alconbury, au fond de leur jardin.

Mardi 21 février

Crevée. Papa m'appelle plusieurs fois par nuit, pour parler.

Mercredi 22 février

57,3 kg, unités alcool : 2, cigarettes : 19, unités de graisse : 8 (notion étonnamment répugnante : n'avais encore jamais imaginé que le gras puisse concrètement me sortir par les pores de la peau, sur les cuisses ou les fesses. Repasserai au comptage par calories dès demain.)

Tom avait absolument raison. Mes parents m'inquiètent tellement, et je suis si fatiguée par mes nuits d'insomnie, que j'ai à peine fait attention à Daniel : résultat miraculeux, il est sans arrêt sur mon dos. Pourtant, aujourd'hui, j'ai sérieusement déconné. J'ai pris l'ascenseur pour aller chercher un sandwich et je suis tombée sur Daniel et Simon, du marketing, qui parlaient de trucage dans le tirage d'une poule et de joueurs arrêtés.

— Tu en as entendu parler, Bridget ? m'a demandé Daniel.

— Oui, bien sûr.

C'était un mensonge, mais il fallait bien avoir l'air d'avoir une opinion.

— Au fond, ai-je poursuivi, je ne vois pas pourquoi on en fait une telle histoire. D'accord, ça ne se fait pas, mais tirer sur une poule, même truquée, ce n'est quand même pas aussi grave que tirer sur des gens.

Simon m'a regardée comme si j'étais folle à lier et Daniel a ouvert la bouche, interloqué, avant d'éclater de rire. Il riait encore quand Simon et lui sont sortis de l'ascenseur. Alors, il s'est retourné et il a dit : « Épouse-moi », au moment où les portes se refermaient entre nous. Hmmm.

Jeudi 23 février

57 kg (si seulement ça pouvait se stabiliser à 57 ou au-dessous, et arrêter de monter et descendre comme un cadavre de noyé, noyé dans sa graisse), unités alcool : 2, cigarettes : 17 (excitation préextatique bien compréhensible), calories : 775 (ultime chance d'être à moins de 56 demain).

20:00. Mince alors ! La messagerie déchaînée est montée comme un soufflé. Pourtant, à six heures, j'ai mis mon manteau et je suis partie. Daniel est entré dans mon ascenseur à l'étage en dessous. Et nous voilà tous les deux, seuls, dans ce puissant champ électromagnétique, irrésistiblement attirés l'un vers l'autre comme deux aimants. L'ascenseur s'est arrêté, nous nous sommes détachés, haletants. Entrée de Simon, du marketing, un horrible imperméable beige jeté sur son corps épais.

Involontairement, j'ai tiré sur ma jupe.

– Bridget ! On dirait que tu viens d'être surprise à truquer une poule, s'est-il esclaffé bruyamment.

Daniel a couru derrière moi dans la rue pour m'inviter à dîner demain soir. Vouii !

Minuit. Ugh. Je suis lessivée. Ce n'est pas normal de réviser une sortie avec un garçon comme un entretien d'embauche ! Daniel est sacrément intelligent, si ça devient sérieux entre nous, ça risque de poser problème. J'aurais peut-être mieux fait de choisir un type plus jeune, sans cervelle, qui aurait cuisiné petits plats, lavé linge et bu moindre de mes paroles. Depuis que je suis sortie du boulot, ai suivi une séance d'aérobic, me suis étrillé la peau pendant un quart d'heure avec une brosse dure, ai fait le ménage, ai rempli le frigo, me suis épilé les sourcils, ai parcouru les journaux et *Tout Savoir sur le Sexe, derniers développements*, ai fait une machine et me suis épilé les jambes moi-même, parce que trop tard pour prendre rendez-vous. J'ai fini à genoux sur une serviette pour retirer bande de cire récalcitrante au mollet gauche en regardant le journal du soir, où espérais glaner quelques opinions intéressantes sur ceci ou cela. Dos en compote, tête comme un tambour et jambes rouge vif, sauf là où la cire tient toujours.

Les gens raisonnables diront que Daniel n'a qu'à me prendre comme je suis, mais je suis une enfant de la culture *Cosmopolitan*, traumatisée par les top models et les tests de personnalité. Je sais que, livrés à eux-mêmes, ni ma tête ni mon corps ne sont à la hauteur. La pression est trop forte. Je vais annuler ce rendez-vous et passer la soirée à grignoter des chocolats, en vieux pull taché de jaune d'œuf.

Samedi 25 février

55,5 kg (un miracle. La preuve que l'amour est le meilleur des exercices physiques), unités alcool : 0, cigarettes : 0, calories : 200 (ai découvert le secret pour ne pas manger : remplacer bouffe par sexe).

18:00. Ô joie. Ai passé la journée dans un état que je ne pourrais appeler autrement qu'ivresse de l'extase, errant dans l'appartement, souriant, à ramasser des choses et à les reposer. C'était si merveilleux. Deux points noirs, cependant : 1) dès que ça a été fini, Daniel a dit : « merde, j'ai oublié de mettre la voiture au garage Citroën ! » 2) quand je me suis levée pour aller à la salle de bains, Daniel m'a fait remarquer que mon collant était resté collé à l'arrière de mon mollet.

Mais les nuages roses commencent à se disperser. Je suis inquiète. Et maintenant ? On n'a rien prévu. Soudain, réalise que j'attends à nouveau que le téléphone sonne. Comment se peut-il que la situation après une première nuit soit toujours aussi atrocement déséquilibrée ? J'ai l'impression d'avoir passé un examen, et d'attendre les résultats.

23:00. Grands dieux. Pourquoi Daniel n'a-t-il pas appelé ? Est-ce qu'on sort ensemble maintenant, ou quoi ? Comment se fait-il que ma mère navigue tranquillement d'un homme à l'autre et que moi je ne sois même pas capable d'en arrimer un seul ? C'est peut-être une question de génération. La leur est sans doute plus douée pour les relations humaines. Ils ne sont peut-être pas tous paranos et méfiants. Si ça se trouve, on se porte mieux quand on n'a lu aucun bouquin de développement personnel.

Dimanche 26 février

57 kg, unités alcool : 5 (pour noyer le chagrin), cigarettes : 23 (pour l'enfumer), calories : 3 856 (pour l'étouffer sous la graisse).

Me suis réveillée, seule, et me suis surprise à imaginer ma mère au lit avec Julio. Révulsée par l'abominable et répugnante vision de sexe parental, ou plutôt semi-parental. Indignée par l'outrage au père. Égoïstement optimiste devant cet exemple : j'ai peut-être encore une bonne trentaine d'années de passion devant moi (voir Susan Sarandon et Joanna Lumley, j'y pense souvent). Mais surtout violemment jalouse : quel ratage ! Moi, seule dans mon lit un dimanche matin alors que ma mère, à soixante ans passés, va peut-être recommencer pour la deuxième fois... Oh ! Seigneur ! Non ! Je ne supporte pas cette idée !

Mars

Anniversaire :
la panique des trentenaires

Samedi 4 mars

57 kg. (À quoi bon faire un régime pendant tout un mois pour se retrouver à son point de départ ? Hum. Fini de me peser et de compter tout ce que je mange puisque ça ne sert foutrement à rien.)

Je ne reconnais plus ma mère. Ce matin, elle a fait irruption chez moi. J'étais en robe de chambre, d'humeur maussade, et je me faisais les ongles des pieds en regardant la télé d'un œil.

– Chérie, je peux laisser tout ça chez toi pendant quelques heures ? a-t-elle gazouillé.

Elle a posé une flopée de sacs par terre et elle s'est rendue dans ma chambre.

Quelques minutes après, dans un accès de curiosité pure, je suis allée voir ce qu'elle fabriquait. Assise devant mon miroir, en slip et soutien-gorge tête-de-nègre, du genre hors de prix, elle se maquillait les cils, bouche grande ouverte. (C'est l'un des grands mystères de la nature : pourquoi ouvre-t-on toujours la bouche pour se mettre du mascara ?)

– Tu ne crois pas que tu devrais t'habiller, chérie ?

Elle était superbe : la peau claire, les cheveux brillants. Je me suis regardée dans la glace. J'aurais vraiment dû me démaquiller hier soir. Mes cheveux sont collés à mon crâne d'un côté, et hirsutes de l'autre. On dirait vraiment que les poils que j'ai sur la tête mènent une vie indépendante. Le jour, ils se comportent tout à fait normalement, et je ne suis pas sitôt endormie qu'ils se mettent à courir et à gambader à droite et à gauche, comme des sales gosses qui cherchent une bêtise à faire.

– Tu sais, a dit maman en se vaporisant du Givenchy II dans le décolleté, ton père s'est lamenté pendant des années parce qu'il remplissait nos déclarations d'impôts, comme si ça compensait trente années de vaisselle. Toujours est-il que le délai était passé, donc je me suis dit : « Zut alors, je m'y colle. » Évidemment, je n'y comprenais strictement rien. Alors j'ai appelé la perception pour prendre rendez-vous. Le préposé s'est montré d'un condescendant… « Mais enfin, madame Jones, je ne vois vraiment pas ce qu'il y a de compliqué. » Et je lui ai répondu : « Est-ce que *vous* savez faire une brioche ? » Il a admis que je n'avais pas tort et, en un petit quart d'heure, on avait tout réglé. Et il m'a invitée à déjeuner aujourd'hui. Tu t'imagines ? Un percepteur !

– Quoi ? ai-je bégayé, en m'agrippant à la porte. Et Julio ?

– Ce n'est pas parce que je suis « amie » avec Julio que je ne peux pas avoir d'autres « amis », a-t-elle dit gentiment en enfilant un ensemble jaune. « Il te plaît ? Je viens de l'acheter. Super citron, tu trouves pas ? Bon, il faut que je file. J'ai rendez-vous avec lui à une heure et quart au Debenhams. »

Après son départ, j'ai mangé quelques cuillerées de muesli, directement dans le paquet, et j'ai vidé un fond de vin qui restait dans le frigo.

J'ai compris son secret : elle a découvert son pouvoir. Elle exerce un pouvoir sur papa : il veut la récupérer. Elle exerce un pouvoir sur Julio et sur le percepteur. Tout le monde sent sa force et en veut un peu, ce qui la rend encore plus irrésistible. Donc, il ne me reste qu'à me trouver quelqu'un ou quelque chose sur qui ou sur quoi exercer mon pouvoir et... Seigneur ! Je n'ai même pas de pouvoir sur mes cheveux !

Je suis complètement déprimée. Daniel a été tout à fait charmant toute la semaine, souriant, blagueur, mais pas la moindre allusion à ce qui s'est passé entre nous, comme si coucher un soir avec une collègue et s'en tenir là était la chose la plus naturelle du monde. Aller au bureau était une corvée un peu ennuyeuse. C'est devenu une torture. J'agonise chaque fois qu'il part déjeuner ou qu'il met son manteau pour s'en aller, à la fin de la journée. Où va-t-il ? Et avec qui ? Avec qui ?

Perpetua s'est débrouillée pour me refiler tout son boulot : elle passe son temps au téléphone avec Arabella ou Piggy, à donner des détails sur l'appartement d'un demi-million de livres qu'elle va acheter avec Hugo. « Oui ! Mais oui ! Non ! je suis tout à fait d'accord avec toi. Mais tout de même, claquer trente briques pour une quatrième chambre à coucher. »

Vendredi, à cinq heures moins le quart, Sharon m'a téléphoné au bureau.

– Tu sors avec Jude et moi, demain soir ?

– Heuhhhh...

Je paniquais en silence. Je me disais : Daniel va sûrement proposer qu'on se voie pendant le week-end...

– Rappelle, si l'autre ne t'appelle pas, a conclu Sharon, sèchement.

À six heures moins le quart j'ai vu Daniel, en manteau, se diriger vers la porte. Mon expression tragique a dû lui faire honte parce qu'il m'a souri d'un air espiègle, a désigné l'ordinateur de la tête, et a filé.

Il y avait bien un message.

Bon week-end. Stop.
Cleave

J'ai pitoyablement composé le numéro de Sharon.

– À quelle heure, demain soir ? ai-je marmonné, penaude.

– Huit heures et demie. Café Rouge. T'en fais pas, on t'aime. Et conseille-lui de ne pas s'approcher de moi. Enfoiré affectif !

2:00. Beuh… soirée d'enfer Jude + Sharon. Rien à foutre de connard Daniel. Malade. Oups !

Dimanche 5 mars

8:00. Urgh. Serais mieux morte. Ne toucherai jamais plus, jamais, une goutte d'alcool de ma vie.

8:30. Oooh. Je mangerais bien des frites.

11:30. Soif intense, mais semble plus raisonnable de garder les yeux fermés et la tête immobile sur l'oreiller. Sinon, graves dégâts à craindre dans machinerie interne.

Midi. Sacrée bonne soirée, mais t. troublée par conseils sujet Daniel. D'abord les problèmes de Jude avec Richard le Cruel, prioritaires puisque ça fait dix-huit mois qu'ils sortent ensemble et que Daniel et moi on a juste baisé une fois. J'ai attendu humblement que ce soit mon tour, et j'ai raconté le dernier épisode de la saga. Le verdict a été unanime : « Salopard. Enfoiré affectif. »

Néanmoins, Jude a introduit un concept intéressant : l'horloge du mâle. Elle l'a découvert dans le film *Clueless*. Il s'agit de la période de cinq jours (sept, ai-je objecté), durant laquelle les mâles de l'espèce humaine trouvent naturel de tergiverser après avoir couché avec quelqu'un, pour évaluer la situation avec la lucidité requise. « Daniel doit réfléchir, a ajouté Jude. Donne-lui sa chance. Montre-toi amicale, fais du charme. Il n'aura plus peur que tu t'accroches à lui ou que tu fasses des scènes. »

D'indignation, Sharon a failli cracher dans le parmesan râpé. Elle a dit que laisser une femme dans l'expectative deux week-ends durant est inhumain, que c'est une atteinte grave à son intégrité, et que je devrais lui dire ce que je pense de lui. Hmmm. Enfin. Vais refaire un petit somme.

14:00. Héroïque expédition au rez-de-chaussée pour prendre le journal. Ai bu un verre d'eau. Retour triomphal. Sensation exquise : l'eau coulait comme un fleuve de cristal dans la section de mon crâne qui en avait le plus besoin. À la réflexion, je ne suis pas certaine que l'eau aille directement dans le cerveau. À moins qu'elle ne passe par les vaisseaux sanguins. Les gueules de bois étant causées par la déshydratation, il se produit peut-être un phénomène de capillarité qui fait monter l'eau à la tête.

14:15. Viens de lire un article sur des enfants de deux ans obligés de passer des tests pour être admis en maternelle ! Suis hors de moi. Censée assister au goûter d'anniversaire de filleul Harry.

18:00. Ai traversé Londres à toute allure, mourante, sous une pluie battante. Risqué mille fois me casser le cou. Arrêt chez Waterstone pour acheter un cadeau. Entre ma gueule de bois et la perspective d'arriver en retard au milieu d'une assemblée de mères ayant abandonné une carrière prometteuse pour élever leurs surdoués de moutards, mon cœur flanche.

Magda, ex-agent de change, ment sur l'âge de Harry, pour le faire passer pour plus en avance qu'il ne l'est. Elle a conçu dans l'angoisse, en se bourrant de dix fois plus d'acides foliques et autres minéraux que les gens normaux. La naissance a été gratinée : elle avait clamé sur tous les toits qu'elle voulait un accouchement naturel, mais dix minutes après le début elle a hurlé : « Faites-moi une piqûre, espèce de grosse vache ! »

Un cauchemar, ce goûter. Une assemblée de mères arrogantes, dont une avec un bébé de quatre semaines, et moi.

– Oh, qu'il est *mignon* ! a susurré Sarah de Lisle. Il a eu combien, à son AGPAR ?

Personnellement, j'ai déjà des doutes sur les tests concernant la vie à deux. L'AGPAR, c'est un test qu'on passe à l'âge de deux minutes. Il y a deux ans, à un dîner, Magda s'est ridiculisée : elle a prétendu que Harry avait eu dix au sien, et une des invitées, qui était infirmière, lui a fait remarquer que l'AGPAR ne va que jusqu'à neuf.

Inébranlable, Magda prétend aujourd'hui que son fils est un petit prodige de la défécation précoce. Ces dames renchérissent sur leurs rejetons respectifs. Pendant ce temps-là, les gamins, qui ont l'âge d'être emballés dans plusieurs couches bien étanches, se baladaient en cache-sexe de chez Baby Gap. Je n'étais pas arrivée depuis dix minutes qu'il y avait trois crottes sur le tapis. Discussion soi-disant superficielle, mais en vérité féroce pour désigner les responsables des accidents, grand envol de lingettes et de petites culottes, avec pour résultat immédiat un concours de longueur de zizi des garçons et, conséquemment, de leurs pères.

– On n'y peut rien, c'est héréditaire. Et de ce côté-là, il faut bien avouer que Cosmo n'a vraiment pas de problème.

J'ai cru que ma tête allait exploser avec tout ce raffut. De vagues excuses, et je suis rentrée chez moi en me félicitant d'être célibataire.

Lundi 6 mars

11:00. Au bureau. Épuisée. Hier soir, je prenais un bon bain chaud à l'essence de géranium en sirotant une vodka-tonic quand on a sonné. C'était ma mère, en larmes sur le pas de la porte. Il m'a fallu un certain temps pour comprendre ce qu'elle avait : elle inondait ma cuisine de sanglots déchirants, entrecoupés de refus de s'expliquer. J'en étais à me demander si son flux de puissance sexuelle s'était subitement tari, évanoui comme un château de cartes, et si, tout à coup, papa,

Julio et le percepteur ne manifestaient plus le moindre intérêt pour elle. Mais non. Elle avait juste attrapé le syndrome du « Tout à la fois ».

Quand elle a compris que j'allais la laisser à ses lamentations, elle a enfin daigné parler.

– Je suis comme la cigale qui a dansé tout l'été... maintenant, mon hiver est venu et je suis toute dépourvue...

J'allais lui faire remarquer que trois soupirants au choix, la moitié de la maison et une pension alimentaire n'étaient pas exactement la dèche, mais je me suis mordu la langue.

– Je veux travailler, m'accomplir professionnellement.

Là, j'avoue avec honte que j'ai jubilé. Ça faisait un point pour moi : j'avais une profession ; enfin, mettons que j'avais un boulot. J'étais une cigale qui engrangeait un gros tas d'herbes ou de mouches, je ne sais ce que mangent les cigales l'hiver venu, même si je n'avais pas d'homme dans ma vie.

J'ai fini par la consoler en l'autorisant à inspecter ma garde-robe et à critiquer tous mes vêtements. Puis elle m'a expliqué pourquoi je devrais m'habiller exclusivement chez Jaeger et Burberry. Ça a parfaitement marché. Si bien, même, qu'elle a trouvé la force de téléphoner à Julio afin de prendre rendez-vous pour un « dernier verre ».

Le temps qu'elle s'en aille, il était dix heures passées. J'ai téléphoné à Tom pour lui apprendre que l'affreux Daniel ne m'avait pas appelée de tout le week-end et pour lui demander son avis au sujet des conseils contradictoires de Sharon et de Jude. Tom m'a dit de ne suivre ni les uns ni les autres. Pas de charme, pas de scènes.

Rester distante, froide et professionnelle comme une Reine de Glace.

Les hommes, selon lui, ont toujours l'impression d'être sur une espèce d'échelle, avec des femmes au-dessus et au-dessous d'eux. Si la femme est « dessous » (c'est-à-dire qu'elle accepte de coucher avec lui, qu'elle tient à lui), ils réagissent façon Groucho Marx, ils n'ont pas envie de faire partie du club. Je trouve ça très déprimant comme mentalité, mais Tom a insisté. Si je tiens vraiment à Daniel, il faut que je l'ignore et que je sois aussi froide et distante que possible.

À minuit, ai fini par me coucher, t. perturbée mais papa m'a réveillée trois fois pendant la nuit.

– Quand quelqu'un nous aime, on se sent bien au chaud, le cœur douillettement protégé sous la couette. Mais quand on te l'enlève…

Et il a éclaté en sanglots.

Il m'appelait du studio au fond du jardin des Alconbury, où il habite toujours, en attendant, comme il dit, « que les choses s'arrangent ».

Il vient de se produire un étrange renversement des rôles : maintenant, c'est moi qui m'occupe de mes parents et non plus le contraire. Il y a quelque chose qui cloche. Je ne suis pas assez vieille pour ça tout de même.

Lundi 6 mars

56,5 kg (t.t.b. le secret : pour maigrir, suffit de ne pas se peser).

Suis en mesure de confirmer officiellement que conquérir le cœur d'un homme, aujourd'hui, ne passe ni par la beauté, les petits plats, la classe ou la personnalité, mais par la capacité à prendre l'air indifférent.

N'ai pas fait attention à Daniel de la journée, ai pris un air très affairé (on ne se moque pas), ai ignoré le message en attente qui n'a pas cessé de clignoter sur mon écran. Je soupirais et je rejetais mes cheveux en arrière, comme si j'étais une fascinante personne terriblement occupée qui n'a pas de temps à perdre en futilités. À la fin de la journée, miracle, du genre mystérieuse réaction chimique au labo de l'école. Ça marchait. Il n'arrêtait pas de me couvrir d'un regard lourd de sous-entendus. Il a profité d'une absence de Perpetua pour venir dans mon bureau.

– Jones, sublime créature... Pourquoi m'ignores-tu ?

Comblée, j'allais lui révéler les stratégies contradictoires que m'avaient conseillées Tom, Sharon et Jude mais le bon Dieu était avec moi : le téléphone a sonné. J'ai levé les yeux au ciel d'un air navré, j'ai décroché. Perpetua est entrée, et, dans sa précipitation, elle a fait tomber un jeu d'épreuves posé sur son bureau d'un coup de fesses brutal. Et s'est mise à brailler,

– Ah ! Daniel !...

Elle l'a entraîné à sa suite.

Une chance, parce que c'était Tom qui voulait me dire de m'en tenir à mon rôle de Reine de Glace. Il m'a donné un mantra à répéter si je sentais faiblir ma résolution. « Tiens bon, inaccessible Reine de Glace ; tiens bon, Reine de Glace inaccessible. »

Mardi 7 mars

57,5 kg, ou 57 ? ou 58,5 ?, unités alcool : 0, cigarettes :
20, calories : 1 500, grattages : 6 (médiocre).

9:00. Aargh. Comment ai-je pu prendre un kilo et demi
depuis le milieu de la nuit ? Je pesais 57,5 kg en me
couchant, 57 à quatre heures du mat et 58,5 au réveil.
Je peux comprendre que le poids *diminue*, on élimine,
en dormant ou en allant aux toilettes, mais comment
augmente-t-il ? Les aliments réagissent-ils chimique-
ment à d'autres, en doublant subitement de densité et
de volume, se solidifient-ils en une graisse plus lourde
et plus dense ? Ça ne se voit pas que j'ai grossi. Je peux
encore fermer le bouton mais, hélas, pas la braguette
de mon vieux jean de 89. Peut-être que tout mon corps
devient plus petit mais plus dense. Comme ces bonnes
femmes qui font du body-building. Cette idée me rend
malade... J'ai appelé Jude pour me plaindre de l'ineffi-
cacité des régimes. Elle m'a conseillé de noter par écrit
tout ce que j'ai mangé, honnêtement, pour voir si j'ai
été obéissante. Voilà la liste :
Petit déjeuner : petit pain chaud (régime Scarsdale,
avec légère variation sur prescription : une tranche de
pain complet grillé) ; un Mars (toujours Scarsdale, avec
légère variation : un demi-pamplemousse).
Collation : deux bananes, deux poires (suis passée au
plan-F car affamée et ne supporte pas les carottes recom-
mandées par Scarsdale). Un carton de jus d'orange
(régime cru, anticellulite).
Déjeuner : pomme de terre en robe des champs (Scarsdale végétarien) et houmos (Hay Diet, excellent avec la
peau des pommes de terre, ça fait amidon et, au petit

déjeuner et au petit creux, je n'ai pris que de l'aqueux, sauf le petit pain et le Mars : écart mineur).

Dîner : 4 verres de vin, poisson et frites (Scarsdale et Hay Diet, plein de protéines), une portion de tiramisù, un Pippermint soda (éliminé peu après).

Je sais, c'est trop facile. On prend ce qui nous plaît dans tous les régimes et on mélange. Il faut choisir son régime, et s'y tenir. C'est ce que je vais faire. Dès que j'aurai fini mon petit pain au chocolat.

Mardi 14 mars

Catastrophe. Catastrophe absolue. Comblée par le succès de la théorie de la Reine de Glace, j'ai voulu essayer celle de Jude, et j'ai envoyé des petits mots à Daniel pour lui montrer que j'ai confiance en lui, que je ne m'accrocherai pas et que je ne ferai pas de scènes sans une bonne raison.

En milieu de matinée, le succès de la combinaison Reine de Glace avec *Les hommes viennent de Mars et les femmes de Vénus* était total. Daniel m'a rejointe près de la machine à café.

– Tu viens à Prague avec moi, le week-end prochain ?

– Heuuuu… tu veux dire le week-end après celui-ci ?

– Exactement… Oui. Le week-end prochain.

Il me parlait d'un air un peu condescendant, comme s'il m'apprenait l'anglais.

– Ooooh oui, *merci*.

J'ai tout oublié, la Reine de Glace et le mantra.

Un peu plus tard, il me proposait de déjeuner avec lui. On a décidé de se retrouver dehors pour ne pas faire jaser. Je trouvais ça plutôt excitant, cette clandestinité. Puis, en allant au pub, il m'a dit :

– Je suis navré, Bridget, j'ai déconné...

– Pourquoi ? Comment ça ?

En fait, je me rappelais ma mère et j'étais en train de me demander si je n'aurais pas dû dire : « Pardon ? » d'un air offusqué.

– Je ne peux absolument pas aller à Prague le week-end prochain. J'ai dit n'importe quoi. Mais ce ne sera que partie remise.

Une sirène d'alarme s'est déclenchée dans mon cerveau et j'ai vu briller une énorme enseigne au néon proclamant en lettres rouges, tout autour du visage de Sharon : « ENFOIRAGE AFFECTIF, ENFOIRAGE AFFECTIF... »

Je me suis arrêtée net sur le trottoir, en fulminant.

– Qu'est-ce que tu as ? m'a-t-il demandé, l'air amusé.

– J'ai que j'en ai marre de toi ! Je te l'ai dit clairement la première fois que tu as essayé de m'enlever ma jupe, je ne supporte pas les enfoirés affectifs. Tu t'es très mal conduit avec moi ! Tu as couché avec moi et tu ne m'as même pas passé un coup de fil après, tu as fait comme si de rien n'était. Et là, tu m'as proposé d'aller avec toi à Prague ! Pour quelle raison ? Pour être sûr que tu pourrais recoucher avec moi si l'envie t'en prenait ? Comme si on était sur une espèce d'échelle ?

– Une échelle, Bridget ? Quelle échelle ?

– Ferme-la. C'est très clair, entre nous deux. Ou on sort ensemble et tu te conduis convenablement avec moi, ou tu me laisses tranquille. Je te le répète, l'enfoirage affectif, très peu pour moi.

– Mais qu'est-ce qui te prend, cette semaine ? Tu commences par te montrer glaciale, une authentique garce hitlérienne, puis tu te transformes en chatte en

chaleur, tu me lances des regards brûlants de concupis-
cence et maintenant voilà que tu joues les saintes nitou-
ches !

On se faisait face, les yeux dans les yeux, comme deux
bêtes féroces sur le point de s'entre-dévorer dans les
émissions sur la jungle. Puis Daniel m'a plantée là et il
est reparti vers le pub. Je suis restée sur le trottoir,
tétanisée. Je suis retournée au bureau où je me suis
enfermée dans les chiottes en regardant la porte d'un
œil, comme une folle. Oh ! Seigneur.

17:00. Ha ! Suis formidable. T. contente de moi. Cellule
de crise convoquée au Café Rouge après le boulot.
Sharon, Jude et Tom sont tous les trois ravis de mes
résultats avec Daniel. Croient tous les trois que c'est
grâce à leurs conseils. En plus, Jude a entendu à la radio
qu'en l'an 2000 un tiers des foyers seront catalogués
célibataires, ce qui prouvera bien que nous ne sommes
pas des monstres de foire. Sharon a renchéri.

– Un sur trois ? je dirais neuf sur dix, oui !

Elle affirme que les hommes, les présents excepté,
c'est-à-dire Tom, sont si tragiquement sous-développés
que les femmes les prendront bientôt chez elles comme
animaux domestiques pour le sexe, et que ce genre de
foyer sera catalogué célibataire parce que les hommes
habiteront ailleurs, dans des chenils. Ça m'a formidablement remonté le moral. Il est temps que je lise *Backlash*.

5:00. Oh, Seigneur. Je suis si malheureuse. J'aime
Daniel.

Mercredi 15 mars

57 kg, unités alcool : 5 (catastrophe, philtre de Satan), cigarettes : 14 (herbe de Satan – j'arrête le jour de mon anniversaire), calories : 1 795.

Brrr… Marre de tout en me réveillant. Barbe d'anniversaire dans deux semaines. Une année entière de passée, pendant laquelle tout le monde sauf moi a rejoint les Mariés-Fiers-de-l'Être, pondu des enfants, plop, plop, plop, à droite, à gauche, *partout*, gagné des paquets de fric ou grimpé dans l'échelle sociale alors que je dérive en solitaire sur eaux stagnantes.

Inspections répétées devant miroir, à traquer rides en lisant frénétiquement *Gala*, au cas où j'y dégoterais un modèle d'âge adéquat (Jane Seymour a quarante-deux ans). Au-delà de trente ans, on est à la merci de surgissement inopiné de crinoline de graisse, cabas, permanente trop frisée et bajoues. Tout ça pousse sans crier gare, comme dans un film avec effets spéciaux, et le tour est joué. Penser plutôt à Joanna Lumley et Susan Sarandon. Beaucoup plus sain.

Autre sujet de tracas : comment fêter mon anniversaire ? Vu taille appartement et compte en banque, hors de question organiser vraie soirée. Un dîner ? Pour passer journée à m'escrimer et haïr tous les invités au moment où ils arrivent ? Non. Proposer aux copains une sortie au resto ? Pour me sentir coupable d'avoir obligé tout le monde à payer une addition salée sous prétexte anniversaire ma petite personne ? Pas question. Inviter tout le monde ? Pas les moyens. Oh ! là ! là ! que faire ? Si seulement j'étais pas née, mais soudain apparue à la face du monde, genre Jésus en un peu différent, n'aurais pas à me tracasser sujet anniversaire. Profonde compassion pour Jésus. Doit – en tout cas, devrait – être très gêné par cirque obligatoire autour anniversaire depuis deux mille ans, dans majeure partie du globe.

Minuit. T.b. idée pour anniversaire. Vais inviter tout le monde pour cocktails. Des Manhattan, pour faire genre. Et si on veut aller dîner après, on ira. Comment on fait les Manhattan, déjà ? Pourrais acheter bouquin sur cocktails. Le ferai sans doute pas, pour être franche.

Jeudi 16 mars

57 kg, unités alcool : 2, cigarettes : 3 (t.b.), calories : 2 140 (mais surtout des fruits), minutes passées à faire liste invités : 237 (nul).

Moi	Sharon
Jude	Richard le Cruel
Tom	Jerome (berk)
~~Michael~~	
Magda	Jeremy
Simon	
Rebecca	Martin le Bonnet de nuit
Woney	Cosmo
Joanna	
Daniel ?	Perpetua ? (bof) et Hugo ?

Oh ! non. Oh ! non. Qu'est-ce que je vais faire ?

Vendredi 17 mars

Coup de fil à Tom. A déclaré sagement : « C'est ton anniversaire, tu invites qui tu veux. »

Donc :

> Sharon
> Jude
> Tom
> Magda et Jeremy.

Et je leur fais à dîner.

Re-coup de fil à Tom pour le tenir au courant.

– Et Jerome ?

– Comment ?

– Et Jerome ?

– C'est que... Comme on avait dit qui...

J'ai reculé. J'allais dire : qui je veux. Ça laisserait entendre que je ne voulais pas de l'insupportable, du prétentieux petit ami de Tom...

– Oh, *ton* Jerome, tu veux dire ?

En ai rajouté, avec enthousiasme débordant, pour compenser mauvaise première impression.

– Mais évidemment que Jerome est invité, banane ! Voyons ! Mais tu crois qu'on peut se passer du cruel Richard de Jude et de cette bourge de Woney la Pimbêche ? Elle m'a invitée à son anniversaire la semaine dernière.

– Elle n'en saura rien.

Quand j'ai lu ma liste à Jude, elle s'est écriée, désinvolte : « Ah, on amène sa moitié, alors ? » Me voilà bonne pour Richard le Cruel. Comme on n'est plus six, il va falloir que j'invite Michael. Ça fera neuf. C'est très bien neuf. Dix aussi.

Sharon m'a téléphoné. « J'espère que j'ai pas gaffé. J'ai rencontré Rebecca. Je lui ai demandé si on se verrait à ton anniversaire. Elle était vexée comme un pou ! »

Et voilà ! Va falloir que j'invite Rebecca et Martin le Bonnet de nuit. Donc, Joanna. Merde. Merde ! Maintenant que j'ai dit que c'était un dîner, impossible traîner tout le monde au restaurant. Me prendraient pour une fainéante ou une avare !

Seigneur ! en rentrant, message de Woney, glacial, sur mon répondeur. « Cosmo et moi nous demandons ce qui te ferait plaisir pour ton anniversaire. Rappelle-nous. Merci. »

Vais passer journée d'anniversaire à préparer la bouffe pour seize personnes.

Samedi 18 mars

56,5 kg, unités alcool : 4 (ras le bol), cigarettes : 23 (t.t. nul, surtout en deux heures), calories : 3 827 (immonde).

14:00. Hum. Manquait plus que ça : ma mère, la cigale qui a dansé tout l'été de la semaine dernière, mais la crise a miraculeusement passé, a fait irruption chez moi.

– Pour l'amour du ciel, ma chérie ! dit-elle, en fonçant à toute vapeur dans la cuisine. Tu as une mine épouvantable ! La semaine a été dure ? On te donnerait quatre-vingt-dix ans… Devine ce qui m'arrive, chérie…

Bouilloire en main, elle a baissé modestement les yeux, puis a relevé la tête, rayonnante. On aurait dit Ginger Rogers, prête à entrer dans la danse.

– Quoi ? ai-je grommelé.

– Je me suis trouvé un boulot d'animatrice à la télé.
Je vais faire les vitrines.

Dimanche 19 mars

56 kg, unités alcool : 3, cigarettes : 10, calories, 2 465
(surtout du chocolat).

Youpi ! Ai développé nouvelle attitude, totalement
positive, sujet anniversaire. Ai parlé avec Jude du livre
qu'elle a lu, sur les festivités et rites de passage dans les
cultures primitives. Me sens heureuse et sereine.

Ai compris que c'est bête et inutile trouver appartement trop petit pour dix-neuf personnes et regretter
jour d'anniversaire passé à trimer au lieu de me faire
belle et d'être invitée dans restaurant chic par bombe
sexuelle avec carte de crédit tout en or. Considérerai
dorénavant amis comme grande et chaleureuse famille
africaine, ou turque.

Notre civilisation est beaucoup trop obsédée par les
apparences, l'âge et le statut social. C'est l'amour qui
compte. Ces dix-neuf personnes sont mes amis. S'ils
viennent chez moi, c'est pour fêter nos relations affec-
tueuses dans un cadre amical, pas pour juger mes
talents de maîtresse de maison. Vais leur préparer un
hachis parmentier (recette Cuisine Familiale). Et on
passera une soirée magnifique, chaleureuse, genre
fiesta tiers-mondiste.

Lundi 20 mars

57 kg, unités alcool : 4 (pour me mettre dans l'ambiance), cigarettes : 27 (mais demain j'arrête), calories : 2 455.

Ai décidé de servir la tourte du berger avec salade d'endives de Belgique, roquefort aux lardons et chorizo grillé. Et de finir en beauté avec (pas encore essayé la recette mais devrait être facile) soufflés individuels au Grand Marnier. Me réjouis d'avance. Vais asseoir ma réputation d'excellente hôtesse et de cordon bleu.

Mardi 21 mars : Anniversaire

57 kg, unités alcool : 9*, cigarettes : 42*, calories : 4 295*.

* Si on s'éclate pas le jour de son anniversaire, on s'éclate quand ?

18:30. Bloquée. Viens de marcher dans casserole de purée avec escarpins neufs en daim noir de chez Pied-à-terre (Pieds-à-pomme-de-terre, plutôt). Avais oublié que sol et surfaces diverses étaient jonchés de casseroles viande hachée et purée. Six heures et demie. Dois descendre acheter ingrédients pour soufflés et autres trucs oubliés. Oh, Seigneur ! Tube de gelée contraceptive sur bord de lavabo. Penser à le cacher. Cacher aussi série pots avec dessin Écureuil ringards sur étagère cuisine et carte de vœux de Jamie avec photo de brebis qui dit : « Laquelle es-tu ? » et quand on ouvre : « Tu es celle qui s'emmêle les pattes. » Hum.

Programme :

6:30 : courses.

6:45 : retour avec provisions oubliées.

6:45-6:47 : mélanger tourte du berger et mettre au four. (Seigneur ! Pourvu que ça rentre !)

7:00-7:05 : Préparation soufflés. (Une petite goutte de Grand Marnier tout de suite. C'est mon anniversaire, ou non ?)

7:05-7:10 : Mmmm, délicieux. Vérification propreté assiettes et couverts. Vaisselle parfois bâclée. Disposer élégamment en éventail. Ah ! acheter serviettes.

7:10-7:20 : ranger pièce. Pousser meubles.

7:20-7:30 : griller la salade. Ou laver chorizo. Je ne sais plus.

Bon. Ça me laisse une bonne demi-heure pour me préparer. Pas de panique. Vais m'en fumer une petite. Aïe aïe aïe ! Il est sept heures moins le quart. Comment j'ai fait mon compte ? Aïe.

19:15. Viens de remonter. Ai oublié le beurre.

19:35. Merde, merde, merde ! Les casseroles de purée et de viande hachée sont toujours par terre et je ne me suis pas encore lavé les cheveux.

19:40. Oh, Seigneur ! En cherchant le lait me suis aperçue qu'ai laissé filet à provisions chez l'épicier. Il y avait les œufs dedans. Ce qui signifie que… Et l'huile d'olive ! Comment je fais la salade, maintenant ?

19:45. Hmm. Une seule solution : prendre un bain en buvant un verre de champagne et me préparer. Si présentable, pourrai faire la cuisine quand ils seront là. Si lui demande gentiment, Tom ira me chercher les trucs que j'ai oubliés.

19:55. Seigneur ! On sonne ! Je suis en slip et soutien-gorge, cheveux mouillés. La tourte est toujours par terre. Ça y est, je déteste tous mes invités. Ça fait deux jours que je m'escrime et ils vont tous débarquer et réclamer à bouffer à cor et à cri. Une seule envie : ouvrir la porte et hurler : allez vous faire *foutre !*

20:00. T. émue. Ouvert la porte à Magda, Tom, Sharon et Jude, avec du champagne. Ils m'ont dit de me dépêcher de me préparer. Le temps que je me sèche les cheveux et que je m'habille, ils avaient nettoyé la cuisine et jeté la tourte. En fait, Magda avait réservé une grande table au 192 et avait donné rendez-vous à tout le monde là-bas. Ils m'attendaient, avec des cadeaux, pour m'inviter à dîner. Magda m'a dit qu'ils avaient eu une sorte d'étrange prémonition au sujet du soufflé au Grand Marnier et des lardons grillés. J'adore mes amis. En tout cas, je les préfère à une bande de Turques voilées.

Bon. Vais réactiver mes bonnes résolutions du premier de l'an en ajoutant :

Plus d'hystérie à propos de n'importe quoi.

Ne plus coucher avec Daniel Cleaver.

Avril

L'équilibre intérieur

Dimanche 2 avril

57 kg, unités alcool : 0 (super), cigarettes : 0, calories :
2 250.

Lu article sur Kathleen Tynan, défunte épouse du
défunt Kenneth. Il paraît qu'elle possédait un Équilibre
intérieur. Elle écrivait, impeccablement habillée, assise
à une petite table au milieu d'une pièce, en sirotant un
verre de vin blanc frais. Ce n'est pas elle qui, à cause d'un
communiqué de presse en retard, se serait planquée sous
sa couette, terrifiée et, tout habillée, aurait fumé des cigarettes à la chaîne et bu du saké froid à même la carafe
en se maquillant frénétiquement pour essayer de penser
à autre chose. Kathleen Tynan n'aurait pas accepté que
Daniel Cleaver couche avec elle quand ça lui chante sans
être son petit ami attitré. N'aurait pas picolé jusqu'à
perdre conscience et vomir tripes et boyaux. Voudrais
tellement être comme Kathleen Tynan. (Sauf morte, évidemment.)

Depuis quelque temps, quand les choses risquent de
mal tourner, je dis « équilibre intérieur » et je m'imagine tout de blanc vêtue, devant une table avec un vase
de fleurs. Équilibre intérieur. Pas fumé un seul clope

depuis six jours. Traité Daniel avec condescendance, ne lui ai pas envoyé de messages, n'ai pas flirté ni couché avec lui depuis trois semaines. Les trois unités alcool ingurgitées la semaine dernière n'étaient qu'une concession faite à Tom qui prétendait que passer la soirée avec personne libérée de tous ses vices que je suis devenue était aussi amusant que de sortir avec un bulot, une coquille Saint-Jacques ou autre créature marine pareillement flasque.

Mon corps est un temple. Je me demande s'il est l'heure d'aller au lit. Oh ! non. Il n'est que huit heures et demie. Équilibre intérieur. Oh ! Téléphone.

21:00. C'était mon père. Avec une voix bizarre, déconnectée, genre extraterrestre.

– Bridget, branche ta télé sur BBC1.

J'ai changé de chaîne et j'ai failli m'étrangler d'horreur. C'était la bande-annonce du show Anne et Nick[1]. Et là, sur l'écran, entre Anne et Nick, incrustée au centre d'un effet vidéo en forme de diamant, il y avait ma mère, sur un canapé, pomponnée et maquillée.

– Nick, à toi, disait Anne en souriant.

– *Soudain Seule*, notre nouvelle émission hebdomadaire, abordera sans détours un problème que connaissent de plus en plus de femmes à la fleur de l'âge. Anne ?

– Avec une fantastique nouvelle animatrice, Pam Jones, qui a vécu l'expérience elle-même, et qui fait ses débuts à la télévision dans *Soudain Seule*.

Pendant le discours d'Anne, ma mère s'est levée de son canapé et a avancé, elle a envahi l'écran jusqu'à

---

1. Anne et Nick, qui jouent au couple modèle, animent un « reality show » très suivi.

cacher Anne et Nick. À ce moment-là, on a vu le micro qu'elle brandissait sous le nez d'une femme à l'allure de souris.

– Vous est-il arrivé de penser au suicide ? a tonné ma mère.

– Oui.

La souris a éclaté en sanglots. L'image est devenue fixe, et s'est enroulée sur elle-même pour que réapparaissent à l'écran Anne et Nick, l'air lugubre, assis sur le canapé.

Papa était brisé. Maman ne lui avait même pas parlé de son nouveau boulot. Il est en pleine crise de déni de réalité. Il s'est persuadé que maman a déjà compris l'erreur qu'elle avait commise, mais qu'elle n'ose pas lui dire qu'elle voudrait bien rentrer à la maison.

Je n'ai rien contre le déni de réalité. Pourquoi ne pas se fabriquer un scénario convaincant qui console et rend heureux comme un poisson dans l'eau ? À condition que votre ex-moitié ne vienne pas vous narguer sur l'écran de la télé et se bâtir une nouvelle carrière sur les ruines de votre couple ! J'ai essayé de lui faire avaler qu'il n'y avait pas de raison de perdre espoir, et que maman envisageait peut-être d'utiliser leur réconciliation comme dénouement de la série d'émissions, mais ça n'a pas marché. Pauvre papa. À mon avis, il n'est pas au courant pour Julio, ni pour le percepteur. Je lui ai proposé de venir me voir, on aurait pu se faire un bon petit dîner samedi soir et peut-être une promenade dimanche, mais il a refusé. Les Alconbury ont organisé une soirée « Vieille Angleterre » au Lifeboat.

Mardi 4 avril

C'est décidé : n'arriverai plus systématiquement en retard au bureau et répondrai courrier en souffrance, où s'accumulent menaces d'huissier, etc. Ai commencé mon programme d'auto-amélioration par examen objectif état actuel emploi du temps matinal.

7:00. Me pèse.

7:03. Me recouche pour lamentations sur poids. Mal au crâne. Dormir ou me lever également hors de question. Pense à Daniel.

7:30. La faim me tire du lit. Préparation café. Envisage pamplemousse. Décongélation petit pain au chocolat.

7:35-7:50. Regarde par la fenêtre.

7:55. Ouverture armoire. Contemplation vêtements.

8:00. Choix du chemisier, recherche mini-jupe noire en Lycra. Extraction pile de vêtements en boule au fond de l'armoire. Fouille tiroirs, tire fauteuil de chambre à coucher, inspecte corbeille linge à repasser, inspecte corbeille linge sale. Jupe volatilisée. M'en fume une pour me consoler.

8:20. Élimination peaux mortes (contre la cellulite), bain et shampooing.

8:35. Sélection sous-vêtements. Vu accumulation linge à laver, unique culotte disponible coton blanc montante. Trop moche, même pour le boulot (dégâts psychologiques). Retour à corbeille à linge à repasser. En déniche une minuscule en dentelle noire. Un peu vulgaire, mais toujours mieux que l'horreur de mémère en coton blanc.

8:45. Enfile collant noir opaque. A apparemment rétréci. Monte à peine au-dessus du genou. Deuxième collant troué au mollet. Poubelle. Me rappelle tout à coup que portais jupe noire Lycra dernière fois que rentrée avec Daniel. Cours dans le living. Repère triomphalement la jupe sous les coussins du canapé.

8:55. Re-collant. Troisième paire trouée niveau orteil. Tant pis. Trou se change en échelle. Ça va filer plus haut, se voir. File dans le panier à linge. Ultime collant ficelé sur lui-même et constellé débris mouchoir en papier. Défais les nœuds, épluche.

9:05. Collant enfilé. Jupe mise. Repassage chemisier.

9:10. Me rends compte que cheveux sèchent n'importe comment. Cherche brosse. La trouve dans sac à main. Coup de séchoir. Mauvais pli. Coup de spray, re-séchoir.

9:40. Retour au repassage. Grosse tache sur devant chemisier. Autres chemisiers au sale. Regarde l'heure. Panique. Lave la tache. Chemisier complètement trempé. Le sèche au fer.

9:55. En retard. Désespoir. M'en fume une pour me consoler, en parcourant brochure agence voyages.

10:00. Mon sac. Mon sac a disparu. Vais voir s'il y a du courrier.

10:07. Une seule lettre, des services de carte de crédit. Pas payé je ne sais quoi. Qu'est-ce que je cherchais, déjà ? Ah oui ! mon sac.

10:15. Ça ne s'appelle même plus du retard. Au fait mon sac est dans ma chambre, la brosse à cheveux était dedans. Mais où ? Le trouve enfin, sous pile de vêtements. Remets les vêtements dans l'armoire. Enfile veste. Suis prête à partir. Mes clés ? Fouille la maison, dans rage folle.

10:25. Les trouve enfin dans sac. Me rends compte qu'ai oublié brosse à cheveux.

10:35. Quitte la maison.

Trois heures et trente-cinq minutes entre lever et départ de la maison ! Beaucoup trop long. À l'avenir me lèverai dès réveil et réformerai système lessive. Coup d'œil au journal : aux États-Unis, un assassin condamné est persuadé que les autorités ont implanté un micro dans son derrière pour surveiller ses faits et gestes (façon de parler). Frémis à l'idée de présence tel engin dans propre derrière, surtout le matin.

Mercredi 5 avril

56,5 kg, unités alcool : 5 (la faute de Jude), cigarettes : 2 (ça arrive à tout le monde – ça ne veut pas dire que j'ai recommencé à fumer), calories : 1 765, grattages : 2.

Ai parlé à Jude de l'Équilibre intérieur : elle vient de lire un bouquin de développement personnel sur le zen et prétend qu'on peut mettre le zen à toutes les sauces de la vie quotidienne : le zen et l'art de faire ses courses, le zen et l'art d'acheter un appartement, etc. Tout serait une question d'influx. Par exemple, si on a un problème, ou qu'un truc ne marche pas comme on veut, inutile de se stresser ou de se mettre en colère : on se détend, on trouve son chemin dans l'influx et tout se résout. C'est comme lorsqu'on n'arrive pas à ouvrir une porte avec la clé ; si on force, ça empire, mais si on sort la clé et qu'on l'enduit d'un peu de pommade pour les lèvres, il n'y a plus qu'à la réintroduire doucement dans la serrure et eurêka !

Théorie à ne pas exposer à Sharon, qui dirait que c'est de la foutaise.

Jeudi 6 avril

Rendez-vous dans un bistrot tranquille avec Jude pour reparler de l'influx. Ai remarqué une silhouette familière qui dînait dans un coin sombre. Le Jeremy de Magda. Lui ai fait petit signe de loin. S'est pétrifié d'horreur. Ai donc regardé avec qui il était. Une femme qui a) n'était pas Magda, b) avait moins de trente ans, c) portait un tailleur de chez Whistles que j'ai essayé deux fois mais que je n'ai pas acheté parce que beaucoup trop cher. La garce !

Jeremy allait évidemment essayer de se tirer de ce mauvais pas en m'adressant le genre de signe de tête de reconnaissance qui indique clairement que le moment est mal choisi pour engager conversation et échanger baisers affectueux. J'allais jouer le jeu, mais je me suis dit tout à coup : Minute ! C'est le mari de ma copine Magda ! S'il n'a aucune raison d'avoir honte de dîner en compagnie pétasse quelconque qui porte *mon* tailleur, il n'a qu'à me la présenter.

J'ai modifié mon parcours pour passer près de sa table. Voyant cela, il s'est plongé dans une conversation animée avec la pouffe, a relevé la tête sur mon passage et m'a souri franchement, comme pour dire : « Réunion de boulot. » Lui ai jeté un regard genre « on ne me la fait pas », avant de m'éloigner.

Que devrais-je faire, maintenant ? Hou ! là ! là ! Le dire à Magda ? Ne pas le dire à Magda ? Lui téléphoner pour prendre de ses nouvelles ? Téléphoner à Jeremy pour prendre de ses nouvelles ? Menacer Jeremy de tout raconter à Magda s'il ne laisse pas tomber la sorcière dans *mon* tailleur ? M'occuper de mes affaires ?

J'ai évoqué le zen, Kathleen Tynan et l'équilibre intérieur et esquissé le Salut au Soleil que j'avais appris dans un cours de yoga. Bien concentrée sur ma roue intérieure, j'ai attendu l'influx. Alors, j'ai calmement décidé de ne rien dire à personne, car les ragots sont un poison virulent. J'appellerai souvent Magda, je serai disponible si, grâce à la fameuse intuition féminine, elle sent que quelque chose cloche et qu'elle a envie de m'en parler. Il sera temps, à ce moment-là, et si l'influx me guide dans ce sens, de lui dire ce que j'ai vu. On n'obtient rien en luttant, tout est une question d'influx. Le zen et l'art de vivre. Le zen. L'influx. Ouais… Mais alors, si je suis tombée sur Jeremy et sa pétasse quelconque, c'est aussi grâce à l'influx ? Qu'est-ce que ça peut bien vouloir dire ?

Mardi 11 avril

56 kg, unités alcool : 0, cigarettes : 0, grattages : 9 (il faut arrêter ça).

Entre Magda et Jeremy, tout a l'air normal. Ce n'était peut-être qu'un dîner de boulot, après tout. Les notions de zen et d'influx semblent justes, car il est évident qu'en écoutant les vibrations j'ai eu la bonne réaction. Suis invitée à un cocktail littéraire, la semaine prochaine, à l'occasion de la sortie de *La moto de Kafka*. Suis bien décidée à ne pas paniquer d'avance comme d'habitude mais à en profiter pour améliorer mon sens des relations sociales et ma confiance en moi. Comme je l'ai lu récemment dans un magazine, « un cocktail peut beaucoup pour vous ».

Tina Brown, du *New Yorker*, en voilà une qui sait y faire dans les réceptions ! Elle se faufile élégamment de groupe en groupe en s'écriant : « Martin Amis ! Nelson Mandela ! Richard Gere ! » sur un ton qui suggère qu'elle n'a de sa vie été aussi heureuse de rencontrer quelqu'un. Et elle poursuit : « Vous connaissez mon ami Untel ou Untel, la personne la plus fascinante de la soirée, à part vous, bien entendu ? Bavardez, tous les deux, moi, il faut que je file ! Bye ! » Oh, je voudrais tellement être comme Tina Brown ! En moins accro au travail, quand même.

Cet article était formidablement instructif. Il paraît que dans une réception on ne doit jamais parler plus de deux minutes de suite à la même personne. Quand le temps est écoulé, on dit : « Bon, je crois qu'on est censés circuler. Ravie de vous avoir connu. » Et on s'en va. Si vous ne savez que dire à quelqu'un qui vous répond, après que vous lui avez demandé ce qu'il fait dans la vie, « croque-mort », ou « je travaille avec des enfants inadaptés », demandez simplement : « Et ça vous plaît ? » Quand on présente des gens les uns aux autres, on signale un ou deux détails sur chacun, pour qu'ils aient un sujet de conversation quand on les quitte. Par exemple : « John vient de Nouvelle-Zélande, c'est un fou de planche à voile », ou : « Gina a une passion pour le parachutisme, elle vit sur une péniche. »

L'essentiel : ne jamais aller à une réception sans un objectif précis : élargir son réseau de relations, faire la connaissance d'une personne en particulier, ou conclure un gros contrat. Je me suis indiscutablement trompée jusqu'à maintenant : je ne souhaitais qu'une chose : ne pas être trop bourrée à la fin.

Lundi 17 avril

56,5 kg, unités alcool : 0 (t.b.), cigarettes : 0 (t.b.), grattages : 5 (mais gagné 2 £, donc seulement dépensé 3 £).

Bon. Demain, réception *Moto de Kafka*. Vais définir une série d'objectifs précis. Dans une minute. Quand j'aurai regardé la pub et appelé Jude.

1) Ne pas être trop bourrée.
2) Essayer de rencontrer des gens avec qui me lier pour constituer réseau.

Humm. Bon, j'en trouverai d'autres plus tard.

23:00. Bon.

3) Mettre en pratique les conseils de l'article.
4) ~~Inciter Daniel à me trouver de l'équilibre intérieur pour qu'il ait envie de coucher avec moi. Non. Non.~~
4) ~~Rencontrer un Apollon et coucher avec. Non.~~
4) Établir contacts avec gens de la publicité ou d'autres professions en vue plan de carrière.

Oh, Seigneur ! Aucune envie d'aller à cette affreuse réception. Veux rester à la maison avec une bouteille de vin et regarder *Eastenders*.

Mardi 18 avril

57 kg, unités alcool : 7 (hou ! là ! là !), cigarettes : 30, calories : (préfère ne pas y penser), grattage : 1 (excellent).

Réception a pris mauvais départ : impossible trouver deux personnes que je connaissais à présenter l'une à l'autre. Me suis bu un verre. Ai vu Perpetua qui parlait avec James du *Telegraph*. Mais au lieu de s'exclamer : « James, Bridget vient du Northamptonshire, c'est une excellente gymnaste » (je vais recommencer la gym d'un jour à l'autre), Perpetua a continué à parler – elle a largement dépassé les deux minutes autorisées – en m'ignorant complètement.

Je suis restée un petit moment plantée là comme une conne, puis j'ai aperçu Simon, du marketing. Faisant celle qui n'avait jamais eu l'intention de me joindre à la conversation de Perpetua, j'ai fondu sur Simon, toute prête à m'écrier : « Simon Barnett » façon Tina Brown. J'y étais presque quand j'ai vu que Simon bavardait avec Julian Barnes. Craignant à juste titre d'être incapable de m'écrier successivement « Simon Barnett ! Julian Barnes ! » avec la conviction et le *ton* voulus, je commençais à battre en retraite quand Simon a dit, d'un ton supérieur et un peu agacé (un ton qu'il n'emploie jamais quand il essaye de me passer devant à la photocopieuse) :

– Oui, Bridget, tu voulais quelque chose ?

– Oui ! Heu…

J'ai paniqué. Qu'est-ce que je pouvais bien inventer ?

– Ouiii.

Simon et Julian Barnes me regardaient, l'air interrogateur.

– Savez-vous où sont les toilettes ?

Merde ! Merde ! Mais qu'est-ce qui m'a pris ? Un léger sourire a erré sur les lèvres fines mais séduisantes de Julian Barnes.

– C'est par là, je crois.

– Merci.

Direction la sortie.

Sitôt les portes battantes franchies, je me suis appuyée contre un mur pour reprendre mon souffle en murmurant intérieurement : « Équilibre intérieur, équilibre intérieur. » Il fallait bien reconnaître que, pour le moment, c'était le fiasco sur toute la ligne.

Les escaliers m'attiraient invinciblement : rentrer chez moi, mettre une chemise de nuit et allumer la téloche : je n'avais envie de rien d'autre. Mais je me rappelais mes objectifs. J'ai répété « équilibre intérieur », pris une profonde inspiration par le nez, et je suis retournée dans l'arène. Perpetua n'était pas loin de la porte en train de bavarder avec ses horribles copines, Arabella et Piggy.

– Ah, Bridget ! Tu vas te chercher un verre ?

Elle m'a tendu le sien. Quand je suis revenue avec trois verres de vin et un Perrier, elles papotaient de plus belle.

– Je dois dire que c'est honteux ! De nos jours, il existe une génération entière qui ne connaît les chefs-d'œuvre de notre littérature, Austen, Eliot, Dickens, Shakespeare, que par la télévision.

– C'est absurde. Et même criminel.

– Absolument. Ils zappent entre *Noel's House Party* et *Blind Date*[1], et ils s'imaginent connaître Austen ou Eliot !

---

1. Émission de télévision très populaire. Un homme doit choisir entre trois femmes invisibles selon les réponses qu'elles donnent à ses questions. À la fin de l'émission, on lui présente celle qu'il a préférée. Le couple ainsi formé, à l'aveuglette, est invité à passer une semaine de vacances, aux frais de l'émission.

J'ai mis mon grain de sel :

– *Blind Date* passe le samedi.

– Pardon ? a dit Perpetua.

– *Blind Date* passe le samedi à dix-neuf heures quinze, après *Les Gladiateurs*.

– Et alors ?

Perpetua a lancé un regard en coin à Arabella et Piggy.

– Les adaptations littéraires, ils les programment rarement le samedi soir.

Piggy nous a interrompues.

– Oh ! Regardez ! Voilà Mark !

– Mais oui ! s'est exclamée Arabella, tout excitée. Il a quitté sa femme, non ?

– Ce que je voulais dire, c'est qu'à l'heure où est programmé *Blind Date*, il n'y a rien de bien sur les autres chaînes. Donc les gens ne peuvent pas zapper.

– Parce que *Blind Date*, tu trouves ça bien ? a répondu Perpetua, méprisante.

– Oui, très bien même.

– Bridget, est-ce qu'on t'a jamais dit que *Middlemarch* était un livre avant d'être un feuilleton ?

Je déteste Perpetua quand elle prend ses grands airs. Vieille conne ! Gros tas !

Je n'ai pas répondu. J'ai pris une poignée de bâtonnets au saté, et je me les suis fourrés dans la bouche. Quand j'ai relevé la tête, il y avait un brun en costume devant moi.

– Bonsoir, Bridget !

Pour un peu, j'ouvrais la bouche et je laissais tomber les bâtonnets au saté. C'était Mark Darcy, mais sans le pull jacquard de chroniqueur sportif à la retraite.

– Bonsoir ! ai-je bafouillé, la bouche pleine, en essayant de ne pas paniquer.

Puis je me suis rappelé l'article.

– Mark, je te présente Perpetua. Elle est…

Je me suis arrêtée net. Que fallait-il dire ? Perpetua est très grosse et elle passe son temps à me martyriser ? Mark est très riche, son ex-femme appartient à une race très cruelle…

– Oui ? a dit Mark.

– C'est ma patronne. Elle vient d'acheter un appartement à Fulham, et Mark, ai-je poursuivi en me tournant vers Perpetua, est avocat, spécialiste des droits de l'homme.

– Bonsoir, Mark. J'ai entendu parler de vous, naturellement.

Toute papillotante ! On aurait juré qu'on lui présentait le duc d'Édimbourg.

– Mark ! Salut !

Arabella, écarquillant les yeux et battant coquettement des cils.

– Ça fait des lustres ! Comment va la Grosse Pomme ?

– Nous parlions justement de la hiérarchie des approches culturelles, a claironné Perpetua. Bridget fait partie de ceux qui pensent que *Blind Date* à la télévision vaut bien le monologue d'Othello.

Elle a rugi de rire.

– Ah ! Bridget est donc résolument postmoderne, a dit Mark. Je vous présente Natasha.

Il a désigné la grande fille mince et superbe qui se tenait à côté de lui.

– C'est une avocate d'avenir.

J'avais l'impression qu'il se foutait de ma gueule. Quel culot.

– J'ai toujours pensé, a pontifié Natasha, qu'on devrait demander aux gens de prouver qu'ils ont lu les grands classiques avant de les autoriser à regarder les adaptations à la télévision.

– Tout à fait d'accord, s'est écriée Perpetua en rugissant de plus belle. Excellente idée !

Je sais à quoi elle pensait : elle établissait un plan de table avec Mark et Natasha au milieu d'un aréopage de ses divers Pooh et Piggy[1].

– Il aurait fallu interdire l'indicatif de la Coupe du Monde à tous ceux qui n'avaient pas écouté *Turandot* en entier avant, a renchéri Arabella.

– Encore que, a répliqué la Natasha de Mark comme si elle s'inquiétait du tour que prenait la conversation, sous bien des aspects, la démocratisation de la culture soit une *bonne chose*...

– Sauf Mr. Blobby[2] ! Celui-là, on aurait dû le piquer le jour de sa naissance, a hurlé Perpetua.

Tout à fait involontairement, mon regard s'est porté sur le derrière de Perpetua. J'ai pensé : elle ne manque vraiment pas d'air ! Et je me suis rendu compte que Mark Darcy regardait dans la même direction.

– Ce que je ne *supporte* pas, en revanche, a repris Natasha tout agitée de tics, comme si elle participait à un débat sociologique entre Oxbridgiens, c'est cette arrogance, cet individualisme au nom duquel toute

---

1. Personnages du « Muppets Show ».
2. Personnage gonflable du feuilleton *Noel's House Party*, genre Bibendum, rose à pois verts.

nouvelle génération se croit autorisée à faire table rase des acquis de l'Histoire, à recréer le monde à partir de rien.

– Mais elle le refait ! Elle le refait ! a protesté gentiment Mark Darcy.

– Si tu veux te situer à ce niveau..., s'est écriée Natasha.

– À quel niveau ? Ce n'est pas un niveau. C'est un argument parfaitement valable.

– Non. Non. Je suis désolée. Et je ne comprends pas pourquoi tu te montres aussi *délibérément* obtus.

Natasha était écarlate.

– Je ne parle pas d'une éventuelle et rafraîchissante vision *déconstructionniste* du monde, je parle de la tendance à la *vandalisation* de toutes les structures culturelles.

Mark se retenait visiblement d'éclater de rire.

Natasha a poursuivi, en me lançant un regard dépourvu de toute aménité :

– Évidemment, si vous entrez dans le petit jeu à la mode du tout se vaut, tout est culturel, *Blind Date* est formidable...

– Mais non. J'aime bien *Blind Date*, c'est tout. Mais je pense que ce serait mieux si les candidats inventaient leurs propres répliques au lieu de lire des phrases convenues et complaisantes, bourrées de calembours et de sous-entendus sexuels.

– Tout à fait d'accord, a conclu Mark.

– Mais je ne supporte pas *Les Gladiateurs*. Quand je regarde, je me sens devenir grosse. Bon, ravie de vous avoir vus. Salut !

J'attendais mon manteau au vestiaire, en me demandant si la présence ou l'absence d'un pull jacquard pouvait influer sur la séduction d'un individu, quand j'ai senti deux mains se poser sur ma taille. Je me suis retournée.

– Daniel !

– Jones ! Tu t'en vas déjà ?

Il s'est penché vers moi, m'a embrassée.

– Humm, tu sens bon.

Il m'a offert une cigarette.

– Non merci. J'ai trouvé l'équilibre intérieur et j'ai arrêté de fumer.

Je récitais parfaitement ma leçon, mais j'aurais vraiment préféré que Daniel soit moins incroyablement attirant.

– Je vois, je vois. L'équilibre intérieur...

– Eh oui ! Tu étais à la réception ? Je ne t'ai pas vu.

– Je m'en suis aperçu. Moi, je t'ai vue. Tu parlais avec Mark Darcy.

– Tu le connais !

– On était ensemble à Cambridge. Jamais pu supporter ce blaireau. Et toi, tu le connais d'où ?

– C'est le fils de Malcolm et Elaine Darcy...

J'ai failli dire : « Tu sais, Malcolm et *Elaine*, chéri, qui venaient à la maison quand nous habitions Buckingham... »

– Qui sont... ?

– Des amis de mes parents. On jouait ensemble dans la petite piscine.

– Ça ne m'étonne pas de toi, petite vicieuse... Tu dînes avec moi ?

Équilibre intérieur, équilibre intérieur.

Daniel s'est penché vers moi.

– Dis oui, Bridget. Il faut que nous parlions très sérieusement de ton corsage. Il est si fin, le pauvre, qu'on le croirait transparent. Tu n'as jamais pensé que ton corsage souffrait peut-être de... de *boulimie ?*

– J'ai rendez-vous.

– Allez, Bridge.

– Non.

Ma fermeté m'a étonnée moi-même.

– Dommage. À lundi, alors.

Il m'a jeté un regard tellement lubrique que j'ai failli lui courir après en criant : baise-moi, baise-moi !

23:00. Viens d'appeler Jude pour lui raconter l'épisode Daniel, et lui parler du fils de Malcolm et Elaine Darcy, le ringard que ma mère et Una avaient essayé de me refiler le soir de la Dinde au Curry et que je venais de rencontrer et de trouver plutôt séduisant.

– Attends une minute ! Tu parles de Mark Darcy, l'avocat ?

– Oui. Tu le connais aussi ?

– Oui. Enfin, façon de parler. On a un peu travaillé avec lui. Il est super-gentil et très beau gosse. Tu m'avais dit que le type de la Dinde au Curry était un vrai plouc !

Hum. Garce de Jude !

Samedi 22 avril

55 kg, cigarettes : 0, unités alcool : 0, calories : 1 800.

Jour glorieux, jour historique. Il y a dix-huit ans que j'essaye d'arriver à 55 kilos, et j'y suis enfin. Et ce n'est pas une farce de ma balance, mon jean me le confirme. Je suis mince.

118

Aucune explication plausible. Suis allée deux fois à la gym la semaine dernière, chose rare mais pas exceptionnelle. J'ai mangé normalement. C'est un miracle. Ai appelé Tom, qui a dit que j'avais peut-être un ver solitaire. Pour s'en débarrasser, m'a-t-il dit, on met un bol de lait chaud et un crayon devant sa bouche. (Il paraît que les vers solitaires adorent le lait chaud.) On ouvre la bouche : la tête du ver apparaît et on l'enroule autour du crayon.

– Mon ver solitaire, je me le garde. Je l'aime. Non seulement je suis mince, mais je n'ai plus envie de fumer ni de picoler.

– Tu es amoureuse ? m'a-t-il demandé sur un ton jaloux et soupçonneux.

Il est toujours comme ça. Non qu'il envisage une histoire avec moi. Tom est homosexuel. Mais quand on est célibataire, on n'a surtout pas envie de voir sa meilleure amie se mettre en ménage. Je me suis torturé les méninges et j'ai soudain été frappée par une révélation : je ne suis plus amoureuse de Daniel. Je suis libre.

Mardi 25 avril

55 kg, unités alcool : 0 (excellent), cigarettes : 0 (t.t.b.), calories : 995 (régularité dans l'effort).

Hum. Suis allée à une soirée chez Jude en petite robe noire moulante, pour exhiber nouvelle ligne, t. contente de moi.

– Bridget ! Tu vas bien ? m'a demandé Jude quand je suis arrivée. Tu as l'air crevée.

– Très bien, merci, ai-je dit, déconfite. J'ai perdu trois kilos. Pourquoi ?

– Pour rien. Mais…

– Mais quoi ?

– Eh bien, tu as perdu… un peu de tes… de tes avantages, quoi…

Elle regardait d'un air dubitatif mon décolleté, un peu dégonflé, je l'avoue.

Simon a réagi de la même façon.

– Bridgiiiiiiiit ! Tu as une cigarette ?

– Non. J'ai arrêté de fumer.

– Oh, Seigneur ! Voilà pourquoi tu as l'air…

– L'air quoi ?

– Oh, rien, rien. Un peu vidée.

Ça a continué toute la soirée. Il n'y a rien de pire que les gens qui vous trouvent l'air fatigué. Qu'ils y aillent franco et vous disent en face que vous ressemblez à un paquet de merde. Moi qui étais si fière de ne pas boire, j'ai fini par me sentir si calme et si maître de moi que j'en devenais agaçante à mes propres yeux ! Je me mêlais aux conversations alors que je n'avais qu'une envie : ne rien dire, observer et hocher la tête d'un air sage et détaché.

– Tu aurais de la camomille, par hasard, Jude ?

Ça l'a fait hurler de rire. Elle tenait déjà à peine sur ses jambes, du coup, elle s'est écroulée sur moi. J'ai décidé de rentrer à la maison.

J'avais la tête sur l'oreiller, mais il ne se passait rien. Je l'ai changée de place plusieurs fois, mais elle refusait de dormir. À cette heure-ci, d'habitude, je ronflais, et des rêves paranoïaques et traumatisants hantaient ma pauvre cervelle. J'ai rallumé. Seulement onze heures et demie. Je devrais peut-être m'occuper… je ne sais pas à quoi... Repriser, peut-être... Le téléphone a sonné. Tom.

– Tu te sens bien ?

– Très bien, oui. Pourquoi ?

– Tu avais l'air, comment dirais-je... raplapla, ce soir. Tout le monde t'a trouvée bizarre.

– Pas du tout. Je suis en pleine forme. Tu as vu comme j'ai maigri ?

Silence.

– Tom ?

– Je t'aimais mieux avant, ma pitchoune !

Je me sens vide, je ne comprends plus rien. On m'a encore tiré le tapis de sous les pieds. Dix-huit ans pour rien. Dix-huit ans d'arithmétique des calories. Dix-huit ans de jupes longues et de chandails larges, dix-huit ans à sortir de la chambre à coucher à reculons pour cacher mon derrière. Des milliers de parts de cheese-cake et de tiramisù, de tranches de gruyère, non mangées. Dix-huit ans de lutte, de sacrifices, d'efforts – Et tout ça pour quoi ? Vidée, raplapla, crevée... Ma parole, ils me prennent pour un pneu ! Je comprends, maintenant, ce que ressent un scientifique en découvrant que l'œuvre de sa vie entière est fondée sur une hypothèse erronée.

Jeudi 27 avril

Unités alcool : 0, cigarettes : 0, grattages : 12 (t.t. nul, mais ne me suis pas pesée de la journée : t.b.).

Indispensable renoncer aux grattages. Le problème, c'est que je gagne souvent. Les grattages, c'est bien mieux que le loto, surtout depuis que le tirage n'a plus lieu pendant *Blind Date* (qui ne passe pas en ce moment). Souvent, on n'a pas un seul bon numéro, on se sent impuissant, trahi, il ne reste qu'à chiffonner nerveusement le billet, à le jeter par terre de rage de s'être fait avoir encore une fois.

Au grattage, au contraire, on participe : avec six cases à découvrir, il faut savoir s'y prendre, et on n'a jamais l'impression qu'on n'avait pas la moindre chance. Trois chiffres identiques, et je suis bien placée pour savoir qu'on n'en est jamais bien loin, on a souvent deux paires par exemple, on peut gagner jusqu'à 50 000 £.

D'ailleurs, on ne peut pas se priver de tous les plaisirs, dans la vie. J'en suis seulement à quatre ou cinq par jour et je ne vais pas tarder à arrêter.

Vendredi 28 avril

Unités alcool : 14, cigarettes : 64, calories : 8 400 (t.b., mais je n'aurais pas dû compter. Obsession maigrir ridicule), grattages : 0.

Hier soir, à neuf heures moins le quart, je me prélassais dans un bain apaisant en buvant une camomille quand une alarme de voiture s'est déclenchée. J'ai fait campagne, dans ma rue, contre les alarmes antivol : elles sont insupportables et ne servent à rien, bien au contraire on risque davantage de se faire esquinter sa voiture par un voisin furieux que de se la faire voler.

Cette fois, au lieu de m'énerver et d'appeler la police, j'ai inspiré profondément, narines bien dilatées, et j'ai murmuré : « équilibre intérieur ». On a sonné. Je suis allée à l'interphone. Une voix chevrotante, à l'accent

BCBG, disait : « Il baise avec quelqu'un d'autre ! » Puis j'ai entendu des sanglots hystériques. Je me suis précipitée en bas. Magda se noyait dans ses larmes, la tête sous le volant du cabriolet Saab de Jeremy, tous phares allumés, et dont émanait un strident piiii, piiii, à l'arrière le bébé hurlait, comme si un chat le massacrait dans son siège.

— Arrêtez ce truc ! a crié quelqu'un d'une fenêtre.

— Mais je ne peux pas, bordel, a répondu Magda sur le même ton, en tirant comme une malade sur le capot de la voiture.

Elle a pianoté furieusement sur son portable.

— Jerry, espèce d'immonde salaud adultère ! Comment on ouvre le capot de la Saab ?

Magda est très chic. Notre rue, pas. C'est le genre de rue où il y a encore aux fenêtres des affiches qui réclament la libération de Mandela.

— Non, je ne rentre pas ! Tu peux courir ! Dis-moi comment on ouvre ce putain de capot !

Nous étions toutes les deux dans la voiture, à tirer et à soulever tous les leviers qui nous tombaient sous la main. Magda ne s'interrompait que pour boire au goulot d'une bouteille de laurent-perrier. Une foule en colère nous entourait. Et Jeremy est arrivé, sur sa Harley Davidson rugissante. Au lieu d'arrêter l'alarme, il a voulu sortir le bébé du siège arrière. Magda fulminait de plus belle. Alors Dan, l'Australien qui vit en dessous de chez moi, a ouvert sa fenêtre.

— Ohé ! Bridgid ! Mon blafon est drempé !

— Merde ! La baignoire !

Je suis remontée en courant. Une fois devant ma porte, je me suis aperçue que j'avais oublié ma clé à l'intérieur. Je me suis tapé la tête contre le mur en criant :

– Merde ! Merde !

Dan a fait son entrée.

– Zaigneur ! Diens ! Brends-en une !

– Merci.

Je me suis littéralement jetée sur le clope qu'il me proposait.

Plusieurs cigarettes et mille manipulations avec une carte de crédit plus tard, on était dans la place. Il y avait de l'eau partout. Impossible de fermer les robinets. Dan s'est précipité à l'étage en dessous, il est revenu avec une clé à molette et une bouteille de scotch. Il a réussi à fermer les robinets, et on a commencé à écoper. À ce moment-là, l'alarme de voiture s'est arrêtée ; on est arrivés à la fenêtre juste à temps pour voir s'éloigner la Saab, et la rugissante Harley s'élancer à sa poursuite.

On a éclaté de rire tous les deux. Faut avouer qu'on avait ingurgité pas mal de whisky. Et tout d'un coup, voilà qu'il m'embrasse. La situation était embarrassante, socialement : voilà un garçon dont j'avais inondé l'appartement et gâché la soirée : il avait droit à une compensation. D'accord, cela ne l'autorisait pas à me harceler sexuellement, mais cette petite complication supplémentaire était en fait assez amusante, après tous ces drames, l'équilibre intérieur et tout le reste. Soudain, un motard tout cuir s'est encadré dans la porte ouverte de mon appartement, une boîte à pizza à la main.

– Oh, merde ! s'est exclamé Dan. J'avais gommandé une bizza !

Bon. On a mangé la pizza, on a bu une bouteille de vin, encore un scotch ou deux, et il s'est remis à m'embrasser. Alors moi :

– Non, non, il ne faut pas...

Il est devenu tout drôle, il marmonnait :

– Oh, Zaigneur, oh Zaigneur !

Moi :

– Qu'est-ce qui se passe ?

Lui :

– Je suis marié... Mais je d'aime, Bridgid !

Quand il est enfin parti, je me suis écroulée, tremblante, le dos à la porte, et j'ai fumé tous les mégots qui restaient, à la chaîne, en me répétant, à moitié convaincue : « équilibre intérieur, équilibre intérieur... »

On a sonné. Je n'ai pas bougé. On a resonné. Puis on a appuyé sur la sonnette et on n'a plus enlevé le doigt.

– Oui ? ai-je dit à l'interphone.

– Ma chérie...

Une voix avinée que je reconnaissais.

– Daniel ! Va-t'en !

– Non. Je vais t'expliquer...

– Non.

– Bridge ! Laisse-moi monter.

Oh, Seigneur ! Pourquoi suis-je aussi sensible au charme de ce type ?

– Je t'aime, Bridge !

– Va-t'en, ivrogne !

J'ai réussi à avoir l'air plus convaincu que je ne l'étais.

– Jones ?

– Quoi ?

– Je voudrais aller aux toilettes.

Samedi 29 avril

Unités alcool : 12, cigarettes : 57, calories : 8 489 (excellent).

Vingt-deux heures, quatre pizzas, un repas livré par l'Indien du coin, trois paquets de cigarettes et trois bouteilles de champagne plus tard, Daniel est encore là. Je suis amoureuse. Vu la situation, je suis entre les quatre états suivants, l'un n'excluant pas les autres :
a) à nouveau grosse fumeuse,
b) fiancée,
c) idiote,
d) enceinte.

23:45. Viens de vomir, et comme je m'effondrais sur la cuvette en essayant d'être discrète, je l'ai soudain entendu crier de la chambre : « Et voilà pour ton équilibre intérieur, ma pulpeuse. Qu'il y reste. »

Mai

Future maman

Lundi 1ᵉʳ mai

Unités alcool : 0, cigarettes : 0, calories : 4 200 (mange pour deux).

Je crois, sérieusement, que je suis enceinte. Comment avons-nous pu être aussi stupides ? Nous baignions dans une telle euphorie, Daniel et moi, que nous avons perdu tout sens des réalités. Et une fois que... Mais je n'ai pas envie d'en parler. Aujourd'hui, j'ai nettement ressenti la première attaque de nausée matinale, mais ça s'explique peut-être autrement. Quand Daniel est parti, j'avais une telle gueule de bois que, pour récupérer, j'ai ingurgité :

2 paquets de tranches de gruyère,
1 litre de jus d'orange frais,
1 pomme de terre en robe de chambre froide,
2 morceaux de gâteau au fromage blanc et au citron, crus. (Très léger : ne pas oublier que je mange pour deux),
1 Milky Way (125 calories seulement. Réaction organique si enthousiaste après gâteau au fromage blanc qu'ai supposé bébé en manque de sucre),

129

1 pot de chocolat viennois nappé de crème (bébé incroyablement glouton),

Brocoli à la vapeur (un bébé doit manger de tout. Pas question de le gâter),

4 saucisses de Francfort froides (rien d'autre dans le frigo. Trop épuisée par grossesse pour sortir faire des courses).

Hou ! là ! là ! Me vois déjà en maman style Calvin Klein, vêtue d'un petit haut court, nombril à l'air, pourquoi pas, qui lance son bébé en l'air en riant, comme dans pubs pour gazinières de designer ou similaires.

Aujourd'hui, au bureau, Perpetua a été particulièrement toxique. Elle a passé trois quarts d'heure au téléphone avec Desdemona, à se demander si elle et Hugo devraient choisir des murs jaunes avec rideaux rose et gris, ou rouge sang avec rideaux motif floral. Pendant un bon quart d'heure, elle n'a dit que : « Absolument... non... absolument... », puis elle a conclu : « Absolument, mais, naturellement, on pourrait retourner tous ces arguments en faveur du rouge. »

Au lieu d'avoir envie de lui agrafer des trucs sur le crâne, je souriais béatement. Comme c'était trivial, tout cela, comparé à la petite vie humaine que je portais en moi ! Je me suis aussi mise à imaginer Daniel dans des situations très nouvelles : le bébé en bandoulière, ou rentrant à la maison en courant après le boulot et nous trouvant, l'enfant et moi, roses et rayonnants, dans un bain, ou encore, un peu plus tard, remplissant à la perfection le rôle d'un père attentif dans des réunions de parents d'élèves.

J'en étais là quand il est arrivé, avec une mine de déterré. Unique explication : il a continué à boire après m'avoir quittée. Son regard de forcené m'a rappelé le

130

film *Barfly*, où le couple de héros passe son temps à se soûler à mort, à hurler et à se jeter des bouteilles à la tête, ou *Les Bas-Fonds*, avec Daniel criant : « Bridge ! le môme braille ! » Et moi répondant : « Chuis en train de m'en griller une ! »

Mercredi 3 mai

58 kg* (berk. La croissance de ce bébé est monstrueusement rapide), unités alcool : 0, cigarettes : 0, calories : 3 100 (surtout des pommes de terre, oh, seigneur !)

* Dois désormais surveiller mon poids, pour le bébé.

Au secours. Lundi et presque tout mardi, j'ai joué avec l'idée d'être enceinte mais je savais que je ne l'étais pas – comme quand on rentre chez soi à pied, tard le soir, et qu'on se figure que quelqu'un nous suit alors qu'on sait qu'il n'y a personne. Sauf quand on vous saute tout d'un coup sur le poil par-derrière. J'ai deux jours de retard. Lundi, Daniel m'a ignorée toute la journée. À six heures, il m'a dit qu'il partait pour Manchester toute la semaine et qu'on se verrait samedi. Il ne m'a pas téléphoné. Me voilà mère célibataire.

Jeudi 4 mai

58,5 kg, unités alcool : 0, cigarettes : 0, pommes de terre : 12.

Suis allée à la pharmacie pour acheter discrètement test grossesse. Tendais la boîte à la fille de la caisse, tête baissée, en regrettant d'avoir oublié mettre une bague, quand le pharmacien a hurlé :

– Vous voulez un test de grossesse ?

– Chut...

J'ai regardé derrière moi. Il a braillé de plus belle.

– Vous avez combien de retard ? Prenez plutôt le jaune. Il est efficace dès le second jour.

J'ai pris ce qu'il me proposait, ai donné 8 livres, compté 95 cents en monnaie et filé.

J'ai passé les deux premières heures de la matinée à regarder mon sac comme s'il y avait une bombe à retardement dedans. À onze heures et demie, je n'y tins plus. Sac sous le bras, je suis descendue aux toilettes deux étages plus bas. Si on entend un bruit suspect de papier déchiré, ce ne sera pas quelqu'un qui me connaît. Pour je ne sais quelle raison, tout ça m'a mise dans une rage folle contre Daniel. Pourquoi devais-je assumer seule ces responsabilités ? Dépenser 8,95 livres, me cacher dans les chiottes et m'efforcer de pisser sur un bâton ? J'ai arraché l'emballage, jeté la boîte et le reste dans la cuvette, me suis débrouillée comme j'ai pu pour m'exécuter et posé le bâtonnet sur la chasse d'eau, sans regarder. Trois minutes. Pas question que mon destin, sous la forme d'une fine ligne bleue se scelle sous mes propres yeux. Ai réussi à survivre à ces cent quatre-vingts secondes, mes dernières cent quatre-vingts secondes de liberté, ai pris le test, ai failli hurler. Là, dans la petite fenêtre prévue à cet effet, il y avait une ligne bleue qui se voyait comme le nez au milieu de la figure. Aargh ! Aargh !

Les trois quarts d'heure suivants, je les ai passés à fixer stupidement mon ordinateur, en accordant à Perpetua la même attention qu'à une aubergine mexicaine quand elle me demandait ce que j'avais. Puis je me suis précipitée dans la première cabine venue pour appeler Sharon. Garce de Perpetua ! Bourgeoise anglaise comme elle l'est, à la moindre crainte d'être enceinte elle se retrouverait dix minutes plus tard devant l'autel, en robe de chez Pronuptia. Il y avait tellement de bruit dans la rue que Sharon ne comprenait rien à ce que je disais.

– Quoi ? Bridget ! Je n'entends rien ! Tu as des problèmes avec la police ?

– Non. La ligne du *test de grossesse*.

– Grands dieux ! Rendez-vous au Café Rouge dans un quart d'heure.

Il n'était qu'une heure moins le quart, mais je me suis dit que, étant donné la gravité de la situation, une vodka orange ne me ferait pas de mal, puis je me suis rappelé que le bébé n'était pas censé boire d'alcool. J'ai subitement eu l'impression d'être une espèce d'hermaphrodite, homme et femme en même temps, en proie aux sentiments les plus violemment contradictoires à l'égard du bébé. Mon côté féminin et fleur bleue se construisait un petit nid douillet avec Daniel, béait d'admiration devant cette vraie femme à l'irrépressible fécondité, et voyait déjà l'adorable poupon à la peau rose, la minuscule créature à aimer, à protéger et à vêtir des plus mignons ensembles de chez Ralph Lauren. Par ailleurs, je pensais : grands dieux ! Daniel est un cinglé d'ivrogne ; au moment où je le mettrai au courant, il va me tuer et se tirer. Plus de sorties avec les copines, plus de courses dans les magasins, de flirts, de sexe, de bouteilles de vin et de cigarettes. Je deviendrai une grosse vache hideuse, une distributrice de lait, que tout le monde trouvera moche, qui n'entrera plus dans aucun de ses pantalons, surtout dans son nouveau jean vert pomme de chez Agnès B. Voilà ce qu'il en coûte d'avoir voulu être une femme moderne au lieu de suivre le cours naturel de ma vie et d'épouser, à dix-huit ans, Abnor Rimington, qui s'asseyait toujours à côté de moi dans le bus scolaire.

Quand Sharon est arrivée, je lui ai passé mon test de grossesse sous la table.

– C'est ça ?

– Évidemment que c'est ça. Qu'est-ce que tu croyais ? Que c'était un téléphone portable ?

– Oh, toi ! Tu es vraiment la personne la plus ridicule que je connaisse. Tu n'as pas lu la notice ? Il faut qu'il y ait deux lignes bleues. Une seule ligne ne sert qu'à vérifier que le test fonctionne. Tu n'es pas plus enceinte que moi, idiote !

En rentrant chez moi, ai trouvé message de ma mère sur répondeur. « Chérie, appelle-moi tout de suite ! J'ai les nerfs en *pelote !* »

Et c'est *elle* qui a les nerfs en pelote !

Vendredi 5 mai

57 kg (et flûte, on ne se débarrasse pas de l'habitude de se peser au bout de vingt ans, surtout après le trauma-tisme d'une grossesse – me ferai soigner un de ces jours), unités alcool : 6 (hourrah !), cigarettes : 25, calories : 1 895, grattages : 3.

Matinée passée à me lamenter sur mort de mes espoirs de maternité. Ai retrouvé le moral quand Tom m'a proposé de boire un Bloody Mary avec lui à l'heure du déjeuner, pour bien démarrer le week-end. Message de ma mère m'informant qu'elle est allée dans une ferme de remise en forme et qu'elle me rappellera. Me demande ce qu'elle a. Sans doute perturbée par avalanche écrins de chez Tiffany, soupirants éperdus et propositions de boulot par chaînes de télé concurrentes.

23:45. Daniel vient d'appeler de Manchester.
– Tu as passé une bonne semaine ?
– Super, merci !

Super, mon œil ! Enfin, j'ai lu quelque part que le plus beau cadeau que puisse offrir une femme à un homme, c'est la tranquillité. Je n'allais donc pas lui avouer tout de go qu'il n'avait pas sitôt tourné le dos que je m'étais mise à fantasmer comme une hystérique sur une grossesse fantôme !

Bon ! Quelle importance ? On se voit demain soir. Youpi ! Tralalalère...

Samedi 6 mai : fête de la Victoire

57,5 kg, unités alcool : 6, cigarettes : 25, calories : 3 800 (pour fêter l'anniversaire de la fin des rationnements), bons numéros de loto : 0 (médiocre).

Me suis réveillée, en cette fête de la Victoire, dans état de surchauffe totalement inadapté à saison, sans doute dû à efforts pour maîtriser excitation personnelle frénétique au sujet fin de la guerre, Europe libérée, fantastique, merveilleux, etc. En vérité, me sentirais plutôt raplapla. Exclue, voilà le mot que je cherchais. Je n'ai pas de grands-pères. Papa est absorbé par une garden-party chez les Alconbury qui lui ont demandé, pour une raison que je ne m'explique pas, de se charger des crêpes. Maman retourne dans la rue où elle a grandi, à Cheltenham, pour participer à un pince-fesses quelconque, sans doute avec Julio. (Encore heureux qu'elle ne se soit pas choisi un amant allemand !)

Mes amis n'organisent rien du tout. Ce serait manifester un enthousiasme déplacé et outrancier, ainsi qu'un optimisme béat à l'égard de la vie. Pourrait être pris pour annexion abusive de festivités qui ne nous concernent en rien. Moi, par exemple, quand la guerre a fini, je n'étais même pas encore pondue ; et pendant ce temps-là, les autres se battaient, ou faisaient de la confiture de carottes !

Cette idée me déprime. J'ai bien envie d'appeler maman pour lui demander si elle avait déjà ses règles à la fin de la guerre. Les ovules se constituent-ils un par un, ou sont-ils stockés dès la naissance, et conservés, miniaturisés, jusqu'à ce qu'on les active ? Aurais-je pu, à l'état d'œuf stocké, avoir conscience de la fin de la guerre ? Si au moins j'avais un grand-père, j'aurais pu participer, sous prétexte de lui faire plaisir. Et flûte ! Je vais aller faire les magasins.

19:00. J'ai enflé du double de mon volume sous l'effet de la chaleur, parole ! De ma vie je ne retournerai dans une cabine d'essayage collective. Chez Warehouse, je me suis retrouvée avec une robe coincée sous les bras alors que j'essayais de l'enlever par la tête, laquelle tête étouffait sous une chiffonnade de tissu à l'envers pendant que je me livrais à des moulinets désordonnés et que j'exhibais mon ventre et mes cuisses flaccides à des adolescentes méprisantes. Quand j'ai voulu enlever satanée robe par le bas, s'est bloquée niveau hanches.

Je déteste les cabines collectives. Tout le monde toise le corps de tout le monde à la dérobée, mais les regards ne se croisent jamais. Il y a toujours des nanas qui savent que tout leur va pour se pavaner devant les miroirs en prenant la pose et en disant : « Tu ne trouves pas que ça me grossit ? » à leur copine forcément obèse, qui, elle, aura toujours l'air d'un hippopotame, quoi qu'elle se mette sur le dos.

Expédition absolument catastrophique ! Acheter des fringues, je sais faire : il suffit de quelques trucs bien choisis de chez Nicole Fahri, Whistles ou Joseph. Mais les prix atteignent de tels sommets que je me précipite, effarée, chez Warehouse ou Miss Selfridge. Là j'essaye bravement des robes à 34,99 £ qui se coincent sous mes bras, et je finis chez Marks et Spencer, chez qui on n'essaye pas. Mais au moins, j'ai acheté quelque chose.

Me voilà à la tête de quatre machins importables et peu flatteurs. L'un restera pendant deux ans derrière le fauteuil de ma chambre, dans son sac de chez Marks et Spencer. Les trois autres, je les échangerai contre des avoirs chez Boules, ou Warehouse, etc., que je m'empresserai de perdre ; j'ai donc gaspillé 119 £. Avec lesquelles j'aurais pu m'offrir un truc adorable chez Nicole Fahri, un mini T-shirt, par exemple.

Ça m'apprendra à être une obsédée de la fringue, superficielle et matérialiste, au lieu de porter le même ensemble en rayonne tout l'été et de me peindre une couture noire sur les mollets ; et de ne pas non plus réussir à m'intégrer aux festivités. Je devrais appeler Tom, pour organiser une charmante petite soirée lundi. Est-ce qu'on peut fêter la Victoire d'une façon kitsch ? Au deuxième degré, comme un mariage royal ? Non. On ne fait pas de deuxième degré avec les morts. D'ailleurs, il y aurait le problème des drapeaux. La moitié des copains de Tom ont fait partie de ligues antinazies. S'ils voyaient des Union Jack, ils supposeraient immédiatement qu'on s'attend à une descente de skinheads. Je me demande comment notre génération aurait réagi, s'il y avait eu une guerre... Bon, c'est l'heure de prendre un petit verre. Daniel ne va pas tarder. Je me mets à mes préparatifs.

23:59. Craignos ! Planquée dans la cuisine pour fumer un clope. Daniel dort. Je crois plutôt qu'il fait semblant. Soirée *super-bizarre*. Ai réalisé que, jusqu'à maintenant, nos relations étaient fondées sur l'idée que, soit lui soit moi, nous résistions à l'envie de sauter sur l'autre pour faire l'amour sur le tapis. Passer une soirée ensemble avec l'idée que nous étions *censés* faire l'amour à la fin est une expérience on ne peut plus curieuse. On a regardé le jour de la Victoire à la télé, sur le canapé. Daniel a passé son bras autour de mes épaules. On aurait juré deux ados au cinéma. Très inconfortable. J'avais horriblement mal à la nuque, mais je n'osais lui demander d'enlever son bras. Quand il a été impossible d'ignorer plus longtemps qu'il était l'heure d'aller au lit, nous nous sommes comportés en personnes très bien élevées, très anglaises. Au lieu de nous arracher sauvagement nos vêtements, ça a été :

– Je t'en prie, prends la salle de bains le premier.

– Non. Vas-y d'abord.

– Il n'en est pas question.

– J'insiste.

– Je ne veux pas en entendre parler. Attends, je vais te chercher une serviette et des petits savons en forme de coquillage.

On a fini par se retrouver au lit, couchés l'un à côté de l'autre, sans se toucher. Si Dieu existe, je Lui demande humblement une faveur – tout en Lui étant infiniment reconnaissante d'avoir su transformer Daniel, cet enfoiré affectif de si longue date, en un personnage casanier. Qu'il empêche Daniel de se coucher en pyjama et lunettes pour lire, de regarder fixement son livre pendant vingt-cinq minutes, d'éteindre la lumière et de se retourner de l'autre côté. Qu'il me rende la bête sexuelle nue et dépravée que je connaissais et que j'aimais.

Merci d'avance, cher Dieu, de bien vouloir vous pencher sur la question.

Samedi 13 mai

57,8 kg, cigarettes : 7, calories : 1 145, grattages : 5 (ai gagné 2 £ donc, frais de grattages 3 £, t.b.), loto : 2 £, nombre de bons numéros : 1 (en progrès).

Comment ai-je fait pour ne prendre que trois cents grammes après l'orgie d'hier soir ?

Il en va peut-être de la nourriture et du poids comme de l'ail et de l'haleine fétide : si on en mange plusieurs gousses, ça ne sent absolument pas : parallèlement, si on dévore d'énormes quantités de bouffe, on ne grossit pas. Une théorie très encourageante mais inadaptée à état du crâne. Apprécierais personnellement qu'on m'enlève le mien pour le faire récurer. Mais le jeu en valait la chandelle : Jude, Sharon et moi avons passé une délicieuse soirée, féministe et bien arrosée.

On a consommé une quantité incroyable de nourriture et de vin. Dans leur infinie générosité, mes deux copines ont apporté une bouteille de vin chacune, plus quelques petits extra de chez Marks et Spencer. Donc, en plus du repas avec entrée, plat et dessert que j'avais préparé (au prix d'une journée entière à suer sur mes fourneaux) et des deux bouteilles de vin (une pétillante et une de blanc) que j'avais achetées, nous avons mangé :

1 tube de houmos & 1 paquet de mini-pittas,
12 canapés au saumon fumé et à la crème fraîche,
12 mini-pizzas,
1 charlotte à la framboise,
1 tiramisù (format réception),
2 plaques de chocolat suisse.

Sharon était en super-forme. Il n'était pas neuf heures moins vingt-cinq qu'elle descendait cul sec les trois quarts d'un kir royal en hurlant :

– Ordures ! Stupides salauds, prétentieux, arrogants, pervers ! Rejetons d'une civilisation de machos ! Passe-moi une mini-pizza, s'il te plaît.

Jude était très déprimée. Son Richard le Cruel, dont elle est actuellement séparée, la harcèle de coups de fil, l'appâte avec des allusions suggérant qu'il aimerait beaucoup la revoir, tout ça pour qu'elle reste mordue, mais se protège sous le fallacieux, ô combien fallacieux, prétexte qu'il voudrait seulement qu'ils soient amis. La veille au soir, il avait eu l'incroyable culot de l'appeler pour lui demander si elle allait à une soirée chez des amis communs. Elle a répondu que oui.

– Ah, bon ! Dans ce cas, je n'irai pas. Non, vraiment, ce ne serait pas sympa pour toi. Tu comprends, j'avais l'intention d'amener quelqu'un avec qui... Non, rien de sérieux... rassure-toi ! Une conne, que je vais baiser pendant une semaine ou deux.

Sharon a littéralement explosé.

– C'est le truc le plus répugnant que j'aie jamais entendu... Le sale petit connard prétentieux ! Comment ose-t-il ! Le coup de l'amitié et juste derrière la conne avec qui il baise ! S'il avait la moindre considération pour toi, il l'aurait bouclé et il serait venu seul à la soirée, au lieu de te narguer avec sa nouvelle nana...

J'ai réagi vigoureusement, entre une bouffée de ma cigarette et un canapé au saumon.

– Ça, un ami ! Tu parles ! L'Ennemi public n° 1, oui ! Quelle ordure !

À vingt-trois heures trente, Sharon se déchaînait avec superbe.

– Quand je pense qu'il y a dix ans on traitait les écolos de doux rêveurs, qu'on se moquait de leurs sandales à lanières et de leurs colliers de graines... Regardez un peu le marché des produits verts, aujourd'hui ! Il explose littéralement.

Toujours vociférante, elle plongeait les doigts dans le tiramisù et se les léchait.

– Il se passera la même chose avec le féminisme ! À l'avenir, les hommes ne quitteront plus leurs familles et leurs épouses ménopausées pour leurs jeunes maîtresses, ils ne prétendront plus que les filles se jettent à leur tête, ils ne coucheront plus à droite et à gauche, parce que les jeunes maîtresses et les épouses ne l'accepteront plus, elles les enverront paître, et ils ne feront plus l'amour du tout s'ils n'apprennent pas à se comporter de façon décente au lieu de nous imposer leur ego de MERDE, leur COMPLAISANCE, leur SUFFISANCE !

– Salauds ! a crié Jude en vidant son verre de pinot gris.

– Ordures, ai-je crié, la bouche pleine d'un mélange de charlotte à la framboise et de tiramisù.

– Sacrés salauds ! a renchéri Jude en allumant une Silk Cut au mégot de la précédente.

Et on a sonné à la porte.

– Je parie que c'est ce sacré salaud de Daniel ! ai-je maugréé en allant à l'interphone.

– Oui ?

– Bonsoir, ma chérie.

C'était bien lui, tout sucre et tout miel.

– Je suis vraiment désolé de te déranger. J'ai laissé un message sur ton répondeur, tout à l'heure. Tu sais, j'avais comité de direction, ce soir. Je ne me suis jamais autant ennuyé de ma vie. Et j'ai tellement envie de te voir. Je peux monter une minute ? Juste pour t'embrasser, et je te laisse, si tu veux.

– Grrr. D'accord !

J'ai raccroché le combiné en grommelant : « Sacré salaud de Daniel ! » Et je suis allée me rasseoir en vacillant.

– Civilisation de machos qui se croient tout permis ! a repris Sharon. Il faut leur faire la cuisine, les réconforter… et quand on devient vieille et grosse, ils nous échangent contre une beauté de vingt ans ! Comme si tout ça leur était dû… Eh ! On n'a plus de vin ?

Alors, Daniel est entré, avec un charmant sourire. L'air fatigué, mais encore frais, rasé de près, élégant. Trois boîtes de chocolat dans les mains.

– Il y en a une pour chacune, a-t-il déclaré en relevant un sourcil coquin, vous les mangerez en buvant le café.

142

Ne vous gênez pas pour moi, surtout. J'ai fait les courses pour le week-end.

Il a transporté huit sacs de chez Cullens dans la cuisine et s'est mis à ranger les provisions.

Le téléphone a sonné. C'était la compagnie de taxis que les filles avaient appelée une demi-heure plus tôt. Il y avait eu un énorme carambolage sur Ladbroke Grove, toutes leurs voitures avaient inopinément explosé, bref, aucun véhicule disponible avant trois bonnes heures.

– Je vais vous raccompagner, a proposé Daniel. Il est hors de question de vous laisser errer dans les rues en pleine nuit.

Les filles ont réuni leurs petites affaires en souriant bêtement à Daniel et j'ai entamé ma boîte de chocolats, à base de praliné, de noisettes, de ganache et de caramel. Je l'ai finie, en proie à des sentiments complexes et contradictoires : j'étais très fière de mon nouveau petit ami si parfait – les filles n'avaient d'ailleurs pas dissimulé qu'elles en auraient volontiers fait leur quatre-heures – et furieuse que ce macho ivrogne ait démoli nos beaux discours féministes en se déguisant en homme idéal pour la soirée. Bon. Ça durera ce que ça durera..., me suis-je dit en attendant son retour.

Quand il est revenu, il a couru dans l'escalier, m'a soulevée dans ses bras et m'a portée dans la chambre.

– Tiens, tu as droit à un autre chocolat, pour te récompenser d'être jolie même quand tu es éméchée..., a-t-il dit en sortant une bouchée en forme de cœur de sa poche. Et puis... Mmmmmmm.

Dimanche 14 mai

19:00. Je déteste les dimanches soir. Ai des devoirs à faire. Un catalogue pour Perpetua, avant demain. Vais d'abord appeler Jude.

19:05. Personne. Bon. Au boulot.

19:10. Et si j'appelais Sharon ?

19:15. Ça a embêté Sharon que je lui téléphone, parce qu'elle venait juste de rentrer et qu'elle allait appeler le 1471 pour savoir si le type avec qui elle sort de temps en temps lui avait téléphoné pendant son absence. Maintenant, c'est mon numéro qui sera en mémoire.

Super-idée, ce 1471. On vous communique immédiatement le numéro de la dernière personne qui vous a appelé. Le plus rigolo, c'est qu'au début Sharon était résolument contre : elle considérait que British Telecom exploitait honteusement les tendances dépressives de la population et l'épidémie de ruptures qui sévissait en Angleterre. On dit qu'il y a des gens qui appellent jusqu'à vingt fois par jour. En revanche, Jude est pour. Mais elle reconnaît que si l'on vient de rompre, ou si l'on est au tout début d'une nouvelle liaison, le 1471 est un démultiplicateur potentiel de cafard : on rentre chez soi et il n'y a pas de message sur le répondeur ; on fait le 1471, et il n'y a pas de numéro en mémoire, ou c'est celui de notre mère. On est deux fois plus malheureuse.

En Amérique, il paraît que l'équivalent du 1471 vous communique tous les numéros qui vous ont appelé pendant votre absence, et le nombre de fois. Quelle horreur ! Quand je pense que Daniel aurait pu apprendre que je me suis maladivement acharnée sur son téléphone ! Ce qu'il y a de bien, ici, c'est que si l'on compose le 1471 avant d'appeler, votre numéro ne se mémorise pas sur le téléphone de votre correspondant. Mais Jude dit qu'il faut se méfier quand même, parce que, si l'on est vraiment fou de quelqu'un, qu'on a le malheur de téléphoner quand il est là et qu'on raccroche en vitesse, le numéro ne s'affiche pas non plus, mais la personne en question pourrait se douter que c'était vous... Pourvu que Daniel ne soit pas au courant de tout ça.

21:30. Suis descendue acheter des cigarettes. En remontant, ai entendu sonner le téléphone. Zut ! Ai oublié rebrancher répondeur après coup de fil de Tom. Suis montée quatre à quatre, ai renversé contenu de sac sur palier pour dénicher clés et me suis précipitée sur téléphone. Qui s'est arrêté de sonner. Étais aux chiottes quand sonnerie a repris. S'est arrêtée le temps que j'arrive. A recommencé quand j'y retournais. Ai réussi à décrocher.

– Bonsoir, ma chérie ! Tu sais quoi ?

Maman.

– Quoi ? dis-je, accablée.

– Je t'emmène chez Color Me Beautiful[1] ! Et je t'en prie ma chérie, perds cette habitude de dire « quoi ». Color Me Beautiful. Voilà la solution à tous tes problèmes. Je ne supporte plus de te voir habillée de couleurs aussi glauques ! On jurerait la petite sœur du président Mao !

---

1. Société de services qui fait payer extrêmement cher ses conseils sur la palette de couleurs que doit porter un individu. Il existe quatre palettes principales, dénommées d'après les quatre saisons.

– Maman, je ne peux pas te parler. J'attends...

– Allons, Bridget ! Plus d'idioties, tu veux bien ?

Elle avait pris son ton de Gengis Khan à l'apogée de sa carrière démoniaque.

– Mavis Enderby s'habillait toujours en gris ou en kaki, elle ressemblait à un vieux papier mâché super-BCBG. Maintenant, avec sa nouvelle palette, elle porte des rose vif, des vert bouteille... On lui donne vingt ans de moins.

– Maman, je n'ai aucune envie de porter du rose vif ou du vert bouteille, ai-je dit entre mes dents.

– Mais, chérie. Mavis est Hiver. Moi aussi. Toi, tu es peut-être Été, comme Una, tu auras droit aux couleurs pastel. Tu verras...

– Je n'irai pas, maman...

– Ça suffit, Bridget. Comme le disait ta tante Una l'autre jour, si tu avais mis quelque chose d'un peu plus vif, d'un peu plus gai, le soir de la Dinde au Curry, Mark Darcy se serait peut-être intéressé à toi. Qui voudrait d'une petite amie qui a l'air d'une échappée de Auschwitz, chérie ?

Très tentée de lui asséner qu'un petit ami, j'en avais un, malgré mes fringues soi-disant sinistres, mais la perspective que nous devenions, Daniel et moi, le sujet de conversation préféré de ma mère, et la source iné-puisable de conseils inspirés de la sagesse populaire, m'en a dissuadée. Ai finalement obtenu qu'elle abandonne provisoirement son apologie de Color Me Beautiful en lui disant que je réfléchirais à la question.

Mardi 17 mai

57,8 kg, cigarettes : 7 (t.b.), unités alcool : 6 (t.t.b. – t. bonne qualité).

Daniel est toujours sublime. Comment tout le monde a-t-il pu se tromper ainsi à son sujet ? Je fantasme sur la cohabitation, je nous vois, courant sur des plages avec notre progéniture, comme dans les pubs de Calvin Klein, je m'imagine en jeune épouse très tendance. Fini, le règne de la célibattante ! J'ai rendez-vous avec Magda.

23:00. Hmmm. Dîner instructif avec Magda, t. déprimée à cause de Jeremy. Le déclenchement de l'alarme de voiture et les hurlements dans ma rue, l'autre soir, c'était à cause d'une remarque de Woney la Pimbêche qui a dit qu'elle avait rencontré Jeremy au Harbour Club avec quelqu'un dont le signalement correspond étrangement à celui de la sorcière avec qui je l'ai vu le mois dernier. Et Magda m'a demandé, à brûle-pourpoint, si j'étais au courant de quelque chose. Il a bien fallu que je lui parle de la sorcière en tailleur de chez Whistles.

En fait, Jeremy a avoué : cette fille l'attirait beaucoup, il était sorti quelques fois avec elle, mais ils n'avaient pas couché ensemble. Qu'il dit. Quoi qu'il en soit, Magda en a ras le bol.

– Toi qui es célibataire, Bridge, profites-en tant que ça dure ! Quand on a des gosses, qu'on a arrêté de travailler, on est incroyablement vulnérable. À en croire Jeremy, je ne fais rien de mes dix doigts. Mais s'occuper toute la journée d'un bambin et d'un nourrisson, c'est un boulot à plein temps. Quand il rentre à la maison, à la fin de la journée, il veut mettre les pieds sous la table et, comme je le suppose maintenant, fantasmer sur les filles en body du Harbour Club.

» J'avais un métier. Je te jure que c'est beaucoup plus amusant d'aller au bureau, de se faire belle, de flirter avec ses collègues et d'aller déjeuner au resto que de pousser un chariot au supermarché et d'aller chercher Harry au centre aéré. Mais il a toujours l'air de me prendre pour une espèce de bourgeoise oisive qui ne pense qu'à ses fringues et se la coule douce pendant qu'il trime pour gagner l'argent du ménage.

Magda est très belle. Je la regardais jouer avec son verre de champagne, découragée, et je me demandais où était la solution, pour nous autres femmes. Ailleurs, paraît-il, l'herbe est toujours plus verte. Le nombre de fois où j'ai déprimé en pensant à la futilité de ma vie et aux samedis soir que je passe à me pinter ou à pleurnicher dans le giron de Jude, Sharon ou Tom sous prétexte qu'il n'y a pas d'homme dans ma vie ! J'ai du mal à joindre les deux bouts, on me prend pour une tarée sous prétexte que je ne suis pas mariée, Magda vit dans une belle maison avec huit sortes de pâtes différentes dans des bocaux, elle peut traîner dans les magasins toute la journée. Pourtant, la voilà malheureuse, abattue et sans aucune confiance en elle, qui prétend que j'ai de la chance !

– À propos de fringues, a-t-elle poursuivi plus gaiement, je me suis offert une petite robe sublime de chez Joseph – rouge, deux boutons symétriques, parfaitement coupée. 280 £. Seigneur ! Comme je t'envie, Bridget ! Je rêve d'avoir des aventures, de me prélasser dans mon bain pendant deux heures le dimanche matin, ou de passer la nuit dehors sans avoir à rendre de comptes... Tu veux venir faire des courses avec moi, demain ?

– Je ne peux pas, je bosse !

– Ah oui, c'est vrai ! Tu sais... (Elle s'est remise à jouer avec son verre.))... quand tu as l'impression que ton mari préférerait être avec une autre femme, ce n'est plus très marrant de rester à la maison à s'imaginer toutes les occasions qu'il a de rencontrer des filles qui lui plaisent de par le vaste monde. On se sent tellement impuissante !

J'ai pensé à ma mère.

– Reprends le pouvoir, sans effusion de sang. Tu pourrais recommencer à travailler. Ou prendre un amant. Ça serait un choc salutaire pour Jeremy.

– Avec deux enfants de moins de trois ans ? Non, impossible ! Que veux-tu, comme on fait son lit on se couche...

Elle a soupiré, résignée.

Oh, Seigneur ! Comme Tom me le répète inlassablement d'une voix sépulcrale, en posant sa main sur mon bras et en me regardant dans les yeux d'un air inquiétant : « Il n'y a que les Femmes qui Saignent. »

Vendredi 19 mai

56,5 kg (ai perdu 1,3 kg pendant la nuit – ai dû manger des trucs qui brûlent plus de calories qu'ils n'en fournissent, la laitue t. riche en fibres, par exemple), unités alcool : 4 (modeste), cigarettes : 21 (mauvais), grattages : 4 (pas t.b.).

16:30. Mon téléphone a sonné au moment où j'avais Perpetua sur le dos parce qu'elle ne voulait pas partir trop tard sous prétexte qu'elle passait le week-end chez les Treheane, dans le Gloucestershire. C'était maman.

– Bonjour, ma chérie ! J'ai une nouvelle extraordinaire à t'annoncer.

– Ah ? Quoi ?

– Tu vas passer à la télévision !

Je me suis effondrée sur mon bureau.

– Je serai chez toi à dix heures demain matin, avec l'équipe. Tu ne trouves pas que c'est *fantastique ?*

– Maman, si tu viens chez moi avec une équipe de télévision je ne serai pas là.

– Bien sûr que si !

Glaciale, tout d'un coup.

– Non.

Et puis ma vanité a pris le dessus.

– Pour quoi faire, d'ailleurs ?

– C'est pour *Soudain Seule*, chérie, a-t-elle roucoulé. Ils veulent que je prenne quelqu'un de plus jeune pour mon interview, une femme en préménopause, qui pourrait parler, tu vois, chérie, de… du désir d'enfants, par exemple…

– Je ne suis *pas* en préménopause, maman ! ai-je explosé. Ni soudain seule ! Je suis *Soudain Casée !*

– Ne dis pas de bêtises, chérie !

Derrière elle, on entendait des bruits de voix.

– J'ai un petit ami, maman !

– Qui est-ce ?

– Ça ne te regarde pas.

Perpetua écoutait, un petit sourire narquois sur les lèvres.

– Je t'en prie, chérie ! Je leur ai dit que j'avais trouvé quelqu'un ! a gémi maman.

– Non.

– S'il te-plaîaîaîaît… Bridget, je n'avais jamais travaillé… Maintenant je suis à l'automne de ma vie, il faut que je pense un peu à moi.

Elle débitait son texte à toute vitesse, comme si elle lisait une fiche.

– Et si on me reconnaissait ? Si on se rendait compte que je suis ta fille ?

Je l'ai entendue discuter avec quelqu'un. Puis elle est revenue en ligne.

– On te cachera le visage.

– Quoi ! Tu veux me mettre la tête dans un sac ? Non merci !

– Mais non, chérie ! On te filmera à contre-jour. Allons, ma petite fille ! N'oublie pas que je t'ai mise au monde ! Où serais-tu sans moi ? Dans les limbes, à errer comme un œuf mort.

Le problème, c'est que la télé, moi, j'ai toujours secrètement rêvé d'y passer.

Samedi 20 mai

58,3 kg (pourquoi ? pourquoi ? d'où sortent-ils ?), unités alcool : 7 (on est samedi), cigarettes : 17 (en diminution, satisfaisant, vu les circonstances), nombre de bons numéros de loto : 0 (distraite par le tournage).

Trente secondes après l'arrivée des techniciens, il y avait déjà deux verres de vin renversés sur le tapis. Heureusement, c'est le genre de choses dont je me fiche un peu. Mais, quand un des types, chancelant sous le poids d'un gigantesque projecteur équipé de clapets a d'abord braillé « Chaud devant », et ensuite : « Trevor, où qu'j'te mets la brute ? », qu'il a perdu l'équilibre, que son projecteur est entré dans l'armoire de la cuisine par la porte vitrée et qu'il a fait tomber une bouteille ouverte d'huile d'olive extra-vierge sur mon livre de cuisine du River Café, j'ai compris mon erreur.

Trois heures plus tard, le tournage n'avait pas commencé. Les types s'agitaient dans tous les sens en disant : « Tu peux te pousser un peu, coco ? » Le temps qu'on commence enfin, maman et moi assises l'une en face de l'autre dans la pénombre, il était presque une heure et demie.

Elle a dit d'une voix douce, empreinte d'une tendre sollicitude que je ne lui avais jamais connue :

– Alors, quand votre mari vous a quittée, vous est-il arrivé… (maintenant, elle en était à murmurer)… de penser au suicide ?

Incrédule, je la regardai d'un air perplexe.

– Je comprends que tout ceci soit très pénible pour vous. Si vous avez peur de craquer, on peut s'interrompre quelques instants…

J'étais sidérée. De quel mari parlait-elle ?

– Cela doit faire un tel choc… Seule, soudain, et cette horloge biologique, inexorable…

Elle m'a donné un coup de pied sous la table. Je le lui ai rendu. Elle a couiné, sursauté.

– Votre plus cher désir n'est-il pas d'avoir un enfant ?

Et là, elle m'a tendu un mouchoir en papier.

C'est à ce moment-là que quelqu'un a éclaté de rire au fond de la pièce. Je m'étais dit que Daniel pouvait très bien continuer à dormir dans ma chambre, parce que le samedi il ne se réveille jamais avant l'heure du déjeuner. Et j'avais mis ses cigarettes sur l'oreiller.

– Si Bridget avait un enfant, elle l'égarerait ! s'est-il esclaffé. Heureux de vous connaître, Mrs. Jones. Bridget, tu devrais suivre l'exemple de ta maman ! Regarde comme elle se pomponne, le samedi matin !

Maman ne nous adresse plus la parole. Elle est furieuse contre nous parce que nous l'avons humiliée devant son équipe en révélant qu'elle bidonnait ses reportages. Nous aurons la paix pendant quelque temps. J'attends l'été avec impatience. Ce sera génial d'avoir un petit ami par temps chaud. On pourra faire de petites escapades romantiques. T. heureuse.

Juin

Ha ! Un jules

Samedi 3 juin

57 kg, unités alcool : 5, cigarettes : 25, calories : 600, minutes passées à consulter brochures agences de voyages : longue distance : 45, escapades : 87, appels au 1471 : 7 (b).

Il fait si chaud que n'arrive pas à me concentrer, sauf sur futures escapades, avec Daniel. Tête remplie d'images de nous deux allongés au bord d'une rivière, à l'ombre, moi en longue robe blanche vaporeuse, ou de nous deux assis à la terrasse d'un vieux pub en Cornouaille, en T-shirts rayés assortis, contemplant le coucher du soleil sur la mer : ou de nous deux, dînant aux chandelles dans le jardin d'une vieille auberge de campagne et nous retirant dans notre chambre pour baiser pendant toute la chaude nuit d'été.

Enfin, en attendant, nous allons ce soir à une réception chez son ami Wicksy et demain je suppose que nous irons au parc, ou déjeuner dans un charmant petit pub des environs. C'est génial d'avoir un petit ami.

Dimanche 4 juin

57,3 kg, unités alcool : 3 (b.), cigarettes : 13 (b.), minutes sur brochures agences de voyages : longue distance : 30 (b.), escapades : 52, appels au 1471 : 3 (b.).

19:00. Hum. Daniel vient de partir. Suis un peu agacée. La journée était superbe, mais Daniel n'a pas voulu sortir ni parler de nos futures escapades. Il a passé l'après-midi à regarder le cricket à la télé, rideaux tirés. La réception d'hier soir était sympa mais à un moment nous nous sommes approchés de Wicksy, qui parlait avec une très jolie fille, et il m'a semblé qu'elle nous regardait arriver avec une certaine hostilité.

– Daniel, a dit Wicksy, tu connais Vanessa ?

– Non. Très heureux, a répondu Daniel en lui tendant la main, son sourire le plus ravageur aux lèvres.

– Daniel, a dit Vanessa, blême, en croisant les bras, nous avons *couché ensemble*.

Dieu qu'il fait chaud, ça fait du bien de prendre un peu d'air à la fenêtre. Quelqu'un joue du saxophone comme si on était dans un film qui se passe à New York où on entend des voix dans la cour, toutes les fenêtres sont ouvertes, et des odeurs de restaurant montent dans la brise étouffante. Hmm. Je vivrais volontiers à New York... Mais, à la réflexion, mauvais plan pour escapades. Sauf si escapade à New York même. Ce qui n'a pas de sens si l'on y vit déjà.

Bon. Un petit coup de fil à Tom et au boulot.

20:00. Vais prendre un verre en vitesse avec Tom. Pas plus d'une petite demi-heure.

Mardi 6 juin

58,3 kg, unités alcool : 4, cigarettes : 3 (t.b.), calories : 1 326, grattages : 0 (excellent), appels au 1471 : 12 (nul), heures passées à dormir : 15 (trop, mais faute à vague de chaleur).

Ai réussi à convaincre Perpetua que je travaille mieux à la maison. A accepté car veut sûrement se faire bronzer elle aussi. Mmmm. Me suis trouvé nouvelle brochure sur escapades : *L'Orgueil de l'Angleterre, Guide des Hôtels de Charme dans les îles Britanniques.* Sublime. Me suis arrêtée à toutes les pages pour nous imaginer, Daniel et moi, tour à tour sensuels ou romantiques, dans les chambres à coucher et dans les salles à manger.

11:00. Bon. Maintenant, je me concentre.

11:25. Mince, j'ai un ongle qui accroche.

11:35. Seigneur. Me voilà en plein délire paranoïaque, à m'imaginer que Daniel me trompe et à m'inventer quelques répliques dignes mais cinglantes et bien senties. Pourquoi est-ce que je pense à ça ? Mon intuition féminine me soufflerait-elle qu'il a en effet une liaison ?

Le problème, quand on sort avec quelqu'un à un certain âge, c'est que tout devient lourd. Si on a dépassé trente ans et qu'on n'a pas de compagnon, les inconvénients ordinaires du célibat – absence de relations sexuelles, personne avec qui traîner le dimanche, rentrer seule de soirées – se colorent d'obsessions paranoïaques sur les années qui passent, sur l'angoisse d'être privée à perpétuité de tendresse et de relations sexuelles, et sur la grossière erreur qu'on a commise en ne se rangeant pas quand on était à la fleur de l'âge.

On oublie complètement qu'à vingt-deux ans, si on n'avait pas de petit ami et que ça faisait vingt-trois mois qu'on n'avait pas rencontré quelqu'un de vaguement intéressant, on se disait simplement que c'était un peu barbant. L'angoisse monte, monte, jusqu'à ce qu'on croie qu'une liaison sérieuse est le but ultime, quasi inaccessible, que l'on poursuit. Et le jour où ça arrive enfin, ça n'est évidemment pas à la hauteur de ce qu'on en attendait.

Ce serait ça ? Ou y aurait-il quelque chose qui cloche dans le fait que moi je sois avec Daniel ? Est-ce que Daniel me trompe ?

11:50. Hmmm. Cet ongle accroche *vraiment*. Si je ne m'en occupe pas, je vais commencer à me le ronger et il va y passer tout entier. Bon. Je vais chercher une lime. D'ailleurs, mon vernis s'effrite. Il faut l'enlever complètement. Autant m'y mettre tout de suite, pendant que j'y pense.

Midi. Quand il fait aussi chaud, et que votre *soi-disant* petit ami ne veut aller nulle part avec vous, c'est vraiment exaspérant ! On dirait qu'il s'imagine que je lui tends des pièges : une escapade, ce n'est tout de même pas le mariage, trois mômes et les chiottes à déboucher dans une cabane au fond des bois. Suis en pleine crise existentielle. Vais appeler Tom. (Le catalogue de Perpetua, ce sera pour ce soir.)

160

12:30. Hmmm. Tom prétend que si on part en week-end avec son petit ami on passe son temps à se demander si ça va bien entre nous. Qu'il vaut donc mieux partir avec un copain.

Sauf pour le sexe, ai-je répondu. Il est d'accord. On se voit ce soir. Je prendrai mes brochures et on va fantasmer sur des escapades fantômes. Moralité, il faut que je bosse cet aprème.

12:40. Un short et un T-shirt, par cette chaleur, c'est pas confortable du tout. Vais passer une robe ample et vaporeuse.

Oh, Seigneur. Ma culotte se voit sous la robe. Il faut que j'en trouve une couleur chair, on ne sait jamais, si on sonnait à la porte... Celle de chez Gossard serait parfaite. Où est-elle donc ?

12:45. Je devrais mettre le soutien-gorge Gossard assorti, si je le trouve.

12:55. Ah, ça va mieux.

13:00. Ouf ! Enfin la pause déjeuner !

14:00. Au boulot. Je m'y mets, et je termine avant ce soir, pour sortir tranquille. Tellement sommeil ! Fait si chaud ! Si piquais roupillon de cinq minutes ? Rien de tel qu'une petite sieste pour reprendre des forces, *dixit* Winston Churchill et Margaret Thatcher. Bonne idée. Au lit.

19:30. Oh, merde !

Vendredi 9 juin

58,3 kg, unités alcool : 7, cigarettes : 22, calories : 2 145, minutes passées à inspecter rides : 230.

9:00. Hourra ! Ce soir, sortie avec les copines.

19:00. Oh non ! Rebecca vient avec nous. Passer une soirée avec Rebecca, c'est comme nager dans une mer infestée de méduses : tout va parfaitement bien, et soudain ça se met à vous fouetter de partout et vous perdez toute confiance en vous sous les coups. Rebecca prémédite si subtilement ses piques, sans jamais rater le talon d'Achille de l'adversaire, qu'on dirait les missiles de la guerre du Golfe dans les couloirs des hôtels de Bagdad : Fzzzzzz whoosssh ! on ne les voit jamais venir. Sharon dit que je n'ai plus vingt-quatre ans, et que je devrais avoir la maturité nécessaire pour supporter Rebecca. Elle a raison.

Minuit. Beuh... Les horreurs de la guerre... Moral à zéro... Visage en déroute....

Samedi 10 juin

Beuh... Me suis réveillée en pleine forme (encore pompette vu excès), et me suis soudain souvenue de l'abominable soirée d'hier. Après première bouteille au chardonnay allais mettre sur tapis éternelle frustration sur escapades manquées quand Rebecca a demandé des nouvelles de Magda.

– Elle va très bien, ai-je répondu.

– Elle est formidablement séduisante, non ?

– Mmm.

– Et elle fait incroyablement jeune... On ne lui donnerait pas plus de vingt-quatre ou vingt-cinq ans, tu ne trouves pas ? Vous étiez bien en classe, ensemble, elle et toi ? Elle avait quoi ? Trois ou quatre ans de moins que toi ?

– Six mois de plus, ai-je dit, sentant venir l'horreur.

– Sérieux ?

Et Rebecca, manifestement gênée, a marqué une longue pause.

– Elle a vraiment de la chance ! Avec sa peau, surtout.

J'ai blêmi intérieurement en comprenant où Rebecca allait en venir.

– Le truc, c'est qu'elle sourit beaucoup moins que toi, tu vois. C'est sûrement pour ça qu'elle est tellement moins marquée.

Je me suis agrippée à la table, essayant de reprendre mon souffle. Diagnostic : vieillissement précoce. Une prune qui devient pruneau, en vitesse accélérée.

– Et ton régime, Rebecca, tu en es où ? a demandé Sharon.

Aargh. Au lieu de protester, Jude et Sharon entérinaient, et préféraient changer de sujet de conversation, pour ne pas me faire de peine. Dans un vertige de terreur, j'ai pris mon visage flétri dans mes mains.

– Je vais aux toilettes, ai-je marmonné entre mes dents, comme une ventriloque, sans remuer un seul muscle du visage.

On cache ses rides comme on peut.

– Ça va, Bridge ? m'a demandé Jude.

Me suis levée avec un vague grognement.

Une fois devant la glace, à la lumière crue qui tombait du plafonnier, j'ai contemplé, chancelante d'effroi, mes chairs flasques et ma peau épaissie par l'âge. Je m'imaginais les autres, à table, grondant Rebecca qui avait dit tout haut ce qu'elles pensaient tout bas depuis longtemps, mais que je n'avais aucun besoin de savoir.

Je n'avais qu'une envie : me précipiter dans la salle et demander à tous les clients du restaurant l'âge qu'ils me donnaient, comme le jour où, à l'école, j'avais eu la soudaine conviction d'être une sous-développée men-.tale et que j'avais demandé à tous les élèves qui étaient dans la cour : « Suis-je anormale ? » Vingt-huit avaient répondu oui.

Si on commence à penser à l'âge, c'est sans issue. La vie se met à ressembler aux vacances : dès qu'on est au milieu, tout s'accélère jusqu'à la fin. Il faut que je fasse quelque chose pour arrêter ce processus de vieillisse-ment. Mais quoi ? Un lifting ? Trop cher pour mes fai-bles moyens. Suis vraiment dans une impasse atroce : grossir et maigrir vieillissent autant l'un que l'autre. Pourquoi est-ce que je fais vieux ? Pourquoi ? Scrute visage des vieilles dames dans la rue, pour repérer signes les plus infimes de transition entre jeunesse et vieillesse. Épluche les journaux pour connaître l'âge des gens dont on parle et les jauge pour savoir s'ils font vieux ou s'ils font jeune.

11:00. Le téléphone vient de sonner. C'était Simon, qui voulait me parler d'une fille sur qui il a jeté son dévolu. Lui ai demandé l'âge de la personne.

Vingt-quatre ans.

Hou ! là ! là ! En suis au stade où les hommes de mon âge ne trouvent plus aucun charme à leurs contemporaines.

16:00. Rendez-vous avec Tom pour prendre le thé. Ai décidé consacrer plus de temps à mon apparence, comme stars de Hollywood. Ai donc passé un temps fou à poser anticernes, fond de teint, blush pour redéfinir structure de visage ramollie.

– Seigneur Dieu ! s'est exclamé Tom quand il m'a vue.

– Quoi ? Qu'est-ce qu'il y a ?

– Ta figure ! On dirait Barbara Cartland !

J'ai cligné plusieurs fois des yeux pour m'accommoder de la terrible vérité : une bombe à retardement, cachée sous ma peau, avait soudain explosé.

– Je fais vraiment vieux pour mon âge, hein ? ai-je marmonné tristement.

– Toi ? On dirait une gamine de cinq ans qui a chipé la trousse de maquillage de sa mère. Regarde-toi !

Me suis jeté un coup d'œil dans le miroir pseudovictorien accroché au mur. Avec mes joues rose vif, mes yeux de corbeau mort et les crayeuses falaises de Douvres étalées en dessous, j'avais l'air d'un clown. L'illumination m'a frappée : voilà pourquoi les vieilles femmes se maquillent dix fois trop et que les gens ricanent sur leur passage. Ai décidé de ne plus jamais ricaner.

– Qu'est-ce qui t'arrive ?

– Vieillissement précoce, ai-je marmonné.

– Bridget ! Pour l'amour du ciel ! C'est cette garce de Rebecca, hein ? Sharon m'a raconté votre conversation sur Magda. C'est grotesque ! On te donnerait dans les seize ans...

J'adore Tom. Il a peut-être dit ça pour me consoler, ce dont je le soupçonne. Mais Tom lui-même ne dirait pas seize ans si j'en faisais quarante-cinq.

Dimanche 11 juin

56,8 kg (t.b., trop chaud pour manger), unités alcool : 3, cigarettes : 0 (t.b., trop chaud pour fumer), calories : 759 (uniquement des glaces).

Encore un dimanche de gâché. Apparemment, sommes condamnés à passer tout l'été rideaux tirés devant les matches de cricket. L'été me fait un drôle d'effet, pas seulement à cause des rideaux tirés le dimanche et des escapades manquées. Il fait beau et chaud depuis des jours et des jours, ce qui est particulièrement bizarre, et, quoi que je fasse, j'ai toujours l'impression que je devrais être en train de m'occuper à autre chose. C'est une sensation de la même *famille* que celle qui vous assaille régulièrement quand vous vivez en plein centre de Londres ; on devrait aller au théâtre, au concert et au musée plutôt que de perdre son temps à traîner dans des bars.

Plus le soleil brille et plus il me paraît évident que les autres en profitent plus et *mieux* que moi. Que tout le monde sauf moi a été invité à une gigantesque partie de ballon ; ou se prélasse dans une clairière idyllique avec l'âme sœur, au pied d'une cascade où s'ébrouent des Bambis effarouchés ; ou assiste à une grandiose commémoration publique présidée par la reine mère et un ou deux ténors du football. Bref, tout le monde célèbre cet été exquis alors que je me morfonds. C'est peut-être la faute de notre tradition climatique. Nous n'avons pas la mentalité qu'il faut pour jouir du soleil et du ciel sans nuages qui sont pour nous des accidents rarissimes. Devant ce phénomène traumatique, nous paniquons : un instinct puissant nous dicte de fuir le bureau en courant, de nous déshabiller le plus possible et de nous coucher, à bout de souffle, dans l'escalier de secours.

C'est qu'une fois encore rien n'est simple. Sortir, pour s'exposer au risque majeur d'excroissances malignes ? Totalement démodé. Alors, qu'est-ce qu'on peut bien faire ? Un barbecue à l'ombre ? Pour affamer ses amis pendant qu'on s'escrime pendant des heures à souffler sur le feu ? Pour les empoisonner avec des grillades de porc calcinées mais crues à l'intérieur ? Organiser un pique-nique dans un parc et se retrouver avec une bande de nanas qui se disputent les dernières miettes de mozzarella écrasées dans le papier alu en engueulant leurs moutards asthmatiques, attaqués par l'ozone, pendant que les mecs, vaguement honteux, sirotent du vin blanc tiède sous la fournaise de midi en regardant avec envie les gens qui jouent au ballon sur la pelouse voisine ?

Sur le continent, au moins, on sait comment se comporter pendant l'été ! Les hommes, nonchalants, en élégants costumes légers et lunettes de soleil design, se baladent dans des voitures à air conditionné dont ils descendent à l'occasion pour boire un citron pressé à la terrasse ombragée d'un petit café. Pourquoi s'occuper du soleil quand on sait qu'il brillera, imperturbable, pendant tout le week-end qu'on passera paresseusement allongé sur le pont de son yacht ?

Voilà l'un des facteurs, j'en suis persuadée, de notre perte de fierté nationale. Nous avons commencé à voyager et nous nous en sommes rendu compte. La situation évoluera peut-être. Il y a de plus en plus de tables sur les trottoirs. Et ceux qui s'y installent réussissent à rester calmement assis, en oubliant le soleil. De temps à autre, ils exposent leur visage, les yeux fermés, et reprennent le fil interrompu de leur conversation. Tout fiers, ils semblent interpeller les badauds : « Regardez, regardez, on boit un petit quelque chose de frais à une terrasse ! On peut le faire, nous aussi ! » Et s'il passe un éclair d'angoisse dans leur regard, il est furtif. C'est qu'ils se sont dit, tout d'un coup : « Est-ce qu'on n'aurait pas dû, plutôt, assister à une représentation en plein air du *Songe d'une nuit d'été* ? »

Dans les tréfonds de ma conscience, flotte soudain la vague idée que Daniel a peut-être raison : quand il fait chaud, ce qu'on est censé faire c'est dormir sous un arbre ou regarder le cricket à la télé, rideaux tirés. Mais, à mon sens, pour dormir, il faudrait être sûr qu'il fera aussi chaud le lendemain, et le surlendemain, et que nous attend, à l'avenir, un gros capital de belles journées dont on profitera pour se livrer calmement et raisonnablement à toutes les activités possibles et imaginables par beau temps. Et ça, c'est pas demain la veille...

Lundi 12 juin

57,3 kg, unités alcool : 3 (t.b.), cigarettes : 13 (b.), minutes consacrées à m'échiner sur programmation vidéo : 210 (médiocre).

19:00. Maman vient d'appeler.

– Ma chérie ! Tu ne devineras jamais ! Penny Husbands-Bosworth passe dans *Nouvelles de la Nuit ! ! !*

– Qui ?

– Voyons, ma *chérie*, tu connais les Husbands-Bosworth ! Ursula était au lycée avec toi, Herbert a eu une leucémie...

– Quoi ?

– Bridget, perds cette sale habitude de dire « quoi ». On dit « pardon ». Mon problème, c'est que je ne serai pas chez moi, parce que tante Una a insisté pour que je l'accompagne à une projection de diapos sur le Nil : alors, Penny et moi on s'est dit que tu pourrais enregistrer l'émission ! Oh ! Faut que je file ! Voilà le boucher !

20:00. Bon. Ça fait deux ans que j'ai acheté un magnétoscope et je ne sais toujours pas le programmer ! C'est nul ! Pourtant, c'est le merveilleux FV 67 HV Vidéoplus. Suffit de lire la notice, trouver les boutons, etc.

20:15. La notice a disparu.

20:35. Ha ! Elle était sous le programme télé. Voyons. « Programmer un enregistrement est aussi facile que passer un coup de téléphone... » Excellent.

20:40. « Dirigez la télécommande sur le magnétoscope. » T. facile. « Reportez-vous à l'index. » Zut, liste atroce donne : « Le décodeur doit être raccordé à la prise DECOD de votre magnétoscope. » « Votre téléviseur peut lui aussi utiliser le décodeur à travers le magnétoscope », etc. Voulais juste enregistrer les élucubrations de Penny

Husbands-Bosworth, pas passer la soirée à lire un traité sur les techniques d'espionnage !

20:50. Ah. Diagramme : « Touches pour les fonctions TMC. » Mais qu'est-ce qu'une fonction TMC ?

20:55. Cette page ne me concerne pas. Je passe à « Programmation différée. Programmez vos enregistrements sans vous soucier de leur ordre. ÉTAT interrompt la procédure… » Quelle procédure, grands dieux ? J'exècre saleté de vidéo ! Me fait le même effet que les panneaux sur les autoroutes. Au fond de moi, je sais que la vidéo et les panneaux signalétiques n'ont aucun sens, mais ne suis pas assez parano pour croire que les autorités soient assez cruelles pour nous induire délibérément en erreur. Donc, c'est moi qui suis idiote et incompétente, puisque le monde entier s'en sort et moi pas !

21:10. « À la première mise en marche du magnétoscope vous devez effectuer un réglage correct de l'horloge pour la commande des enregistrements programmés. N'oubliez pas de changer l'heure lors des changements d'horaires d'été et d'hiver. Appel du menu HORLOGE : appuyer sur le bouton n° 6. »

Appuyé sur 6. Rien. Appuyé sur tous les boutons. Rien. Pourquoi a-t-on inventé cette connerie de vidéo ?

21:25. Aargh. Le menu est apparu d'un coup sur l'écran ! Oh, Seigneur ! Je m'acharnais sur la télécommande de la télé ! Je reçois les infos. Ai appelé Tom pour lui demander s'il pouvait enregistrer Penny Machin-Chose, mais lui non plus ne sait pas programmer.

Il y a eu un drôle de bruit dans le magnétoscope et, à l'écran, je n'ai plus eu le journal, mais *Blind Date*.

Coup de fil à Jude. Pas plus douée que moi pour la programmation. Aaargh. Aargh. Plus qu'un quart d'heure avant *Nouvelles de la Nuit*.

22:17. Cassette ne veut pas entrer.

22:18. C'est parce qu'il y a *Thelma et Louise* dedans.

22:19. *Thelma et Louise* ne veulent pas sortir.

22:21. Ai appuyé frénétiquement sur tous les boutons. La cassette est sortie, et elle est re-entrée.

22:25. Ça y est. Cassette vierge installée. Aller à la page *Enregistrement*.

« Si votre émetteur dispose du système VPS... » Qu'est-ce que c'est que cette bête-là ? « ... votre magnétoscope effectue l'enregistrement dès que le module est actif et s'arrête dès que le module est désactivé. Si la retransmission choisie est proposée en multilangue, appuyez trois secondes sur AV pour faire votre choix... »

Oh ! Seigneur. Cette idiote de notice me rappelle mon prof de linguistique à la fac. Était incapable d'arriver au bout d'une phrase parce que se sentait obligé de décortiquer chaque mot. « Ce matin, nous étudierons... Étudier, recherchons l'étymologie de ce verbe qui... »

Mince. C'est l'heure de *Nouvelles de la Nuit*.

22:31. OK, OK, du calme. On n'en est pas encore au sujet de Penny Husbands-Bosworth sur les leucémies dues à l'amiante.

22:33. Ouais ! Ça enregistre ! J'ai réussi !
Aaargh. Tout se déglingue. La cassette s'est rembobinée. Ça s'est arrêté. La cassette a été éjectée ! Pourquoi ? Merde ! Merde ! Qu'est-ce qui se passe ? Ah ! Suis tellement énervée que me suis assise sur la télécommande.

22:35. C'est la panique. Ai appelé Sharon, Rebecca, Simon, Magda. Personne ne sait programmer son magnétoscope. Le seul qui saurait, c'est Daniel.

22:45. Oh, Seigneur. Daniel a failli mourir de rire quand je lui ai avoué que ne savais pas programmer satané engin. Il va enregistrer pour moi. Bon ! Ai fait tout mon possible pour ma maman. C'est quand même pas banal d'avoir des amis qui passent à la télé !

23:15. Hem. Maman vient d'appeler.
– Excuse-moi, ma chérie ! Ce n'était pas *Nouvelles de la Nuit*, mais *Télé-Matin* de demain. Tu peux programmer pour sept heures ? BBC1 ?

23:30. Daniel vient de téléphoner.
– Euh, Bridge. Désolé, j'ai dû foirer quelque chose. J'ai enregistré Barry Norman[1].

---

1. Critique de cinéma.

Dimanche 18 juin

56,6 kg, unités alcool : 3, cigarettes : 17.

Ça fait trois week-ends de suite que je passe dans la pénombre, avec la main de Daniel dans mon soutien-gorge, à me tripoter les tétons comme si c'étaient les grains d'un chapelet, tout en demandant de temps en temps d'une voix hésitante : « C'était un but ? » J'ai explosé, tout d'un coup.

– *Pourquoi* on fait jamais une petite escapade, hein ? *Pourquoi ? Pourquoi ?*

– Bonne idée, a répondu doucement Daniel en récupérant sa main. Réserve quelque chose pour samedi prochain, dans un joli petit hôtel à la campagne. C'est moi qui t'invite.

Mercredi 21 juin

56,2 kg (t.t.b.), unités alcool : 1, cigarettes : 2, grattages : 2 (t.b.), minutes passées à consulter des catalogues de mini-voyages : 237 (nul).

Daniel a refusé discuter de notre petite escapade et de jeter le moindre coup d'œil sur les catalogues. Il m'a défendu d'en reparler avant qu'on parte. Comment peut-il espérer que je reste calme alors que j'attends ça depuis si longtemps ? Pourquoi les hommes n'ont-ils pas encore appris à rêver aux vacances et à fantasmer sur des catalogues ? Il y en a bien qui savent coudre et cuisiner ! Prendre seule la responsabilité de notre escapade me panique. Wovingham Hall a l'air génial :

charmant et de bon goût sans être trop guindé, des lits à baldaquins, un lac et même un centré de remise en forme (où nous n'irons pas)... Et si ça ne lui plaisait pas ?

Dimanche 25 juin

56,2 kg, unités alcool : 7, cigarettes : 2, calories : 4 587 (oups).

Hou ! là ! là ! Dès notre arrivée, Daniel a trouvé que l'endroit faisait nouveaux riches, sous prétexte qu'il y avait trois Rolls Royce, dont une jaune, garée devant l'entrée. Moi, je luttais contre la déprime, parce qu'il s'était mis à faire un froid de canard et que je n'avais emporté que des affaires d'été. Contenu des bagages :

Maillots de bain 2.
Bikini 1.
Robe longue blanche et vaporeuse 1.
Robe bain de soleil 1.
Ridicule paire de sandales roses en plastique transparent, genre clocharde de bidonville 1.
Mini-robe en daim rose thé 1.
Blouson en soie noire 1.
Soutien-gorge, culottes, bas, jarretelles (variées).

L'orage a éclaté. Je grelottais. J'ai suivi Daniel dans un salon bondé de demoiselles d'honneur et d'hommes en complet crème. Apparemment, nous étions les seuls clients de l'hôtel à ne pas faire partie de la noce.

– C'est vraiment abominable, ce qui se passe à Srebrenica, non ?

Voilà tout ce que j'ai trouvé à dire pour me mettre au diapason. J'ai persévéré.

– Honnêtement, j'ai l'impression de ne rien piger à la situation en Bosnie... Je croyais que les Bosniaques étaient à Sarajevo, et que les Serbes les avaient agressés. Mais alors, qui sont les Serbes de Bosnie ?

– Si tu lisais les journaux au lieu de perdre ton temps à rêvasser sur des catalogues, tu le saurais peut-être, ricana Daniel.

– Explique-moi, toi.

– Bon Dieu ! Regarde les nichons de la mariée !

– Et les Musulmans de Bosnie, c'est qui ?

– Incroyable ! Tu as vu la taille des revers de ce type ?

Subitement, j'ai eu l'intuition que Daniel essayait de changer de sujet de conversation. J'ai insisté.

– Les Serbes de Bosnie, ce sont ceux qui ont attaqué Sarajevo ?

Silence de Daniel.

– Et Srebrenica, alors, c'est le territoire de qui ?

– Srebrenica est une *zone de sécurité*, a répondu Daniel, excédé, condescendant.

– Mais comment se fait-il que les gens d'une zone de sécurité aient attaqué les premiers ?

– Ferme-la, Bridget !

– Dis-moi simplement une chose : les Bosniaques de Srebrenica sont-ils les mêmes que ceux de Sarajevo ?

– Ce sont des Musulmans, triompha Daniel.

– Serbes ou bosniaques ?

– Bridget, tu vas te taire, oui ou non ?

– Tu n'y comprends rien non plus, voilà la vérité !

– Si !

– Non.

– Si !

– Non !

C'est le moment qu'a choisi un chasseur en livrée et perruque poudrée pour nous glisser discrètement :

– Si Monsieur veut bien me permettre, les anciens habitants de Sarajevo et de Srebrenica étaient des Musulmans bosniaques. Monsieur désirerait-il un journal demain matin ?

J'ai cru que Daniel allait le cogner. Je lui ai flatté le bras, gentiment, en disant :

– Allons, du calme, du calme, maintenant, comme à un pur-sang effrayé par un camion.

17:30. Brrr. Au lieu d'être allongée au soleil avec Daniel, en longue robe blanche vaporeuse, je me suis retrouvée bleue de froid dans une barque, enveloppée dans une serviette de bain de l'hôtel. Nous avons finalement abandonné et sommes retournés dans notre chambre prendre un bon bain chaud. Entre-temps, nous avons découvert qu'un autre couple nous tiendrait compagnie dans la salle à manger non réservée au mariage : la moitié femelle du couple en question est une certaine Eileen. Daniel a couché deux fois avec elle, il lui a cruellement mordu le sein droit, par inadvertance, et ne lui a pas adressé la parole depuis.

Quand je suis sortie du bain, Daniel était allongé sur le lit, et rigolait.

– Je t'ai trouvé un nouveau régime, a-t-il dit.

– Donc, tu me trouves grosse.

– Je t'explique, c'est simple comme bonjour. Tout ce que tu as à faire, c'est de ne jamais manger quoi que ce soit que tu payes toi-même. Au début du régime, tu es

176

grassouillette, personne ne t'invite à dîner. Donc, tu maigris, tu deviens une créature tout en jambes, décharnée, à l'air intéressant. On t'invite souvent au restaurant. Tu regrossis, les invitations se tarissent, et tu recommences à maigrir.

– Daniel ! Je n'ai jamais rien entendu de plus grossier, de plus cynique, de plus sexiste !

– Allez, Bridge, je ne fais que suivre ta propre logique. Je me tue à te répéter que personne n'aime les sacs d'os. Les hommes aiment les derrières rebondis où l'on peut garer son vélo et poser son verre de bière !

J'étais déchirée entre une abominable image de moi avec un vélo garé dans le derrière et un verre de bière en équilibre dessus, et une colère noire contre Daniel et son sexisme provocateur et arrogant. Puis je me suis demandé s'il n'avait pas raison et si je n'avais pas tort d'avoir tant de complexes par rapport à mon corps. Dans ce cas-là, me suis-je dit, pourquoi ne pas manger quelque chose de délicieux, tout de suite... voyons... de quoi ai-je envie ?

– Je regarde juste s'il y a quelque chose à la télé, a dit Daniel, profitant du fait que j'étais encore sans voix pour s'emparer de la télécommande et se diriger vers les épais rideaux doublés de noir. Quelques secondes plus tard, la pièce était plongée dans l'obscurité la plus totale. Sauf, bien entendu, la lumière tremblotante des images d'un match de cricket sur l'écran. Daniel a allumé une cigarette et appelé le room-service pour se faire monter six canettes de bière.

– Tu veux boire quelque chose, Bridget ? Un thé au lait, par exemple ? Je te l'offre.

Juillet

Pouh…

Dimanche 2 juillet

*56,5 kg (patience et longueur de temps…), unités alcool :
0, cigarettes : 0, calories : 995, grattages : 0 (parfait).*

7:45. Maman vient d'appeler.

– Bonjour, ma chérie ! Tu ne devineras jamais !

– Une minute, maman, je te prends dans l'autre pièce. Ne quitte pas.

En surveillant Daniel d'un œil inquiet, j'ai débranché la prise du téléphone, rampé jusqu'au living où je l'ai rebranchée. Ma mère n'avait même pas remarqué mes deux minutes d'absence.

– … et voilà ! Qu'est-ce que tu en dis, ma chérie ?

– Je ne sais pas, maman, je t'avais dit que je débranchais le téléphone un instant, et…

– Ah. Tu n'as rien entendu, alors ?

– Non.

Il y a eu un silence.

– Bonjour ma chérie ! Tu ne devineras jamais !

Parfois, je considère que ma mère fait partie du monde moderne, mais il m'arrive de penser qu'elle appartient à une autre planète. Par exemple quand elle laisse sur mon répondeur, à haute et intelligible voix, un message qui dit seulement : « Ici la mère de Bridget Jones. »

– Chérie ? Ah, bonjour, ma chérie. Tu ne devineras jamais, a-t-elle répété pour la troisième fois.

– Quoi ? ai-je dit avec résignation.

– Una et Geoffrey donnent une soirée costumée sur le thème Catins et Pasteurs dans leur jardin, le 29 juillet. Comme ce sera amusant ! Une soirée Catins et Pasteurs ! Tu imagines ?

Je m'efforçais de l'éviter, justement, et d'écarter de mon esprit la vision d'Una Alconbury en bottines à talons, bas résille et soutien-gorge à judas. Des gens de soixante ans qui organisent ce genre de soirée ! Ça avait quelque chose d'anormal et déplacé.

– Et nous adorerions que toi et... (elle a marqué un temps, lourd de sens)... et Daniel, vous soyez des nôtres. Tout le monde meurt d'envie de le connaître.

Mon cœur a cessé de battre. Daniel et moi, sujet de glose infinie aux déjeuners du Lifeboat dans le Northamptonshire !

– Je ne suis pas certaine que ce soit le genre de Daniel...

À ce moment-là, pour une raison mystérieuse, la chaise que je balançais du genou tout en parlant, vaguement assise sur un coin de la table, est tombée par terre avec fracas.

Quand j'ai repris le téléphone, ma mère parlait toujours.

– Oui, ce sera formidable ! Mark Darcy sera là aussi, avec quelqu'un, donc...

– Qu'est-ce qu'il se passe ?

Daniel se tenait nu, sur le pas de la porte.

– À qui parles-tu ?

– À ma mère, ai-je marmonné désespérément du coin des lèvres.

– Passe-la moi.

Il a pris le téléphone. J'aime bien, quand il est dominateur sans se fâcher, comme ça.

– Madame Jones ? a-t-il dit de son ton le plus sucré. C'est Daniel.

Je l'ai pratiquement entendue s'agiter nerveusement au bout du fil.

– C'est un petit peu tôt, pour un dimanche matin, vous ne trouvez pas ? Oui, un temps superbe. Que pouvons-nous faire pour vous ?

Il m'a regardée une seconde, pendant qu'elle repartait de plus belle, puis il l'a écoutée.

– Nous serons ravis d'être des vôtres. Je vais le noter sur mon carnet et sortir mon collier de chien. Et maintenant, il faut retourner dormir, et rattraper notre retard de sommeil. Bonne journée. Oui, oui. Très bonne journée encore.

Et il a raccroché.

– Tu vois, m'a-t-il dit d'un air satisfait, il suffit d'un peu de poigne, c'est tout.

Samedi 22 juillet

56,9 kg, (hmmm 500 grammes à perdre), unités alcool : 2, cigarettes : 7, calories : 1 562.

En fait, ça me fait vraiment plaisir que Daniel vienne avec moi à la fête Catins et Pasteurs samedi prochain. Ce sera tellement agréable, pour une fois, de ne pas faire le trajet toute seule, de ne pas arriver toute seule et de ne pas avoir à subir l'interrogatoire habituel sur mon incapacité à me trouver un petit ami. Une belle et chaude journée en vue. On pourrait même en profiter pour la transformer en escapade et dormir dans un petit hôtel du coin (*sans* télévision dans la chambre). Je suis contente que Daniel connaisse mon père. Pourvu qu'il lui plaise.

2:00. Me suis réveillée, en larmes, après un rêve atroce que je fais souvent. Je suis en interro de français et je réalise avec horreur que j'ai oublié de réviser et que je ne porte, pour tout vêtement, que mon tablier d'Enseignement Ménager, dans lequel je m'enroule de mon mieux pour que Miss Chignall ne se rende pas compte que je n'ai pas de culotte. Je m'attendais à ce que Daniel manifeste un minimum de solidarité. Je sais très bien quelle est l'origine de ce cauchemar : mon angoisse au sujet de ma carrière, qui ne décolle pas. Mais il s'est contenté d'allumer une cigarette et il m'a demandé de lui raconter encore une fois le passage avec le tablier d'Enseignement Ménager.

– Évidemment, pour toi, c'est facile, avec ton diplôme de Cambridge, ai-je murmuré en reniflant. Mais moi, je n'oublierai jamais le moment où j'ai regardé le tableau des résultats, où j'ai vu que j'avais 6 en français et où j'ai compris que je ne serais jamais admise à Manchester. Ça a modifié le cours de toute ma vie.

– Tu devrais remercier ton ange gardien, Bridge, a dit Daniel en soufflant au plafond la fumée de sa cigarette. Tu aurais sans doute épousé un joueur de cricket, et tu aurais passé ta vie à nettoyer la niche du lévrier afghan. D'ailleurs... (il a éclaté de rire)... je ne vois pas ce que tu reproches à... à... (il riait tellement qu'il s'en étouffait)... à... Bangor.

– Très bien. Dans ces conditions, je vais dormir sur le canapé !

J'ai bondi hors du lit. Il m'a retenue.

– Ne sois pas si susceptible, Bridge, voyons ! Tu sais bien que je te considère comme un *monument* d'intelligence. Mais tu devrais apprendre à interpréter les rêves.

– Pour comprendre quoi ? dis-je, boudeuse. Qu'intellectuellement, je ne suis pas allée au bout de mes possibilités ?

– Pas exactement.

– Quoi, alors ?

– Il me semble que le tablier et l'absence de culotte sont des symboles très explicites, non ?

– C'est-à-dire ?

– Ils signifient que ta vaine quête d'intellectualité contrecarre ton désir profond.

– Qui serait ?

– De me concocter de bons petits plats à tous les repas, chérie, évidemment ! a-t-il répondu, hilare. Et de te balader dans mon appartement sans petite culotte !

Vendredi 28 juillet

57,2 kg (faire régime avant demain), unités alcool : 1 (t.b.), cigarettes : 8, calories : 345.

Mmmm. Daniel a été adorable ce soir. Il a passé des heures à m'aider à choisir mon costume pour les Catins et Pasteurs. Il avait sans cesse de nouvelles idées :

j'essayais, et il jugeait du résultat. Il a bien aimé le collier de chien avec un T-shirt noir et un porte-jarretelles
en dentelle noire, il trouvait que c'était un compromis
amusant entre le pasteur et la catin, mais finalement,
après que j'ai paradé dans les deux costumes, il a préféré
le body en dentelle noire de chez Marks et Spencer, avec
bas et jarretelles, tablier de soubrette française qu'on a
fabriqué avec deux mouchoirs et un morceau de ruban,
nœud papillon, et queue de lapin en coton. C'était vraiment sympa de sa part de trouver le temps de m'aider
à faire mon costume. Parfois, je me dis qu'il est vraiment très gentil. En plus, ce soir, il a eu très envie de
faire l'amour.

Ooh, vivement demain !

Samedi 29 juillet

*56,9 kg (t.b.), unités alcool : 7, cigarettes : 8, calories :
6 245 (au diable Una Alconbury, Mark Darcy, Daniel,
maman, tout le monde).*

14:00. N'en reviens pas ! Vers une heure, comme Daniel
dormait encore et que je commençais à m'inquiéter
parce que la fête démarrait à deux heures et demie, je
suis allée le réveiller avec un café.

– Il faut que tu te lèves, sinon on sera en retard.
– En retard où ?
– Aux Catins et Pasteurs.
– Oh, grands dieux ! Écoute, mon trésor, je viens
juste de me rendre compte que j'ai un boulot monstre
ce week-end. Il vaut vraiment mieux que je rentre à la
maison et que je m'y colle.

Je ne pouvais pas le croire. Il avait *promis* ! Un petit ami, tout le monde le sait, ça sert justement à ça : ne pas avoir à endurer seule les abominables fêtes de famille. Il s'imagine qu'en prononçant le mot travail, il peut échapper à n'importe quelle corvée ! Maintenant, les amis des Alconbury vont passer la soirée à me demander si j'ai un jules, et personne ne me croira quand je dirai que j'en ai un.

22:00. L'Hor-reur. Deux heures de route, et je me suis enfin garée devant la maison des Alconbury. En espérant que mon costume de Bunny m'avantageait, j'ai fait le tour pour entrer par le jardin d'où provenaient des voix et des rires. Au moment où je traversais la pelouse, tout le monde s'est tu et j'ai constaté, épouvantée, horrifiée, qu'au lieu d'être en Catins et Pasteurs les dames étaient en ensemble d'été fleuri, jupe aux mollets, et les hommes en pantalon léger et pull en V. Je me suis figée sur place, exactement comme un… lapin apeuré. Tout le monde me regardait. Una, en ensemble plissé couleur fuchsia, s'est avancée à ma rencontre avec une carafe en plastique remplie de feuilles et de morceaux de pomme.

– Bridget ! Quel bonheur de te voir ! Tu veux un Pimms ?

– Je croyais que c'était une fête Catins et Pasteurs ! ai-je sifflé.

– Mon Dieu ! Geoffrey ne t'a pas téléphoné ?

Je ne pouvais pas le croire. Qu'est-ce qu'elle s'imaginait ? Que je m'habillais tous les jours en Bunny-girl ?

– Geoff ! Tu n'as pas téléphoné à Bridget ? Nous sommes tous si heureux de connaître enfin ton nouvel ami, dit-elle, en le cherchant des yeux. Où est-il, d'ailleurs ?

— Il avait du travail, ai-je marmotté.

— Et comment va ma petite Bridget ? s'est enquis oncle Geoffrey titubant, bourré.

— Geoffrey ! a insisté Una.

— À vos ordres ! À vos ordres, mon commandant !

Il l'a saluée, puis il s'est écroulé sur son épaule en ricanant bêtement.

— J'ai téléphoné à Bridget, mais je suis tombé sur un répondeur machin-chose…

— Geoffrey, a grincé Una, va-t'occuper-du-barbecue. Je suis désolée, ma chérie, mais tu comprends, nous avons réfléchi. Avec tous ces scandales sexuels où sont impliqués des pasteurs, nous nous sommes dit que ça n'avait pas de sens de donner une fête Catins et Pasteurs parce que… (Elle s'est mise à rire.)… tout le monde le sait, que les pasteurs se conduisent comme des catins, alors ! Ô mon Dieu !… s'est-elle encore exclamée en s'essuyant les yeux. Et ce jeune homme, comment est-il ? Pourquoi travaille-t-il un samedi ? Tsss ! Un peu tirée par les cheveux, comme excuse, non ? À ce train-là, on ne te mariera jamais !

— À ce train-là, je finirai call-girl !

J'essayais désespérément de détacher la queue de lapin accrochée sur mes fesses quand j'ai senti un regard fixé sur moi. J'ai relevé la tête. Mark Darcy ne quittait pas des yeux l'appendice en coton. À ses côtés se tenait la longiligne avocate, celle de la grande famille du barreau, habillée d'un discret ensemble robe-manteau lilas à la Jackie O., ses lunettes relevées sur les cheveux.

La peste prétentieuse et mal élevée a adressé un sourire affecté à Marc, puis m'a dévisagée sans vergogne, des pieds à la tête.

– Vous venez d'une autre fête ? a-t-elle murmuré.

– Non. J'ai juste fait un saut ici avant d'aller travailler.

Ma réplique a arraché un sourire à Mark Darcy, qui a détourné les yeux.

– Bonjour, chérie ! Je te verrai tout à l'heure ! Pour le moment, on tourne !

C'était ma mère, toute virevoltante, en plissé turquoise, qui me faisait un grand signe avec son clap. Elle s'est arrêtée net.

– Mais Bridget ! Comment es-tu attifée ? On dirait une prostituée de bas étage... Silence, tout le monde, s'il vous plaît !

Et elle a crié à Julio, qui brandissait une caméra vidéo :

– Moteur !

Inquiète, j'ai cherché mon père des yeux, mais je ne l'ai vu nulle part. Mark Darcy parlait avec Una en me désignant du doigt, puis Una a fondu sur moi.

– Bridget, je suis vraiment *désolée* de ce malentendu à propos des costumes. Mark me disait à l'instant que tu dois te sentir très mal à l'aise ainsi habillée, au milieu de nous autres vieux croûtons ! Veux-tu que je te prête quelque chose ?

J'ai passé le reste de la journée dans une robe de demoiselle d'honneur empruntée à Janine, tissu à fleurs et manches ballons, de chez Laura Ashley, par-dessus mes jarretelles. La Natasha de Mark Darcy souriait d'un air supérieur, ma mère apparaissait de temps en temps et s'écriait :

– Quelle jolie robe, ma chérie ! Coupez !

– La petite amie ne me plaît pas beaucoup, m'a dit Una Alconbury à haute voix, en montrant Natasha de la tête. Et toi, qu'est-ce que tu en penses ? Un peu pimbêche, à mon avis. Elaine m'a juré qu'elle cherchait à tout prix à se caser. Oh ! coucou ! Mark ! Un verre de Pimms ? Quel dommage que le petit ami de Bridget n'ait pas pu venir ! En voilà un qui a de la chance, non ?

Una était super-agressive, comme si elle considérait comme une insulte personnelle que Mark se soit choisi une petite amie qui a) n'était pas moi, b) qui ne lui avait pas été présentée par elle-même pendant une quelconque Dinde au Curry.

– Comment s'appelle-t-il, Bridget ? Daniel, c'est ça ? Pam dit que c'est l'un de nos plus brillants jeunes éditeurs.

– Daniel Cleaver ? a demandé Mark.

– Oui, c'est bien lui, ai-je dit, le menton en avant.

– C'est un de tes amis, Mark ?

– Certainement pas, a-t-il répondu à Una d'un ton brusque.

– Tout ce que j'espère, c'est qu'il est digne de notre Bridget, a insisté Una en m'adressant un clin d'œil appuyé, comme si tout ça était hilarant et non pas odieux.

– Je répéterai une fois encore, et sans crainte de me tromper, certainement pas, a dit Mark.

– Oh ! Voilà Audrey ! Audrey !

Una n'avait pas écouté, heureusement, et elle nous a quittés, toutes voiles dehors.

– Vous trouvez sans doute ça malin ! ai-je éclaté, sitôt qu'elle eut tourné le dos.

– Quoi ? dit Mark, l'air surpris.

– Pas de « quoi » avec moi, Mark Darcy ! ai-je marmonné.

– On dirait exactement ma mère.

– Vous trouvez ça bien, je suppose, de casser du sucre sur le dos du petit ami de quelqu'un devant des amis de ses parents, sans l'ombre d'une raison, par jalousie pure ?

Il m'a fixée, l'air absent.

– Excusez-moi, je n'ai pas bien compris... Vous figurez-vous par hasard que je serais jaloux de Daniel Cleaver ? À votre sujet ?

– Non, pas à mon sujet ! (J'étais furieuse de m'être fait piéger aussi bêtement.) Mais il faut bien qu'il y ait une raison pour que vous profériez de telles horreurs sur Daniel. Ce n'est quand même pas par pure méchanceté ?

– Mark, mon chéri, a roucoulé Natasha en traversant la pelouse d'un pas léger pour nous rejoindre.

Elle était si grande qu'elle n'avait pas besoin de mettre de chaussures à talons : du coup, elle traversait la pelouse élégamment, sans s'enfoncer à chaque pas. À l'aise comme un poisson dans l'eau. Aussi adaptée qu'un chameau dans le désert.

– Viens parler à ta mère du service de table que nous avons vu chez Conran.

– Méfiez-vous, c'est tout ce que j'ai à vous dire..., me dit-il calmement. Et conseillez à votre mère d'en faire autant, a-t-il ajouté en désignant Julio du menton.

Puis Natasha l'a pris par la main et l'a emmené.

Trois cauchemardesques quarts d'heure plus tard, j'ai considéré que je pouvais m'éclipser en servant à Una le prétexte d'un travail à terminer.

– Ah ! Ces femmes qui ne pensent qu'à leurs carrières ! Attention ! Le temps passe ! Tic-tac-tic-tac-tic-tac.

Je suis restée cinq minutes dans ma voiture pour fumer une cigarette et me calmer avant de partir. Au moment où je m'engageais sur la grande route, j'ai croisé la voiture de mon père. Et qui était assise à côté de lui ? Penny Husbands-Bosworth, en guêpière de dentelle rouge et oreilles de lapin.

Je suis arrivée à Londres relativement secouée et beaucoup plus tôt que prévu. Au lieu de rentrer directement chez moi, j'ai décidé de passer chez Daniel pour me faire consoler.

Je me suis garée juste derrière sa voiture. J'ai sonné, mais il n'a pas répondu. Au bout de quelques instants, j'ai recommencé. Absorbé par un but sublime, il aurait pu ne pas entendre. Toujours aucune réaction. Il devait pourtant être chez lui, sa voiture était là, il avait dit qu'il allait travailler et regarder le cricket. J'ai levé la tête et je l'ai vu à sa fenêtre. Toute contente, je lui ai fait signe de m'ouvrir. Il a disparu, sûrement pour appuyer sur le bouton. Il a mis un certain temps à venir à l'interphone.

– Salut, Bridge ! Je suis au téléphone avec l'Amérique. On se retrouve au pub dans dix minutes, d'ac ?

– D'acc ! ai-je répondu gaiement.

Et, sans réfléchir, je me suis éloignée. Mais je me suis retournée. Il n'était pas au téléphone mais à sa fenêtre, à me regarder partir.

Rusée comme un renard, j'ai fait celle qui n'avait rien vu et j'ai continué à marcher, mais au fond de moi, ça bouillonnait. Pourquoi était-il allé à la fenêtre ? Pourquoi n'avait-il pas répondu à mon premier coup de sonnette ? Pourquoi ne m'avait-il pas tout simplement laissée monter ? La révélation m'a frappée comme la foudre. Il était avec une femme.

Le cœur battant, j'ai tourné le coin de la rue et je me suis aplatie contre le mur pour jeter un coup d'œil à sa fenêtre. Plus personne. J'ai couru jusque chez lui et je me suis cachée sous le porche de la maison voisine, d'où je pourrais voir sortir la femme en question. J'ai attendu quelque temps. Puis j'ai réfléchi. Si je voyais sortir une femme, comment pourrais-je être sûre qu'elle venait de chez Daniel et non de l'un des autres appartements de l'immeuble ! Et quelle réaction avoir ? Lui jeter mon gant ? L'interpeller et la remettre entre les mains de la police ? Et d'ailleurs, qu'est-ce qui empêchait Daniel de laisser la femme chez lui, avec ordre d'y rester le temps qu'il soit arrivé au pub et de s'en aller ensuite ?

J'ai regardé l'heure. Dix-huit heures trente. Le pub n'était pas encore ouvert. J'avais une excuse toute trouvée. Audacieusement, j'ai resonné.

– C'est encore toi, Bridget ? a-t-il répondu sèchement.

– Le pub est fermé.

Un silence. Avais-je vraiment entendu une voix ? Pour échapper à l'atroce réalité, je me suis imaginé qu'il blanchissait de l'argent ou qu'il dealait. Sans doute était-il en train de cacher un sac en plastique rempli de cocaïne sous les lattes du parquet, aidé dans sa tâche par des Sud-Américains à la peau sombre et à queue de cheval.

– Ouvre, Daniel.

– Je t'ai dit que j'étais au téléphone.

– Ouvre !

– Quoi ?

Il cherchait à gagner du temps, manifestement.

– Appuie sur le bouton, Daniel.

C'est bizarre, non, comme on détecte une présence, sans avoir rien vu ni entendu ? *Évidemment*, j'avais ouvert les coffres qui se trouvaient sur chaque palier pour vérifier qu'il ne s'y dissimulait personne. Mais je savais qu'il y avait une femme chez Daniel. Une vague odeur, peut-être… ou sa façon de se comporter. Quoi qu'il en soit, je *savais*.

Nous étions debout dans le salon, aussi loin que possible l'un de l'autre. Je n'avais qu'une envie : me précipiter sur tous les placards, comme ma mère, et appeler le 1471 pour vérifier si on l'avait vraiment appelé d'Amérique.

– Qu'est-ce que c'est que cette tenue ? m'a demandé Daniel.

Énervée comme j'étais, j'avais oublié que je portais toujours les vêtements de Janine.

– Une robe de demoiselle d'honneur, ai-je dit d'un ton hautain.

– Tu veux boire quelque chose ?

J'ai réfléchi à toute vitesse. Si j'arrivais à le coincer dans la cuisine, je pourrais explorer les placards.

– Une tasse de thé, volontiers.

– Tu te sens bien ?

– Parfaitement bien ! La fête était géniale. J'étais la seule à être en catin, alors j'ai dû mettre une robe de demoiselle d'honneur. Mark Darcy était là, avec Natasha. Elle est jolie, ta chemise…

Je me suis arrêtée de babiller, à bout de souffle, en constatant avec horreur que je me conduisais comme ma mère (eh oui, je n'avais pas d'illusions à me faire, le processus n'était pas simplement en cours, il était achevé).

194

Il m'a regardée, un peu étonné, puis il est allé à la cuisine. Moi, j'ai couru regarder derrière les rideaux et le canapé.

– Qu'est-ce que tu fabriques ?

Daniel était sur le pas de la porte.

– Rien, rien. Je pensais avoir laissé une de mes jupes derrière le canapé, ai-je répondu en regonflant sauvagement les coussins.

On se serait cru dans un vaudeville français.

Il m'a lancé un coup d'œil dubitatif et il est retourné à la cuisine.

Pas le temps de composer le 1471. Inspection rapide du placard où est rangée la couette du canapé-lit. Aucune trace de présence humaine. En allant rejoindre Daniel à la cuisine, ai ouvert au passage l'armoire de l'entrée. La planche à repasser est tombée, suivie de peu par une boîte pleine de vieux 45 tours qui se sont éparpillés sur le parquet.

– Mais enfin, qu'est-ce que tu fabriques ? a répété Daniel, en accourant, alerté par le vacarme.

– Excuse-moi, ma manche s'est accrochée à la poignée de la porte de l'armoire. Je vais aux toilettes.

Daniel me regardait comme si j'avais perdu la tête. Impossible d'inspecter la chambre. Me suis enfermée dans la salle de bains où j'ai frénétiquement cherché des indices, genre longs cheveux blonds, mouchoir taché de rouge à lèvres, brosse à cheveux inconnue, qui auraient constitué la preuve du délit. Rien. Ai ouvert la porte sans faire de bruit, jeté un œil furtif à droite et à gauche, rasé les murs du couloir et ouvert brusquement la porte de la chambre. J'ai sauté en l'air ! Il y avait quelqu'un dans la pièce.

– Bridge !

C'était Daniel, sur la défensive, un jean à la main.

– Qu'est-ce que tu viens faire ici ?

– Je t'ai entendu entrer... alors... je me suis dit... que ça ressemblait à une convocation inavouée.

J'ai avancé vers lui d'une démarche qui se voulait sexy, sauf que je portais une robe à petites fleurs. Tendrement, je l'ai enlacé, j'ai posé ma tête sur sa poitrine, pour détecter un éventuel relent de parfum sur sa chemise et avoir une vue dégagée sur le lit qui, comme d'habitude, n'était pas fait.

– Mmmm ! Tu portes toujours ton costume de Bunny, là-dessous ?

Il a entrepris de faire descendre la fermeture de ma robe en se pressant contre moi d'une manière sans équivoque. Subitement, j'ai pensé que c'était une manœuvre et qu'il essayait de me séduire pour que l'autre femme puisse sortir subrepticement.

– Oh ! L'eau doit bouillir ! s'est-il soudain exclamé en remontant la fermeture de ma robe et en me tapotant gentiment l'épaule.

Ça, ça ne lui ressemblait vraiment pas ! En général, quand il commence, il va jusqu'à la conclusion logique, tremblement de terre ou pas, raz de marée ou pas, film porno à la télé ou pas.

– Oui, oui, il faut préparer le thé, ai-je répondu hypocritement.

Ça me donnerait l'occasion de fouiller la chambre et le bureau.

– Après toi, a dit Daniel en me poussant devant lui et en refermant ensuite la porte, si bien que j'ai dû marcher devant lui jusqu'à la cuisine.

C'est à ce moment-là que j'ai remarqué la porte qui menait à la terrasse sur le toit.

– On va s'asseoir ? a dit Daniel.

C'était là qu'elle était ! Sur cette maudite terrasse !

– Mais qu'est-ce que tu as, à la fin ? a-t-il poursuivi en me voyant regarder la porte d'un œil soupçonneux.

– Mais rien, voyons ! La fête était un peu fatigante, c'est tout ! me suis-je récriée gaiement en entrant dans le salon.

Je me suis affalée nonchalamment sur le canapé, tout en me torturant les méninges. Valait-il mieux fondre sur le bureau à la vitesse de la lumière ou courir ventre à terre sur le toit ? Bon. Si elle n'était pas sur la terrasse, cela voudrait dire qu'elle était dans le bureau, dans le placard de la chambre ou sous le lit. Si nous montions sur le toit, elle aurait alors le temps de disparaître. Mais, dans cette hypothèse, il y a longtemps que Daniel aurait proposé qu'on prenne le thé en haut !

Il m'a apporté ma tasse et s'est assis devant son ordinateur portable, qui était ouvert. Un texte était affiché à l'écran. J'ai commencé à douter. Et s'il n'y avait pas de femme ? S'il avait vraiment travaillé et parlé avec les États-Unis au téléphone ? Dans ce cas, je me rendais carrément ridicule !

– Bridget, tu es sûre que tout va bien ?

– Mais oui. Pourquoi ?

– Tu passes à l'improviste, habillée en lapin déguisé en demoiselle d'honneur, tu t'agites dans tous les sens… Je ne veux pas être indiscret, mais je me demande simplement s'il y a une raison.

Que je pouvais être bête ! Tout ça à cause de ce sacré Mark Darcy qui m'avait mis la puce à l'oreille avec ses insinuations ! Pauvre Daniel ! Comme c'était injuste de le soupçonner ainsi à cause d'un spécialiste des droits de l'homme prétentieux et arrogant ! Et là, j'ai entendu du bruit sur le toit.

– Il fait peut-être un peu trop chaud, ai-je dit sans quitter Daniel des yeux. Je vais monter un moment sur la terrasse.

– Bridget ! Pour l'amour du ciel ! Vas-tu enfin rester tranquille deux minutes ?

Il s'est levé précipitamment pour me barrer le passage, mais j'ai été plus rapide que lui. J'ai ouvert la porte et j'ai grimpé les marches quatre à quatre.

Et là, languissamment allongée sur un transat, il y avait une blonde aux jambes interminables, nue comme un ver.

Je me suis figée sur place. Dans ma robe imprimée, je me faisais l'effet d'une pâtisserie dégoulinante. La blonde s'est redressée, a relevé ses lunettes et m'a regardée, un œil fermé. Daniel me suivait dans l'escalier.

– Mais, chou, a-t-elle dit avec un accent américain tout en le regardant par-dessus ma tête, tu m'avais dit qu'elle était *mince* !

Août

Désintégration

Mardi 1ᵉʳ août

57,2 kg, unités alcool : 3, cigarettes : 40 (mais je n'avale plus la fumée, pour pouvoir fumer davantage), calories : 450 (ai arrêté la bouffe), appels au 1471 : 14, grattages : 7.

5:00. C'est la débandade. Mon petit ami couche avec une géante bronzée. Ma mère couche avec un Portugais, Jeremy couche avec immonde pétasse, le prince Charles couche avec Camilla Parker-Bowles. On ne peut plus se fier à personne. J'aimerais téléphoner à Daniel, dans l'espoir qu'il ait une explication plausible pour justifier la présence de la Walkyrie nue sur sa terrasse – une jeune sœur, une gentille voisine réfugiée là parce que son appartement était inondé, n'importe quoi… Et tout redeviendrait comme avant. Mais Tom a collé un aide-mémoire sur mon téléphone : « Ne téléphone pas à Daniel ou tu le regretteras. »

J'aurais dû accepter la proposition de Tom, et aller dormir chez lui. Ne supporte pas d'être seule en pleine nuit, à fumer et à pleurnicher comme une psychopathe en crise. J'ai peur que Dan, mon voisin d'en dessous, entende, et appelle l'asile d'aliénés. Oh, Seigneur ! Qu'est-ce qui cloche chez moi ? Pourquoi est-ce que tout ce que j'entreprends rate ? C'est parce que je suis trop grosse ? J'appellerais bien Tom. Mais je lui ai téléphoné il y a trois quarts d'heure à peine. Supporte pas l'idée d'aller bosser.

Après la rencontre au sommet, je n'ai pas adressé la parole à Daniel. Drapée dans ma dignité offensée, je l'ai ignoré, j'ai récupéré ma voiture et je suis partie. Je suis allée tout droit chez Tom, qui m'a abreuvée de vodka directement au goulot avant d'ajouter le jus de tomate et la Worcester. En rentrant chez moi, j'ai trouvé trois messages de Daniel, qui voulait que je le rappelle. Je me suis abstenue. Tom me l'avait bien recommandé : selon lui, si on veut réussir avec les hommes, il faut les traiter comme des chiens. Je pensais qu'il avait tort, je le trouvais cynique, mais j'ai été gentille avec Daniel, et voilà le résultat.

Oh, Seigneur. Les oiseaux chantent. Plus que trois heures et demie avant d'aller bosser. J'en serai jamais cap. Au secours ! Au secours ! Je sais ! Je vais appeler maman.

10:00. Maman a été *géniale*.

– Mais non, ma chérie, tu ne me réveilles pas. J'allais partir au studio. Comment peux-tu te mettre dans un état pareil pour un *homme* ? Ce sont tous des crétins, des égocentriques, sexuellement incontinents, des parasites. Oui, Julio, toi aussi. Et maintenant, ma chérie, ressaisis-toi ! Dors. Fais-toi super-belle pour aller au bureau, qu'ils crèvent d'envie ! Qu'ils croient tous, et surtout Daniel, que tu te fiches éperdument de lui, que tu as soudain compris à quel point la vie est *magnifique* sans cet *imbécile* arrogant et débauché qui se croit tout permis. Tu verras, tout se passera très bien.

– Ça va, *toi*, maman ?

Je pensais à mon père, qui avait emmené la veuve du leucémique chez Una.

– À vrai dire, ma chérie, j'ai un problème épouvantable.

– Je peux faire quelque chose pour toi ?

– Peut-être, peut-être… Est-ce qu'un de tes amis aurait le numéro de téléphone de Lisa Leeson ? Tu sais, la femme de Nick Leeson ? Je cherche désespérément à la joindre. Elle serait formidable dans *Soudain Seule*.

– Maman, je voulais parler de papa, pas de ton émission, ai-je sifflé.

– Papa ? Pourquoi papa me poserait-il un problème, chérie ?

– Mais chez Una… Avec cette Penny Husbands-Bosworth…

– Ah ! Ça ! Je sais ! À mourir de rire, non ? Il s'est couvert de ridicule ! Elle s'est prise pour un hamster, ou quoi ? Bon. Il faut que je file, je suis débordée. N'oublie pas d'essayer de me trouver Lisa Leeson, d'accord ? Attends, je te donne le numéro de ma *ligne directe*. Et surtout, ma chérie, plus de jérémiades, hein ?

– Mais, maman, il va falloir que je travaille avec Daniel, je…

– Tu te trompes, ma chérie ! C'est exactement le contraire ! C'est lui qui va devoir travailler avec toi ! Et tu vas lui en faire baver, ma poule ! (Grands dieux ! Mais qui s'est-elle mise à fréquenter ?) D'ailleurs, j'y réfléchis depuis un bon moment. Il est temps que tu quittes ce job où l'on ne reconnaît pas tes qualités. Prépare-toi à donner ta démission, fillette ! Mais oui, ma chérie ! Je vais te trouver du boulot à la télé.

Suis prête à partir au bureau. Tailleur, rouge à lèvres. Parole, on jurerait Ivana Trump !

Mercredi 2 août

56,9 kg, tour de cuisses : 45,7 cm, unités alcool : 3 (mais que du très bon), cigarettes : 7 (mais n'avale pas la fumée), calories : 1 500 (excellent), thés : 0, cafés : 3 (mais vrai café, qui génère moins de cellulite), unités totales caféine : 4.

Ça baigne. Vais perdre un kilo et ma cellulite. Et tout ira bien. Me suis engagée dans programme intensif de désintoxication : vais supprimer thé, café, alcool, farines, lait, et quoi d'autre déjà ? Zut ! Le poisson, peut-être. La méthode : pétrir le gisement de cellulite pendant cinq minutes, plonger un quart d'heure dans un bain chaud aux huiles essentielles anticellulite en creusant dans sa cellulite comme si c'était une mine d'or, faire ensuite pénétrer l'huile essentielle dans le filon.

Ce dernier point m'intrigue. L'huile traverse-t-elle vraiment la peau pour atteindre le gisement ? Si oui, cela voudrait dire que lorsqu'on met de l'autobronzant, la cellulite prend des couleurs ? Que le sang bronze aussi ? Et le drainage lymphatique, il ferait brunir, par capillarité ? Urgh. On verra bien. (Les cigarettes. C'est ça que j'avais oublié. Trop tard ! Commencerai demain.)

Jeudi 3 août

56,5 kg, tour de cuisses : 45,7 (à quoi bon s'escrimer, franchement ?), unités alcool : 0, cigarettes : 25 (excellent, vu circonstances), pensées négatives : environ 445 à l'heure, pensées positives : 0.

Moral à zéro. Imaginer Daniel avec une autre femme est insupportable. Ne m'en prive pourtant pas, et mon imagination est fertile. Ai tenu le coup pendant deux jours, grâce à beaux projets amincissement et transformation de personnalité. Aujourd'hui, mystification s'est écroulée. Je niais la réalité, un point c'est tout. Ai fait semblant de croire que pouvais me forger une personnalité toute neuve en l'espace de quelques jours, et donc annuler l'impact de la douloureuse, de l'humiliante infidélité de Daniel. À la trappe, l'incarnation précédente. Mon nouveau moi n'aurait jamais à supporter ce genre d'outrage. Hélas ! trois fois hélas ! maintenant, j'ai compris ! Tout ce cirque – le régime contre la cellulite, le maquillage, l'affectation d'indifférence – n'avait qu'un seul et unique but : que Daniel prenne conscience de son erreur. Tom m'avait prévenue. Selon lui, quatre-vingt-dix pour cent des femmes qui passent par la chirurgie esthétique le font après que leur mari les a larguées pour une fille plus jeune. J'ai rétorqué que la géante de la terrasse n'était pas tellement plus jeune, mais surtout plus grande. Il a haussé les épaules ! Hum...

Daniel m'envoyait plein de messages, genre : Il faut que je te parle, etc. Je n'y répondais pas. Mais, avec l'accumulation, je me suis fait avoir. Et si, impressionné par ma nouvelle personnalité, il regrettait amèrement la terrible, terrible faute qu'il avait commise ? Et s'il venait de comprendre à quel point il m'aimait, et, partant, avait renvoyé la géante de la terrasse dans ses foyers ?

Ce soir, il m'a rattrapée dans la rue, devant le bureau.

– Chérie, je t'en prie, il faut vraiment que je te parle...

Comme une idiote, j'ai accepté d'aller prendre un verre avec lui au bar américain du Savoy, et je me suis laissé embobiner par le champagne et ses grandes déclarations, genre : « J'ai tellement de remords, tu me manques beaucoup, bla bla bla... » Au moment où j'ai finalement avoué qu'il me manquait, lui aussi, il est redevenu condescendant et il a dit, de son ton le plus professionnel :

– Tu comprends, Sippi et moi...

– Sippi ? Chipie, oui !

Je croyais qu'il allait dire : « On est frère et sœur », « cousins », « ennemis intimes », « une passade... » Mais en fait, il a eu l'air fâché.

– Je ne sais pas comment t'expliquer. Sippi et moi, c'est très spécial, a-t-il dit d'un air offensé.

Je l'ai regardé, stupéfaite par sa volte-face.

– Je suis désolé, mon petit chou, a-t-il poursuivi en sortant sa carte de crédit et en se redressant pour attirer l'attention du garçon, mais nous allons nous marier.

Vendredi 4 août

Tour de cuisses inchangé, pensées négatives : 600 à la minute, crises d'angoisse : 4, crises de larmes : 12 (mais les deux aux toilettes, et j'avais prévu le mascara), grattages : 7.

Au bureau. Toilettes du 3ᵉ étage. C'est trop... trop... intolérable ! Qu'est-ce qui m'a pris, bon dieu, d'avoir une aventure avec mon patron ? Je ne supporte pas cette situation. Daniel a annoncé ses fiançailles avec la géante. Des représentants, dont je n'imaginais même pas qu'ils puissent être au courant de notre liaison, m'appellent pour me féliciter, et c'est moi qui dois leur dire que je ne suis pas l'heureuse élue. Je pense sans arrêt au début, aux messages sur l'ordinateur, aux furtives étreintes dans l'ascenseur. C'était si romanesque. J'ai entendu Daniel parler au téléphone avec Chipie : ils prenaient rendez-vous. Puis il a murmuré d'une voix d'entremetteur : « Pas trop mal, jusqu'à maintenant. » J'ai compris qu'il parlait de ma réaction, comme si j'étais une quelconque Paula Jones. Un lifting. C'est peut-être la solution.

Mardi 8 août

57 kg, unités alcool : 7 (haha !), cigarettes : 29 (hihi !), calories : 5 millions, pensées négatives : 0, pensées en général : 0.

Viens d'appeler Jude. Lui ai appris tragédie Daniel. Était horrifiée. A proclamé état d'urgence immédiat et va programmer réunion cellule de crise avec Sharon. Pas avant neuf heures, parce qu'elle a rendez-vous avec Richard le Cruel, qui a enfin accepté d'aller avec elle chez un psychologue pour couples.

2:00. Sacrée bonne soirée, nom d'une pipe. Oups, tombée.

Mercredi 9 août

57,6 kg (mais pour la bonne cause), tour de cuisses : 42,5 (miracle ou hallucination vu gueule de bois), unités alcool : 0 (organisme encore abreuvé par unités alcool hier soir), cigarettes : 0 (beuh).

8:00. Beuh… Physiquement délabrée, mais moralement remontée par soirée entre filles. Jude est arrivée en pestant comme une folle : Richard le Cruel lui a posé un lapin chez le psychologue, lequel était une femme qui a cru que Jude s'inventait un petit ami parce qu'elle était abominablement déprimée.

Balayant sans ambages la satanique et perfide tentation de donner raison à la psy, j'ai demandé à Jude comment elle avait réagi.

– Elle voulait que je lui parle de mes problèmes ne concernant pas Richard.

– Mais tu n'en as pas ! s'est exclamée Sharon.

– C'est ce que je lui ai dit. Alors elle a prétendu que j'avais un problème de bornage, et elle m'a piqué 55 livres.

– Pourquoi n'est-il pas venu ? J'espère qu'il avait une bonne excuse, ce minable sadique ! s'est indignée Sharon.

– Il a prétendu qu'il s'était fait coincer au bureau. Je lui ai dit : Écoute, tu n'as pas le monopole des problèmes d'investissement. J'ai un problème d'investissement, moi aussi. Et si tu arrives un jour à résoudre ton problème d'investissement, mon problème d'investissement te choquera peut-être, mais il sera *trop tard*.

– Tu *as* un problème d'investissement, toi ? lui ai-je demandé, intriguée.

Et si j'en avais un, moi aussi ?

– *Évidemment* que j'ai un problème d'investissement ! a grogné Jude. Personne ne s'en aperçoit, parce que celui de Richard prend toute la place. En fait, mon problème d'investissement est infiniment plus profond que le sien.

– Évidemment, a dit Sharon. Mais tu n'éprouves pas le besoin de le porter en boutonnière, comme la majorité des hommes de plus de vingt ans.

– C'est ce que je dis ! a craché Jude.

Très remontée, elle essayait d'allumer une autre Silk Cut, mais elle avait un problème avec son briquet.

– Le monde entier a un problème d'investissement, nom de dieu ! (Sharon avait pris une voix sépulcrale, genre Clint Eastwood.) Nous sommes en pleine civilisation du clip ! Il y a un déficit global de la capacité d'attention. C'est typique des hommes de récupérer une tendance générale et de s'en faire une arme pour rejeter les femmes et faire les malins sur notre dos ! Rien que de l'enfoirage affectif.

– Les salauds ! me suis-je écriée joyeusement. On commande une autre bouteille de vin ?

9:00. Et merde. Maman vient d'appeler.

– Ma chérie ! Tu ne devineras jamais ! *Bon après-midi !* cherche des enquêteurs. Faits de société. Très très intéressant ! J'ai parlé de toi à Richard Finch, le rédacteur en chef. Je lui ai dit que tu étais diplômée en sciences politiques, chérie. Ne t'en fais pas, il n'aura jamais le temps d'aller vérifier ! Il t'attend lundi, pour bavarder.

Lundi ! Oh, Seigneur ! Il ne me reste que cinq jours pour m'initier aux faits de société !

Samedi 12 août

57,8 kg (toujours pour très bonne cause), unités alcool : 3 (t.b.), cigarettes : 32 (nul, surtout pour le premier jour où j'arrête), calories : 1 800 (b.), grattages : 4 (pas mal), nombre d'articles sérieux sur faits de société lus : 1,5, appels au 1471 : 22 (correct), minutes passées en conversations imaginaires avec Daniel : 120 (t.b.), minutes passées à imaginer que Daniel me supplie de lui revenir : 90 (excellent).

Bon. Suis bien décidée à être globalement t. constructive. Changement de vie en vue. Vais devenir incollable sur les faits de société, arrêter de fumer et nouer des relations fonctionnelles avec homme adulte.

8:30. N'ai toujours pas fumé. Super.

8:35. Pas une cigarette de la journée. Excellent.

8:40. Il y a peut-être un truc sympa au courrier ?

8:45. Berk ! Détestable document officiel de mon agence de Sécu, qui me réclame 1 452 £. Quoi ? Mais c'est hors de question ! Je ne les ai pas ! Oh, Seigneur. Il me faudrait une petite cigarette, pour me calmer.

8:47. M'en suis fumé une. Officiellement, une journée sans tabac ne commence pas avant qu'on soit habillé. Tiens ! Je pense tout à coup à mon ex-petit ami Peter, avec qui j'ai entretenu une relation fonctionnelle pendant sept ans avant de le virer pour je ne me rappelle plus quelles gravissimes raisons. Il me relance de temps en temps, surtout à l'époque des vacances, quand il ne sait pas avec qui partir, pour qu'on se remette ensemble et même qu'on se marie. Suis tellement paumée que pourrais maintenant l'envisager. Pourquoi rester seule et malheureuse si Peter veut vivre avec moi ? Me suis précipitée sur le téléphone. Ai laissé un message sur son répondeur. Lui ai seulement demandé de rappeler, sans mentionner éventuel projet de passer reste de notre vie ensemble, etc.

13:15. Peter ne m'a pas rappelée. Tous les hommes me trouvent repoussante, y compris lui.

16:45. Déconfiture du programme désintoxication tabac. Peter a rappelé.

– Salut, Maya (Il m'appelait Maya l'abeille et je l'appelais Willy.) Je voulais te téléphoner. J'ai une grande nouvelle à t'annoncer : Je me marie !

Aïe ! Douleur subite dans région du pancréas. Un ex ne devrait jamais, au grand jamais, sortir avec quelqu'un d'autre et encore moins se marier. Un ex se doit de rester célibataire à perpétuité, pour fournir éventuelle position de repli, au moins morale.

– Eh Maya ! Maya ? Bzzzzzz ?

– Excuse-moi, ai-je balbutié en m'appuyant contre le mur, prise de vertige. Il y a eu un accident de voiture dans la rue.

Je n'ai pas eu le moindre effort à faire pour entretenir la conversation. Peter s'est répandu pendant un quart d'heure sur les prix de location d'une grande tente puis s'est récrié :

– Faut que je te quitte ! On est en train de se préparer des quenelles de chevreuil aux baies de genièvre pour ce soir. On les mangera devant la télé.

Bouh. Ai fumé paquet entier de Silk Cut en signe de désespoir existentiel autodestructeur. Mes meilleurs vœux d'obésité à tous les deux. J'espère qu'il faudra appeler une grue pour les sortir de chez eux par la fenêtre.

17:45. M'efforce de me concentrer sur noms des ministres du Cabinet Fantôme, pour ne pas plonger dans la spirale de l'autodépréciation. N'ai jamais vu la Promise de Willy, mais imagine une blonde immense et longiligne, genre la géante de la terrasse, qui se lève tous les jours à cinq heures du mat pour aller à la gym, se frictionne au gros sel et dirige une banque d'affaires internationale sans que son mascara coule de la journée.

Quelle humiliation ! J'ai pris Peter de haut pendant des années, sous prétexte que c'était moi qui l'avais laissé tomber. Et voilà qu'il me largue à son tour pour épouser Berthe au grand pied ! M'enlise dans une sombre et cynique réflexion ; conclusion de la dite : les peines de cœur sont un simple problème d'ego et d'amour-propre. Pensée subsidiaire : l'invraisemblable assurance de Fergy est peut-être due au fait qu'elle croit qu'Andrew veut qu'elle lui revienne (jusqu'à ce qu'il en épouse une autre, ha ! ha ! ha !).

212

18:45. Allais regarder les infos de dix-huit heures, cahier et crayon en main, quand maman est entrée en trombe, des sacs plein les bras.

– Ah, ma chérie !

Elle s'est précipitée dans la cuisine, dans un grand envol.

– Je t'ai apporté une bonne soupe et quelques fringues que je te prêterai pour lundi.

Elle portait un tailleur citron vert, un collant noir et des chaussures à talons. On aurait dit l'animatrice de *Blind Date*.

– Où ranges-tu tes louches ? a-t-elle crié en claquant les portes des placards. Vraiment, ma chérie ! Quel désordre ! Bien. Jette un coup d'œil sur les sacs pendant que je réchauffe la soupe.

Bon. J'allais bravement ignorer a) qu'on était au mois d'août, b) qu'il faisait une chaleur à crever, c) qu'il était six heures et quart et d) que je n'avais aucune envie de soupe. J'ai prudemment inspecté le contenu du premier sac : un machin plissé en tissu synthétique, jaune vif, imprimé de feuillage marron-rouge.

– Heu... Écoute maman...

Son sac à main s'est mis à sonner à ce moment-là.

– Ah ! Ça doit être Julio ! Hop, hop !

Un téléphone portable sous le menton, elle a griffonné quelques mots.

– Hop ! Hop ! Essaye-le, ma chérie, hop, hop !

Voilà. J'ai raté les infos et elle est partie à un buffet campagnard en m'abandonnant dans un tailleur bleu vif et une blouse verte chatoyante, de l'ombre bleue jusque sous les sourcils. On aurait juré une députée de droite.

Avant de partir, elle a décoché sa dernière flèche.

– Et pas de bêtises, ma chérie ! Si tu ne t'occupes pas un peu de ton look, tchao le nouveau job. Et ne parlons même pas d'un jules !

Minuit. Après son départ, j'ai téléphoné à Tom, qui, pour me changer les idées, m'a emmenée au vernissage d'un de ses copains à la galerie Saatchi.

Au moment où l'on allait plonger dans l'antre blanche et la foule de jeunes tendance grunge, Tom s'est arrêté, l'air inquiet.

– Bridget, a-t-il dit avec une certaine nervosité, tu sais qu'on n'est pas censé rire à une installation, hein ?

– D'accord ! Je prendrai l'air inspiré.

Un certain Gav nous a salués. Vingt-deux ans, sexy, T-shirt rétréci au lavage, estomac plat comme une planche à pain.

– C'est... c'est vraiment, vraiment, *vraiment* stupéfiant ! On dirait Utopie, mais Utopie souillée, dégradée par les échos, vraiment, vraiment, *vraiment* parfaits de... des identités nationales dépassées.

Il nous a fait traverser un grand espace tout blanc, et nous a plantés devant un rouleau de papier hygiénique à l'envers : le carton était autour du papier.

Ils me regardaient avec espoir. J'ai soudain senti que j'allais fondre en larmes. Tom bavait maintenant devant un savon géant, portant une empreinte de pénis. Gav m'observait.

– Waouh ! On dirait... on dirait... que c'est enfin, vraiment, vraiment, *vraiment*... la réponse, a-t-il dit, le souffle coupé par l'émotion esthétique.

Je luttais contre les larmes.

– Je vais aux toilettes.

J'ai longé au pas de course une sculpture en serviettes hygiéniques. Il y avait la queue devant un chiotte chimique. J'ai pris place dans la file, toute tremblante. C'était presque mon tour quand une main s'est posée sur mon bras. Daniel.

– Bridge ! Qu'est-ce que tu fais ici ?

– À ton avis ? Excuse-moi, c'est urgent.

J'ai foncé dans l'habitacle et j'allais m'exécuter quand j'ai réalisé que c'était un moulage enveloppé dans du plastique. Daniel a passé sa tête par la porte.

– Bridge, ne pisse pas sur l'installation, s'il te plaît.

Et il a refermé la porte.

Quand j'ai ouvert, il avait disparu. Je ne voyais ni Tom, ni Gav, ni personne. J'ai fini par trouver les vraies toilettes et je me suis écroulée dessus en sanglotant. J'étais devenue insortable, totalement inadaptée au monde dans lequel je vivais. Une seule solution, en attendant de me sentir mieux : filer en vitesse. Tom m'attendait dehors.

– Viens, on va bavarder avec Gav. *Vraiment*, tu le branches, tu sais.

Puis il m'a regardée.

– Oh, merde. Je te raccompagne.

Ça ne va pas du tout. Quand on se fait plaquer, non seulement le type nous manque, le petit monde qu'on s'était construit ensemble s'écroule, et tout ce qu'on fait ou ce qu'on voit nous le rappelle, mais il y a pire : la conscience d'avoir été essayée, et globalement estampillée REJETÉE par la personne qu'on aime. Comment ne pas se sentir aussi intéressante et vaillante qu'un sandwich SNCF périmé ?

– Gav te trouve super, a dit Tom.

– Gav a dix ans ! D'ailleurs, si je lui plais, c'est parce qu'il a cru que je pleurais sur le rouleau de papier hygiénique.

– C'était le cas, dans un sens. Putain de salaud, ce Daniel. Si on découvrait qu'il est l'unique responsable des massacres en Bosnie, ça ne m'étonnerait pas le moins du monde.

Dimanche 13 août

Nuit abominable. J'ai essayé de lire *Tatler*, pour m'endormir, et, pour couronner le tout, je suis tombée sur une photo de ce putain de Mark Darcy, qui figure parmi les cinquante célibataires les plus enviables du moment, avec commentaires soulignant combien il est riche et merveilleux. Beuh. Ça n'a réussi qu'à me déprimer davantage. Bon. Je vais arrêter de pleurnicher sur mon sort et passer la matinée à apprendre les journaux par cœur.

Midi. Rebecca vient d'appeler, pour savoir si j'allais « bien ». J'ai supposé qu'elle pensait à ma rupture avec Daniel.

– Couci-couça ! Tu sais, ça fait un choc !

– Et comment ! Ma pauvre chérie ! J'ai vu Peter hier soir… (Quoi ? Où ça ? Pourquoi n'ai-je pas été invitée ?)… et il m'a dit que ça t'avait fait un sale coup qu'il se marie. Il a raison : comme il le dit, avec l'âge, les femmes supportent très mal la solitude…

À l'heure du déjeuner, je n'en pouvais plus de faire comme si c'était un dimanche normal. J'ai appelé Jude, pour lui parler de Willy, de Rebecca, de l'entretien à la télé, de maman, de Daniel et du malheur en général. On a pris rendez-vous à deux heures, pour boire un Bloody Mary au Jimmy's.

18:00. Par chance, Jude venait de lire un bouquin génial, *Toute femme est une déesse*. D'après ce livre, il y a des phases, dans la vie, où tout va mal, où l'on ne sait plus à quel saint se vouer, où l'on a l'impression d'être bloquée derrière des portes en acier qui se referment sur nous l'une après l'autre, comme dans *Star Trek*. C'est là qu'il faut être héroïque et tenir le coup sans chercher refuge dans l'alcool ni auto-apitoiement. Tout s'arrange toujours. Il n'y a qu'à lire la mythologie grecque, ou réfléchir aux films qui ont du succès : les êtres humains affrontent de terribles épreuves, mais ils s'en sortent parce qu'ils font face, la tête haute.

Ils disent aussi, dans le livre, que pendant les moments les plus difficiles on ressemble à une spirale en forme de coquille conique. Il y a un point douloureux à chaque tour, chacun le sien. Quand on est au plus étroit, au plus pointu de la spirale, on repasse très souvent par ce point douloureux, car les rotations sont très courtes. Au fur et à mesure qu'on s'en éloigne, on s'y frotte de moins en moins souvent, mais chaque tour nous y ramène quand même, ce qui ne signifie pas qu'on soit revenu à la case départ.

Le problème, maintenant que j'ai dessoûlé, c'est que je ne suis pas sûre d'avoir tout compris.

Maman a téléphoné. J'ai essayé de lui parler de l'injustice de la condition féminine, et de la date de péremption qui guette notre capacité de reproduction contrairement aux hommes. Voilà ce qu'elle m'a répondu :

– Vraiment, ma chérie ! Vous, les filles d'aujourd'hui, vous êtes incroyablement difficiles et romantiques.

Votre problème, c'est que vous avez le choix. Trop de choix. Je ne prétends pas que je n'aimais pas ton père, mais n'oublie jamais ce qu'on nous disait, à nous, les femmes de ma génération : « N'espérez pas grand-chose, pardonnez beaucoup. » Tu sais, franchement, avoir des enfants n'est pas la panacée. Ne te vexe pas, surtout, je ne dis pas ça pour toi, mais si on me redonnait le choix, je ne suis pas convaincue...

Juste ciel ! Ma propre mère regrette de m'avoir mise au monde !

Lundi 14 août

58 kg (super – je vais aller à mon entretien transformée en bonbonne, et j'ai un bouton), unités alcool : 0, cigarettes : plein, calories : 1 575 (mais j'ai vomi, n'en reste qu'environ 400).

Oh, mon Dieu ! Cet entretien me panique. Ai dit à Perpetua que j'avais rendez-vous chez mon gynéco – je sais, j'aurais pu dire chez mon dentiste, mais les occasions de torturer la femme la plus curieuse de la terre sont trop rares pour qu'on les laisse filer entre les mailles. Presque prête. Une dernière retouche de maquillage, pendant que je révise mes opinions sur Tony Blair. Qui est ministre de la Défense ? Merde ! Merde ! Un barbu, non ? Oh ! Bordel ! Le téléphone ! Incroyable : une gamine terrifiante, à l'accent chantant :

– Bridget ? Bonjour, ici le bureau de Richard Finch. Richard a dû partir pour Blackpool, il ne pourra pas vous recevoir ce matin. Mercredi, même heure, d'accord ?

Bon, il va falloir que je m'invente des troubles gynécologiques récurrents. Autant prendre ma matinée, maintenant.

Mercredi 16 août

Nuit atroce, passée à me réveiller en sursaut, trempée de sueur, incapable de me souvenir de la différence entre les Unionistes de l'Ulster et le Sinn Fein, ni de me rappeler avec lequel des deux partis est lié Ian Paisley.

Au lieu de me faire entrer dans le bureau du grand Richard Finch, on m'a laissée poireauter quarante minutes à la réception, suante et transpirante, à me demander qui était ministre de la Santé. Puis la chantonnante secrétaire – Patchouli – est venue me chercher, en short de cycliste en Lycra, un anneau dans le nez. Vu le regard qu'elle a jeté sur mon tailleur de chez Jigsaw, j'avais manifestement commis une erreur colossale en m'habillant décemment, et je me sentais aussi déplacée que si je m'étais présentée en robe de bal de chez Laura Ashley.

– Richard a dit de le rejoindre à la conférence, vous me suivez ? a-t-elle murmuré avant de s'évaporer dans un couloir.

Elle a poussé une porte rose qui donnait sur une sorte de salle de rédaction. Il y avait des écrans de télé accrochés au plafond, des piles de manuscrits entassés partout, des plannings sur tous les murs et des vélos tout-terrain appuyés contre les bureaux. Au fond de la pièce, plusieurs personnes, réunies autour d'une grande table ovale, nous regardaient approcher.

Un homme d'un certain âge, bedonnant, rondouillard, les cheveux blonds et ondulés, en short et lunettes rouges, s'agitait en bout de table.

– Allez, allez ! Je pense Hugh Grant. Je pense Elizabeth Hurley. Au fait que deux mois après ils soient toujours ensemble. Cogitez ? Comment s'en est-il sorti ? Voilà la question. Un type qui a une petite amie comme Elizabeth Hurley se fait faire une pipe par une pute de Los Angeles, en pleine rue, et il s'en sort ! Personne ne lui arrache les yeux ! Les furies de l'enfer ne se déchaînent pas ?

Et le cabinet ? Et le processus de paix ? Je n'en croyais pas mes oreilles. Manifestement, il ne s'intéressait qu'à une chose : comment coucher lui aussi avec une pute sans s'attirer d'ennuis ! Son regard est tombé sur moi.

– *Toi*, tu sais ?

La tablée de jeunes grunge s'est mise à me fixer.

– Toi. Tu es sans doute Bridget, a-t-il crié avec impatience. Comment un mec qui est avec une supergonzesse peut-il se faire faire une gâterie par une pute, être pris en flagrant délit, et s'en sortir avec les honneurs ? Sans dégâts ?

La panique m'a rendue muette.

– Alors ? Comment, hein ? Réponds !

J'ai dit ce qui m'est passé par la tête.

– Eh bien... Quelqu'un a peut-être avalé les preuves...

Silence de mort. Et Richard Finch a éclaté de rire. Le rire le plus répugnant que j'ai entendu de ma vie. La bande de jeunes crados l'a imité.

– Bridget Jones, a enfin déclaré Richard Finch en s'essuyant les yeux, bienvenue à *Bon après-midi !* Assieds-toi, chérie !

Et il m'a fait un clin d'œil.

Mardi 22 août

57,5 kg, unités d'alcool : 4, cigarettes : 25, grattages : 5.

Aucune nouvelle de la télé. Sais pas quoi faire pour le long week-end qui s'annonce[1]. Pas question de rester seule à Londres. Sharon va au festival d'Édimbourg. Tom aussi, et plein de gens du bureau. J'irais bien, mais ça coûte cher. J'ai peur de rencontrer Daniel. Et tous ces gens qui réussissent mieux que moi, qui s'amusent.

Mercredi 23 août

J'irai à Édimbourg, c'est décidé. Daniel reste travailler à Londres. Je ne me cognerai pas à lui là-bas. Et ça me fera plus de bien que de me morfondre en attendant une réponse de *Bon après-midi !*

Jeudi 24 août

Je reste à Londres. Je m'imagine toujours que je vais apprécier le festival, mais je n'ai jamais réussi à voir autre chose que les spectacles de mimes. En plus, on croit que c'est l'été, on s'habille légèrement et on grelotte en gravissant des kilomètres de gradins en pierre, pendant que les autres sont à des chouettes soirées.

---

1. En Angleterre, on fête la fin de l'été durant le dernier week-end d'août, le lundi qui suit étant férié aussi.

Vendredi 25 août

19:00. Je *vais* à Édimbourg. Aujourd'hui, Perpetua m'a dit :

– Bridget, je sais que je te le propose *ridiculement* tard, mais je viens d'y penser. J'ai loué un appartement à Édimbourg, et ça me ferait très plaisir de t'avoir.

Comme c'est généreux de sa part !

22:00. Viens d'appeler Perpetua pour lui dire que je ne viendrais pas. Ce serait stupide. Je n'ai pas les moyens de m'offrir ça.

Samedi 26 août

8:30. Très bien. Je vais me reposer tranquillement à la maison. Ce sera très agréable. Pourrai peut-être enfin finir *La Route de la faim*.

9:00. Super-déprime. Tout le monde est à Édimbourg sauf moi.

9:15. Et si Perpetua n'était pas encore partie ?

Minuit. Édimbourg. Oh, Seigneur ! Il faut que j'assiste à au moins un spectacle demain. Perpetua me prend pour une débile. Pendant tout le voyage en train, elle n'a pas décollé son téléphone portable de son oreille, beuglant à la cantonade : « Le *Hamlet* d'Arthur Smith est complètement plein. On pourrait aller voir les frères Coen à cinq heures, mais du coup ce serait trop tard pour Richard Herring. On n'ira donc pas à Jenny Eclair

– Chhhh ! Franchement, je me demande pourquoi elle s'obstine ! – puis on pourra se faire *Lanark*, et essayer de voir le Harry Hill et le Julian Clary. Une minute. J'appelle le Gilded Balloon. Non. Harry Hill est plein. Il faudra faire l'impasse sur les frères Coen. »

Je leur ai donné rendez-vous au Plaisance à six heures, parce que je voulais passer à l'hôtel George pour laisser un message à Tom. J'ai croisé Tina au bar. Je ne m'étais pas rendu compte des distances. Quand je suis arrivée au Plaisance, le spectacle avait démarré et il n'y avait plus de places. Secrètement soulagée, je suis rentrée à pied, c'est-à-dire en m'efforçant de ne pas dévisser : je me suis pris une délicieuse pomme de terre en robe de chambre et du poulet au curry et j'ai regardé *Urgences* à la télé. Perpetua m'avait donné rendez-vous à neuf heures à l'Assembly Room. Le temps que je me prépare, il était neuf heures moins le quart. J'avais oublié que, de ce téléphone, on ne pouvait pas appeler. Impossible de commander un taxi. Je suis donc arrivée trop tard. Je suis retournée au bar du George, pour retrouver Tina, et savoir où était Sharon. J'ai pris un Bloody Mary, comme si ça m'était égal de ne pas avoir d'amis. Il s'est soudain produit tout un charivari de caméras et de projecteurs dans un coin. J'aurais volontiers hurlé ! C'était ma mère, déguisée en Marianne Faithfull, qui allait interviewer Alan Yentob.

– Silence, tout le monde, a-t-elle roucoulé façon Una Alconbury. Moteueur ! ! ! ! Dites-moi, Alan, a-t-elle poursuivi, l'air traumatisé, avez-vous jamais pensé… au suicide ?

Le programme télé n'était pas mal du tout, ce soir.

Dimanche 27 août, Édimbourg

Spectacles vus : 0

2:00. Impossible de dormir. Je parie qu'ils sont tous allés à une fête super.

3:00. Perpetua est rentrée. Je l'ai entendue asséner son verdict sur les nouveaux comédiens comiques : « Puérils, enfantins, stupides. » À mon avis, il y a quelque chose quelque part qui a dû lui échapper.

5:00. Il y a un homme dans la maison. Je le *sais*.

6:00. Il est dans la chambre de Debby, du marketing. Merde alors !

9:30. Réveillée en sursaut par Perpetua, qui bramait : « Qui vient à la lecture poétique ? » Puis tout est redevenu tranquille, j'ai entendu les voix de Debby et de son monsieur, puis il est allé à la cuisine. Et Perpetua a explosé.

— Que faites-vous ici ? J'avais bien prévenu ! INTERDIT DE RECEVOIR DANS SA CHAMBRE !

14:00. Oh, Seigneur ! Je me suis rendormie !

19:00. Dans le train. Hou ! là ! là ! Retrouvé Jude au George, à quinze heures, pour aller à un débat avec le public. On a bu quelques Bloody Mary et on s'est rappelé que les débats avec le public étaient une vraie galère. On se creuse les méninges pour trouver une question intelligente à poser, on lève la main, obstinément, on la pose enfin, d'une voix haut perchée, en se redressant à moitié sur son fauteuil et on se rassoit, pétrifié par la gêne, en hochant la tête comme un chien à l'arrière d'une voiture pendant les vingt minutes d'horloge que l'on passe à faire semblant d'écouter une réponse qui ne nous intéresse pas le moins du monde. D'ailleurs, le temps qu'on réfléchisse, il était cinq heures et demie, et Perpetua a fait son entrée, avec une bande de gens du bureau.

– Ah ! Bridget ! a-t-elle gueulé. Qu'es-tu allée voir ?

– En fait, ai-je répondu à voix basse, j'allais justement... prendre le train.

– Tu n'as rien vu du tout, hein ? En tout cas, tu me dois soixante-quinze livres pour la chambre.

– Quoi ? ai-je balbutié.

– Parfaitement. En principe, c'était cinquante, mais pour deux je te compte cinquante pour cent en plus.

– Mais, je n'avais personne...

– Allons allons, Bridget ! Nous savons tous qu'il y avait un homme dans ta chambre cette nuit, a-t-elle rugi. Ne t'en fais pas pour ça. Ce n'est pas de l'amour, c'est Édimbourg ! Je me débrouillerai pour que Daniel le sache. Ça lui servira de leçon.

Lundi 28 août

58 kg (la bière et les pommes de terre), unités alcool : 6, cigarettes : 20, calories : 2 846.

Message de maman sur le répondeur. Propose de m'offrir un batteur électrique pour Noël, me rappelle que Noël tombe un lundi et veut savoir si je viendrai à la maison le vendredi soir ou le samedi matin.

Nettement plus excitant. Il y avait une lettre de Richard Finch, le rédacteur en chef de *Bon après-midi !* Je crois qu'il m'engage. La lettre disait seulement :

« OK, chérie ! Tu en es ! »

Mardi 29 août

57,2 kg, unités alcool : 0 (t.b.), cigarettes : 3 (b.), calories : 1 456 (nourriture saine, pour être en forme pour nouveau boulot).

10:30. Au bureau. Viens d'appeler l'assistante de Richard Finch, Patchouli. C'est bien ça. J'ai le poste, mais il faut que je commence dans une semaine. Je ne connais rien à la télé, mais basta ! Ici je suis vraiment dans une impasse, et travailler avec Daniel est devenu trop humiliant. Vais lui annoncer la nouvelle.

11:15. Incroyable ! Daniel m'a regardée, le visage couleur de cendres.

– Tu ne peux pas me faire ça ! Est-ce que tu te rends compte à quel point j'en ai bavé ces dernières semaines ?

Perpetua est entrée en trombe. Elle devait écouter à la porte. Elle a explosé.

– Espèce de sale égoïste manipulateur et suffisant ! Et ça se permet de faire du chantage aux sentiments ? Tu as oublié que c'est *toi* qui l'as laissée tomber ? Maintenant, encaisse !

Finalement, je pourrais aimer Perpetua. Mais pas charnellement, non.

Septembre

Sur le mât du pompier

Lundi 4 septembre

57 kg, unités alcool : 0, cigarettes : 27, calories : 15, minutes de conversation imaginaire avec Daniel pour lui dire ce que je pense de lui : 145 (b., en progrès).

8:00. Premier jour à la télé. Attitude à adopter dorénavant : personne calme, sûre d'elle. Et non fumeuse. Fumer est un signe de faiblesse qui mine l'autorité naturelle.

8:30. Maman vient d'appeler. Je pensais que c'était pour me souhaiter bonne chance dans ma nouvelle carrière.

– Ma chérie ! Tu ne devineras jamais !

– Quoi ?

– Elaine t'invite à ses noces de rubis !

Elle a marqué une pause, triomphante.

J'ai eu une absence.

– Elaine ? Brian-et-Elaine ? Colin-et-Elaine ? Elaine, la-femme-de-Gordon-l'ancien-directeur-de-Tarmacadam-de-Kettering ?

– Elle aimerait qu'il y ait quelques jeunes, pour tenir compagnie à Mark.

Ah ! *Malcolm* et Elaine. Les géniteurs du sublime Mark Darcy.

– Il paraît qu'il a dit à sa mère qu'il te trouvait très séduisante, tu sais.

– Pfff… Ne mens pas ! ai-je marmonné.

Mais ça m'a fait plaisir.

– Mais non, chérie ! Je suis certaine que c'est ce qu'il voulait dire.

– Parce qu'il a dit quoi, exactement ? ai-je sifflé, prise d'un soupçon.

– Il a dit que tu étais très…

– Maman !

– En fait, il a employé le mot « originale ». N'est-ce pas adorable ? Originale. D'ailleurs, tu pourras lui poser la question toi-même, aux noces de rubis.

– Maman, je ne vais pas aller jusqu'à Huntingdon pour fêter les noces de rubis de deux personnes à qui j'ai adressé la parole trente secondes dans ma vie sous prétexte de me jeter à la tête d'un riche divorcé qui me trouve originale.

– Tu dis des bêtises, ma chérie !

– Il faut que je file, ai-je répliqué sans réfléchir, car, évidemment ça n'a servi à rien. Comme d'habitude, elle s'est lancée dans un bavardage éperdu, comme si j'étais dans le couloir de la mort et que c'était notre dernière conversation téléphonique avant l'injection létale.

– Il gagnait des milliers de livres par an. Et sur son bureau, il y avait une pendule, qui faisait tic-tac, tic-tac. Je t'ai dit que j'avais rencontré Mavis Enderby à la poste ?

– Maman, aujourd'hui, c'est mon premier jour dans un nouveau job ! Je suis sur les nerfs. Je n'ai pas envie de parler de Mavis Enderby.

– Oh, miséricorde ! Qu'est-ce que tu vas mettre, chérie ?

– Ma jupe noire courte et un T-shirt.

– Ça recommence ! Lugubre, chérie ! Tu veux qu'on te prenne pour une clocharde ? Mets quelque chose de clair, de gai. Tu n'avais pas un ravissant ensemble cerise ? Oh ! À propos ! Je t'ai dit que Una faisait une croisière sur le Nil ?

Grrrr ! Quand elle a enfin raccroché, j'étais dans un tel état de nerfs que j'ai fumé cinq cigarettes de suite. Ça commence mal.

21:00. Au lit. Complètement crevée. J'avais oublié à quel point c'était odieux d'arriver pour bosser quelque part où personne ne vous connaît. La moindre remarque, le moindre geste est disséqué et interprété, et on ne peut même pas aller se remaquiller sans demander à quelqu'un où sont les toilettes.

Je suis arrivée en retard, mais ce n'était pas ma faute. Les gardiens ne m'ont pas laissée entrer dans les studios parce que je n'avais pas de passe. On dirait vraiment qu'ils se figurent qu'ils sont là pour empêcher le personnel de pénétrer dans l'immeuble. À la réception, on m'a fait attendre jusqu'à ce que quelqu'un vienne me chercher. Il était neuf heures vingt-cinq et la conférence de rédaction commençait à neuf heures et demie. Patchouli s'est présentée avec deux énormes chiens : l'un m'a sauté dessus et s'est mis à me lécher la figure pendant que l'autre fourrait sa gueule sous ma jupe.

– Ils sont à Richard. D'enfer, hein ? Attends, je les mets dans la voiture.

– Je vais être en retard pour la conférence, ai-je protesté désespérément, en coinçant la tête d'un des chiens entre mes genoux pour essayer de m'en débarrasser. Elle m'a toisée, comme pour dire : « Et alors ? » et elle est partie en traînant les chiens.

Le temps que j'arrive dans le bureau, donc, la conférence avait commencé. Tout le monde m'a regardée, sauf Richard, qui avait enveloppé son petit corps grassouillet dans une espèce de salopette verte matelassée.

– Allez, allez ! criait-il en s'agitant comme un beau diable. Je pense Messe de neuf heures. Je pense pasteurs débauchés. Je pense coït à l'église. Je m'interroge sur le goût des femmes pour les pasteurs. Allez ! Cogitez ! Je ne vous paye pas pour des prunes. Trouvez une idée !

– Pourquoi ne pas interviewer Joanna Trollope ? ai-je dit.

– ... Salope ? (Il m'a regardée sans comprendre.) Quelle salope ?

– Joanna *Trollope*. Elle a écrit *La Femme du pasteur*, qui a été adapté à la télé. *La Femme du pasteur*. Elle doit connaître le sujet.

Son visage s'est éclairé d'un sourire lubrique.

– Génial ! a-t-il répondu à mes seins. C'est génial, putain ! Qui a le numéro de Joanna Trollope ?

Il s'ensuivit un long silence.

– Euh... moi, ai-je dit enfin.

J'ai senti les ondes de haine émanant des jeunes grunge réunis autour de la table.

À la fin de la réunion, je me suis précipitée aux toilettes pour me ressaisir. Patchouli se maquillait avec une de ses copines qui portait une robe qu'on aurait dit peinte à l'aérosol à même le corps. On lui voyait à la fois la culotte *et* l'estomac.

– Ça ne fait pas trop pute ? demandait-elle à Pat-chouli. Tu aurais vu la tête de toutes ces salopes de trente ans quand je suis arrivée... Oh !

En me voyant, les deux filles, épouvantées, se sont plaqué une main sur la bouche.

– On ne voulait pas dire toi, tu sais.

Je ne sais pas si je pourrai supporter ça.

Samedi 9 septembre

56,8 kg (t.b. grâce à nouveau boulot tellement stressant), unités d'alcool : 4, cigarettes : 10, calories : 1 876, minutes de conversations imaginaires avec Daniel : 24 (excellent), minutes à me repasser des conversations avec ma mère avec une chute où j'ai le dernier mot : 94.

11:30. Pourquoi ? oh, pourquoi ai-je donné mes clefs à ma mère ? Pour la première fois depuis cinq semaines, le week-end s'annonçait bien : je n'avais pas unique-ment envie de regarder fixement les murs et d'éclater en sanglots. J'avais survécu à une première semaine à la télé. Je commençais à croire que je m'en sortirais peut-être, que je ne serais pas *forcément* dévorée par un berger allemand, quand elle a fait irruption chez moi avec une machine à coudre.

– Mais qu'est-ce que tu fabriques, bécasse ?

Je pesais cent grammes de céréales en me servant d'une barre de chocolat comme contrepoids (pas pra-tique : les poids sont en onces alors que mon tableau de calories est en grammes).

– Tu ne devineras jamais, chérie !

Elle ouvrait et fermait toutes les portes des placards.

– Quoi ?

En socquettes et chemise de nuit, j'essayais d'effacer les traces de mascara sous mes yeux.

– Finalement, Malcolm et Elaine fêteront leurs noces de rubis à Londres, le 23. Tu pourras donc venir, et tenir compagnie à Mark.

– Aucune envie de tenir compagnie à Mark, ai-je grincé entre mes dents.

– Mais, chérie ! Il est très intelligent ! Il sort de Cambridge. Il a fait fortune en Amérique...

– Je n'irai pas.

– Allons, allons, chérie. Ne recommençons pas.

On aurait dit que j'avais treize ans.

– Mark s'est acheté une maison à Holland Park. Du coup, c'est lui qui leur offre la réception, avec traiteur et tout le tralala. Qu'est-ce que tu vas mettre ?

– Tu y vas avec Julio ou avec papa ?

J'espérais que ça lui clouerait le bec.

– Oh, je ne sais pas encore, ma chérie. Avec les deux, peut-être.

Elle parlait dans un souffle, de la voix très spéciale qu'elle réserve aux occasions où elle se prend pour Diana Dors.

– Tu ne peux pas faire ça.

– Pourquoi ? Ton père et moi nous sommes restés bons amis. Et Julio n'est qu'un ami, lui aussi.

Grr. Grrr. Grrrrrrr. Je ne la supporte pas quand elle fait ce numéro.

– Bon. Alors je dis à Elaine que tu viendras avec plaisir, d'accord ?

Et sur un dernier « Il faut que je file, bye ! » elle a disparu, après avoir récupéré l'inexplicable machine à coudre.

Pas question de passer une autre soirée à être baladée devant Mark Darcy comme une cuillerée de purée de navet devant un bébé récalcitrant. Je vais devoir quitter le pays, je crois.

20:00. Vais dîner dehors. Maintenant que je suis à nouveau seule, les couples Mariés-Fiers-de-l'Être m'invitent le samedi soir, et m'assoient en face de spécimens de plus en plus désastreux d'hommes célibataires. C'est très gentil à eux, j'apprécie leur sollicitude, mais ça ne fait que souligner mon échec affectif et mon isolement, même si Magda prétend qu'il vaut mieux être seule qu'accompagnée d'un mari adultère et sexuellement incontinent.

Minuit. Hou ! là ! là ! Tout le monde voulait consoler le célibataire de service (trente-sept ans, récemment largué par sa femme, le genre qui dit : « Je dois bien avouer que je trouve que l'on est très injuste avec Michael Howard[1]. »)

– Je ne vois pas de quoi tu te plains, pérorait Jeremy. En vieillissant, les hommes deviennent de plus en plus séduisants, contrairement aux femmes. Des gamines de vingt-deux ans, qui ne t'auraient pas regardé quand tu avais leur âge, seront bientôt là, à tirer la langue devant toi !

Je tremblais de rage, tête baissée. Les femmes : des produits avec date de péremption ? Leur vie : un jeu de

---

1. Ex-ministre de l'Intérieur ultraconservateur dont le cheval de bataille fut la fermeture des frontières pour stopper l'immigration. L'un des hommes les plus détestés des lecteurs de *l'Independent*, quotidien de tendance travailliste où fut publié *Le Journal de Bridget Jones*.

chaises musicales ? Au-delà de trente ans/quand la musique s'arrête, plus de chaises/d'hommes pour les femmes. Éliminées. Hum ! Non mais !

– Tout à fait d'accord avec vous, me suis-je soudain écriée. Il faut se choisir des partenaires plus jeunes. Les hommes de plus de trente ans sont *tellement* barbants ! Et cette manie de s'imaginer que les femmes n'ont qu'une idée en tête : les pousser au mariage. Il n'y a plus que les garçons de vingt ans et quelque qui me plaisent *vraiment*. Je les trouve tellement plus... plus... vous voyez...

– C'est *vrai* ? a demandé Magda, un éclair inquiétant dans le regard. Comment... ?

– Ils *te* plaisent peut-être, l'a interrompue Jeremy, en lui jetant un regard furibond, ça je veux bien le croire. Mais toi *tu* ne leur plais pas !

– Hum ! Navrée de te contredire. Mon petit ami actuel a vingt-trois ans.

Un silence stupéfait a accueilli mes paroles.

– Dans ce cas, amène-le-nous samedi prochain, a proposé Alex, mielleux. D'accord ?

Sacré nom d'un chien ! Comment convaincre un type de vingt-trois ans de passer sa soirée du samedi avec moi, chez un couple Marié-Fier-de-l'Être, au lieu de se défoncer en boîte à l'Ecstasy contaminée ?

Vendredi 15 septembre

57 kg, unités alcool : 0, cigarettes : 4 (t.b.), calories : 3 222 (les sandwiches du train sont affreusement gras), minutes consacrées à répéter mon discours de démission : 210.

Berk ! Détestable réunion de rédaction avec cette brute de Richard Finch.

– Bon. Une livre pour pisser dans les chiottes de Harrods. Je pense Toilettes Fantaisie. Frank Skinner et sir Richard Rogers sur des sièges en fourrure, accoudoirs équipés d'écrans de télé, papier écossais. Bridget, je te mets sur le renforcement des mesures de répression contre les jeunes au chômage. Je pense jeunes au chômage. Qui glandent. Qui vivent en dessous du seuil.

– Mais… Mais…, ai-je bégayé.

– Patchouli !

Il a crié si fort que ça a réveillé les chiens qui dormaient sous son bureau. Ils ont commencé à gambader en aboyant.

– Hein ? a bramé Patchouli.

Sa mini-robe au crochet, son espèce de gilet brillant à brandebourgs et son chapeau de paille renvoyaient les trucs que je portais à son âge au rayon farces et attrapes.

– Où est la régie mobile jeunes au chômage ?

– Liverpool.

– *Liverpool. Bon*. Bridget, Régie mobile devant chez Boots, dans le premier centre commercial, en direct à dix-sept heures trente pétantes. Je veux six jeunes paumés représentatifs.

Je partais pour la gare quand Patchouli m'a crié :

– Hé, Bridget, j'veux dire c'est pas Liverpool, c'est Manchester, OK ?

16:15. Manchester. Nombre de jeunes au chômage abordés : 44, nombre de jeunes au chômage acceptant d'être interviewés : 0.

Train Manchester-Londres. 19:00. Ouf. Vers seize heures quarante-cinq, je zigzaguais comme une hystérique entre des bacs à fleurs en ciment en débitant à tous les gens que je croisais :

– 'Scusez-moi, vous êtes au chômage ? Non ? Tant pis. Merci !

– Qu'est-ce qu'on tourne ? m'a demandé le cadreur, totalement indifférent.

– Jeunes chômeurs ! Je reviens tout de suite.

Et j'ai continué à cavaler, si bien que je me suis cogné le front sur un pilier. Richard me hurlait dans l'écouteur :

– Bridget ! Qu'est-ce que tu glandes, bordel ?

C'est alors que j'ai repéré un distributeur de billets.

À dix-sept heures vingt, j'avais aligné six jeunes prétendument chômeurs devant la caméra. Ils avaient tous en poche un billet de vingt livres tout neuf. Moi, j'essayais de faire taire ma mauvaise conscience d'appartenir aux classes moyennes. À dix-sept heures trente, j'ai entendu le générique, et Richard a crié :

– Désolé, Manchester. On vous saute !

– Mais…, ai-je tenté de protester.

Trop tard. Manifestement, les jeunes se sont imaginé que je souffrais d'un quelconque syndrome qui m'obligeait à faire semblant de travailler à la télé. Et il y avait pire. Je n'avais pas eu une minute de la semaine pour trouver une solution au problème du jeune homme pour demain soir. En regardant les charmants délinquants juvéniles qui m'entouraient, et le distributeur de billets tout proche, une idée moralement suspecte a germé dans mon cerveau.

Hmm. Je crois que j'ai eu raison de ne pas essayer de corrompre un jeune sans travail. Ce n'est pas bien, d'exploiter les gens. Cela dit, le problème du dîner reste entier. Vais aller m'en fumer une dans la voiture-fumoir.

19:30. Berk. En fait de voiture-fumoir, c'était plutôt une porcherie où s'entassaient des fumeurs méfiants et pitoyables. En fait, un fumeur n'a plus le droit de vivre décemment. On le force à plonger dans les sombres entrailles de l'existence. Si le wagon s'était mystérieusement évaporé dans la nature et avait disparu pour toujours, ça ne m'aurait pas étonnée outre mesure. Les compagnies de chemin de fer privatisées vont peut-être créer des trains pour fumeurs. Les villageois lèveront le poing sur leur passage, leur jetteront des pierres et rentreront chez eux pour terrifier leurs enfants en leur racontant l'histoire des dragons cracheurs de feu qui circulent dedans. Bon. Ai appelé Tom du téléphone-miracle du train (comment ça marche ? Comment ? Il n'y a pas de fils. Très étrange. À moins que ça ne fasse contact quelque part, entre les roues et les rails), pour me lamenter sur mon problème de jeune-homme-de-moins-de-vingt-trois-ans.

– Emmène Gav.

– Gav ?

– Le type qu'on a rencontré à la galerie, tu sais bien.

– Tu crois qu'il viendrait ?

– Mais oui. Tu le branchais vraiment.

– Mais non. Arrêêêête !

– Je parle sérieusement. Bon. Cesse de te lamenter. Je m'en occupe.

Sans Tom il me semble parfois que je m'évaporerais et que je disparaîtrais sans laisser de traces.

Mardi 19 septembre

56,5 kg (t.b.), unités alcool : 3 (t.b.), cigarettes : 0 (aurais eu honte de fumer devant délinquants juvéniles en pleine santé).

Bon sang ! Faut que je me grouille. Suis invitée chez délinquant juvénile drogué au Coca Light. Gav est divin. Au dîner chez Alex, samedi soir, il a été parfait : il a flirté avec toutes les épouses, avec moi il s'est comporté en adorateur éperdu, et il a éludé toutes les questions oiseuses sur notre soi-disant liaison avec une habileté de jésuite. Au retour, dans le taxi, submergée comme je l'étais par la gratitude[1], je me suis malheureusement révélée incapable de résister à ses avances[2]. J'ai cependant réussi à me ressaisir[3] et j'ai refusé d'aller boire un café chez lui. Mais après, j'ai culpabilisé, c'est honteux de jouer les allumeuses[4] et, quand Gav m'a téléphoné pour m'inviter à dîner chez lui, j'ai accepté avec plaisir[5].

Minuit. Suis détruite. Ça faisait si longtemps qu'un garçon ne m'avait pas invitée que je n'ai pas pu résister au plaisir de faire savoir au chauffeur du taxi que j'allais chez « mon petit ami », qui m'avait préparé à dîner.

Malheureusement, en arrivant devant le 4 Malden Road, c'était une épicerie.

---

1. *Le désir.*
2. *J'ai posé la main sur son genou.*
3. *Ne pas paniquer.*
4. *Ne pouvais m'empêcher de penser : merde, merde, merde !*
5. *J'ai eu du mal à cacher mon enthousiasme.*

– Vous pouvez utiliser mon téléphone, ma p'tite dame, a proposé le chauffeur d'un air las.

Mais je n'avais pas le numéro de Gav, évidemment. J'ai fait semblant de l'appeler, et que ce soit occupé, et j'ai appelé Tom pour lui demander l'adresse de Gav d'une façon assez détournée pour que le chauffeur de taxi ne se rende pas compte que j'avais raconté des bobards. En fait, c'était 44 Malden Villas. Je devais être un peu distraite quand je l'avais notée. Entre le chauffeur et moi, ce n'était plus le beau fixe. Il devait me prendre pour une espèce de call-girl.

Bref, en arrivant chez Gav j'étais dans mes petits souliers. Ça a commencé en douceur, avec une certaine timidité, comme au temps de l'école primaire, quand on est invité pour la première fois à goûter chez une fille dont on sent qu'elle pourrait devenir LA meilleure amie. Gav avait préparé des spaghettis. Manger, débarrasser la table, etc., ça a été facile. Mais après, il a bien fallu parler de quelque chose. Pour je ne sais quelle raison, c'est tombé sur la regrettée princesse Diana.

– On aurait dit un conte de fées ! Je me souviens du jour de son mariage comme si c'était hier. J'étais montée sur un mur devant la cathédrale. Et toi ?

– C'est que… Je n'avais que six ans, à l'époque, a répondu Gav, un peu gêné.

On a fini par abandonner toute idée de conversation et Gav, avec une fougue juvénile (ça m'a rappelé mes vingt-deux ans), s'est mis à m'embrasser tout en essayant de trouver l'entrée de mes vêtements. Il a fini par glisser une main sur mon ventre, et il a dit – oh, quelle humiliation :

– Mmmm… tu es toute moelleuse.

C'en était trop pour moi ! Oh, seigneur ! À quoi bon ? Je suis trop vieille, il vaut mieux que je laisse tomber : je vais me faire professeur d'éducation religieuse dans une école de filles et partager un appart avec la prof de gym.

Samedi 23 septembre

57 kg, unités alcool : 0, cigarettes : 0 (t.t.b.), brouillons de réponses à l'invitation de Mark Darcy : 14 (d'accord, mais ont remplacé conversations imaginaires avec Daniel).

10:00. Bon. Je vais répondre à Mark Darcy et lui annoncer, fermement et clairement, que je n'assisterai pas à cette réception. Aucune raison que j'y aille. Je ne suis ni une parente ni une amie intime, et ça me ferait rater *Blind Date* et *Urgences*.

Ah ! là ! là ! Que c'est ridicule, ces invitations à la troisième personne. Comme si les gens étaient trop snobs pour vous informer directement qu'ils donnent une soirée et qu'ils seraient heureux de vous y voir ! Ce n'est quand même pas la même chose qu'appeler chiottes les toilettes pour dames. On a dû me dire, quand j'étais petite, je me le rappelle vaguement, qu'on était censé répondre sur le même mode tordu. Comme si j'étais une personne imaginaire, employée par moi pour répondre aux invitations d'autres personnes imaginaires employées par des amis. Comment formuler ça ?

Bridget Jones a le regret de…

Mlle Bridget Jones se voit contrainte, à son grand regret…

*Désespérée est un mot trop faible pour exprimer
les regrets de Mlle Bridget Jones…*

*C'est avec le plus grand regret que nous vous informons
que Mlle Bridget Jones n'a pas survécu au désespoir de ne
pouvoir accepter l'aimable invitation de Mr. Mark Darcy.
Elle sera donc, plus que jamais, dans l'impossibilité de
se rendre…*

Ooh, téléphone.

C'était papa.

– Bridget, ma chérie, tu vas à l'abominable fiesta de samedi, n'est-ce pas ?

– Tu veux dire les noces de rubis des Darcy ?

– Évidemment ! Quoi d'autre ? Depuis son interview de Lisa Leeson, début août, c'est l'unique sujet qui ait réussi à faire oublier à ta mère la délicate question de savoir qui va garder le bureau en acajou et le service à café.

– À vrai dire, papa, je comptais m'en dispenser.

Silence au bout du fil.

– Papa ?

Un sanglot étouffé. Papa pleurait. À mon avis, il fait une dépression nerveuse. Cela dit, si j'avais été mariée avec maman pendant trente-neuf ans, je n'aurais pas attendu qu'elle s'enfuie avec un agent de voyages portugais pour craquer.

– Que se passe-t-il, papa ?

– Oh, rien, chérie… Excuse-moi ! C'est que… j'espérais m'en dispenser, moi aussi !

– Eh bien fais-le ! Hourra ! On ira au cinéma ensemble, si tu veux.

– C'est que… je n'arrive pas à me faire à l'idée qu'elle y aille avec ce bouffon gominé, et que tous mes amis et collègues de quarante ans saluent le nouveau couple et me relèguent au rayon des souvenirs historiques.

– Ils ne feraient pas une chose pareille…

– Que si ! Que si ! Il faut que j'y aille, Bridget. La mine réjouie et la tête haute. Mais…

Un sanglot.

– Quoi ?

– J'aurai bien besoin de quelqu'un pour me soutenir le moral.

11:30.

Mlle Bridget Jones sera heureuse…

*Mlle Bridget Jones remercie Mr. Mark Darcy
pour son aimable…*

*C'est avec le plus grand plaisir que Mlle Bridget Jones
accepte…*

Oh, bon sang…

*Cher Mark,
Merci pour votre aimable invitation aux noces de rubis
de Malcolm et Elaine. Je serai ravie d'être des vôtres.
Bien à vous,
Bridget Jones*

Mmmm.

Bien à vous,
Bridget.

Ou seulement

Bridget
Bridget (Jones).

Bon. Je vais recopier ce petit mot au propre, vérifier l'orthographe et le poster.

Mardi 26 septembre

56,7 kg, unités alcool : 0, cigarettes : 0, calories : 1 256, grattages : 0, lamentations au sujet de Daniel : 0, pensées négatives : 0. Une vraie petite sainte.

C'est génial de penser à sa carrière plutôt qu'à des choses triviales comme les hommes ou sa vie sentimentale. Ça se passe super-bien, à *Bon après-midi !* Je dois avoir un don pour la télévision populaire. La grande nouvelle, c'est que je vais passer à l'écran.

La semaine dernière, Richard Finch s'est mis dans la tête de faire une émission spéciale, en direct, sur tous les services d'urgence de la capitale. Au début, il n'a pas eu beaucoup de chance. Tous les journalistes revenaient au bureau et racontaient comment police secours, le S.A.M.U. ou autres SOS avaient refusé d'être filmés. Mais ce matin, Richard m'a sauté dessus dès mon arrivée.

– Bridget ! Ça marche ! Feu ! Je veux te voir à l'écran. Je pense mini-jupe. Je pense casque de pompier. Je pense lance d'incendie.

Depuis, c'est la pagaille totale. Plus personne ne s'occupe du journal d'aujourd'hui. Tout le monde est au téléphone à réclamer des liaisons, des grues et des régies mobiles. Bon. C'est pour demain. Je dois être à la caserne de pompiers de Lewisham à onze heures. Ce soir, je vais prévenir tout le monde par téléphone pour qu'ils regardent. J'ai hâte d'annoncer la nouvelle à maman.

Mercredi 27 septembre

56,5 kg (rétrécie par la honte), unités alcool : 3, cigarettes : 0 (on ne fume pas dans une caserne de pompiers) et ensuite 12 en une heure, calories : 1 584 (t.b.).

21:00. Jamais été aussi humiliée de ma vie. Ai passé journée à répéter et à tout organiser. Quand on donnerait l'antenne à Lewisham, je me laisserais glisser le long du mât d'incendie et je commencerais l'interview d'un pompier. À dix-sept heures, dès le début de l'émission, je me suis perchée en haut du mât, prête à descendre dès que j'en recevrais l'ordre. Soudain, j'ai entendu Richard crier dans mon oreillette :

– Allez, go, go, go, go !

J'ai entamé ma descente. Il s'est remis à hurler :

– Go, go, go Newcastle ! Bridget ! Tiens-toi prête. L'antenne dans trente secondes.

J'aurais pu descendre et remonter à toute vitesse par l'escalier, mais comme je n'étais qu'à un mètre du haut du mât, j'ai préféré me hisser à la force des bras. Tout d'un coup, ça s'est mis à hurler dans l'écouteur.

– Bridget ! Qu'est-ce que tu fous ? Tu es à l'antenne ! Tu devais descendre ce mât, pas y grimper ! Go, go, go !

Je me suis laissée tomber en souriant bêtement à la caméra et j'ai atterri aux pieds de mon pompier, comme prévu.

– Terminé, Lewisham ! Conclus, conclus, Bridget !

– Et maintenant, à vous les studios, ai-je bafouillé. Et c'était fini.

Jeudi 28 septembre

56,8 kg, unités alcool : 2 (t.b.), cigarettes : 11 (b), calories : 1 850, propositions d'embauche par chaînes concurrentes ou casernes de pompiers : 0 (pas vraiment étonnant).

11:00. Je suis en disgrâce. Tout le monde se moque de moi. Richard Finch m'a humiliée devant toute la rédaction en me traitant de « nulle », de « pauvre gourde » et autres gracieusetés. « Et maintenant, à vous les studios » est devenu une sorte de mot de passe. Chaque fois qu'on pose une question à quelqu'un qui ne connaît pas la réponse, il y va de son « Euuuh... Et maintenant, à vous les studios », et tout le monde se marre. Bizarrement, la bande de jeunes grunge est plutôt plus sympa qu'avant avec moi. Même Patchouli (c'est tout dire) est venue me parler.

– Te prends pas la tête avec Richard, OK ? Il est vraiment galère... Tu me suis ? Le plan du mât d'incendie, c'était super ! Subversif. Enfin bon ! Et maintenant, à vous les studios. OK ?

Quand il me croise, Richard Finch m'ignore ou secoue la tête d'un air incrédule. Il ne m'a rien donné à faire de la journée.

Dieu, quelle déprime ! Moi qui croyais avoir enfin trouvé ma voie ! C'est foutu et, par-dessus le marché, il y a cette satanée soirée de samedi, et je n'ai rien à me mettre. Je ne suis vraiment bonne à rien, ni avec les hommes, ni en société, ni professionnellement. Bonne à rien.

Octobre

Rendez-vous avec Darcy

Dimanche 1er octobre

57 kg, cigarettes : 17, unités alcool : 0 (t.b. surtout avec réception)

4:00. Stupéfiant. Une des soirées les plus stupéfiantes de ma vie.

Vendredi, j'étais si déprimée que Jude est passée me remonter le moral et me prêter une robe noire géniale pour la réception. J'avais peur de la tacher ou de la déchirer, mais elle a prétendu qu'elle avait un tas de fric et de fringues grâce à son super-job et qu'elle s'en fichait complètement. J'adore Jude. Les filles sont tellement plus gentilles que les hommes (excepté Tom, mais homo). Avec la robe, porterai collants noirs pailletés en Lycra (6,95 £) et escarpins en daim noir de chez Pied-à-terre (ai réussi à enlever les taches de purée).

En arrivant chez Mark Darcy, ai eu vrai choc. Ce n'est pas une petite maison individuelle comme je l'avais supposé, mais une immense demeure genre pièce montée, de l'autre côté de Holland Park (là où, paraît-il, vit Harold Pinter), entourée d'un grand jardin.

Il avait vraiment mis les petits plats dans les grands, pour papa-maman. Guirlandes lumineuses rouges parsemées de petits cœurs étincelants dans les arbres, très émouvant, dais rouge et blanc jusqu'à la porte d'entrée.

Une fois à l'intérieur, cela promettait plus encore : des domestiques nous ont offert du champagne et soulagés de nos cadeaux (j'avais acheté un disque de Perry Como, les chansons d'amour de l'année de leur mariage pour Elaine et Malcolm, plus un brûle-parfum aux huiles essentielles en terre cuite pour Elaine, qui m'avait posé plein de questions sur les huiles essentielles le soir de la Dinde au Curry du Nouvel An). Puis on nous a guidés vers un escalier en bois clair très spectaculaire, avec des bougies en forme de cœur sur chaque marche, et nous sommes arrivés dans une grande pièce au parquet ciré, éclairée exclusivement par des milliers de chandeliers, avec une véranda donnant sur le jardin. Papa et moi, on est restés cois.

Au lieu des napperons en dentelle, saladiers en cristal pleins de cornichons, moitiés de pamplemousse farcis et autres mini-brochettes aux morceaux d'ananas et de fromage auxquels on s'attend chez des gens de cette génération, il y avait des montagnes de langoustines sur de grands plateaux en argent, des canapés à la tomate et à la mozzarella et du poulet au saté. Les invités regardaient, éberlués, incrédules, puis éclataient d'un rire satisfait en rejetant la tête en arrière. On aurait dit que Una Alconbury venait d'avaler son parapluie.

– Hou ! là ! là ! m'a dit papa en voyant Una fondre sur nous, je ne suis pas sûr que ce soit du goût de maman et Una.

– Un peu tape-à-l'œil, non ? s'est écriée Una dès qu'elle s'est trouvée à portée de voix, en se drapant d'un air pincé dans son châle. À mon avis, quand on en fait trop, ça devient un peu vulgaire.

– Ne dis pas de bêtises, Una, a riposté papa. C'est une réception fabuleuse !

Et il a enfourné un dix-neuvième canapé.

– Je trouve aussi, ai-je dit, la bouche pleine de mozzarella, pendant que mon verre de champagne se remplissait comme par enchantement. 'Achement bien !

Moi qui m'étais attendue à un enfer peuplé d'ensembles veste-et-jupe-plissée, je nageais dans l'euphorie. Personne ne m'avait encore demandé pourquoi j'étais encore célibataire.

– Mmmm, a fait Una d'un air dubitatif.

C'était au tour de maman de fondre sur nous.

– Bridget, tu as dit bonjour à Mark ?

J'ai eu un choc en réalisant que maman et Una n'allaient pas tarder à fêter leurs noces de rubis. Connaissant ma mère comme je la connaissais, je n'avais pas le moindre doute. Elle balayerait d'un revers de main les petits détails gênants – avoir quitté son mari, s'afficher avec un agent de voyages étranger – et célébrerait l'événement avec la farouche détermination de damer le pion à Elaine Darcy, même s'il fallait pour cela sacrifier son innocente fille sur l'autel de Mark Darcy.

– Accroche-toi, camarade, m'a dit papa en me serrant le bras.

– Quelle maison ravissante ! Bridget, tu n'as pas de châle ? Oh, des pellicules ! (Elle a brossé le dos de papa.) Voyons, ma chérie, pour quelle bonne raison refuses-tu d'adresser la parole à Mark ?

– Mais, je... Eh bien...

– Qu'est-ce que tu penses de ça, Pam ? a nerveusement chuchoté Una, en désignant la pièce du menton.

– Tape-à-l'œil, a murmuré maman en exagérant le mouvement de ses lèvres.

– Exactement ce que j'ai dit ! a triomphé Una. N'est-ce pas Colin ? Tape-à-l'œil, c'est le mot.

Soudain, j'ai tressailli. Mark Darcy était à moins d'un mètre et nous regardait. Il avait sûrement tout entendu. J'ai ouvert la bouche pour dire quelque chose, n'importe quoi, pour nous tirer de ce mauvais pas, mais il s'est éloigné.

Le buffet dînatoire était servi au rez-de-chaussée, dans le « grand salon ». Dans la queue, je me suis retrouvée juste derrière Mark Darcy.

– Coucou ! ai-je dit, en espérant que je pourrais excuser la grossièreté de ma mère.

Il a donné un coup d'œil autour de lui, m'a superbement ignorée. J'ai répété mon coucou en lui donnant un petit coup.

– Oh, bonsoir ! Excusez-moi, je ne vous avais pas vue.

– C'est une réception fantastique ! Merci de votre invitation.

Il m'a fixée pendant un instant.

– Oh ! Je n'y suis pour rien. C'est ma mère qui a fait la liste. Excusez-moi, il faut que je m'occupe du, euh... plan de table. À propos, votre reportage sur la caserne de pompiers de Lewisham m'a beaucoup plu.

Sur ce, il m'a tourné le dos et s'est éloigné vers l'escalier en zigzaguant entre les invités, me laissant à mon humiliation. Hum.

Natasha a fait une étincelante apparition, en robe de satin or, et lui a pris le bras d'un air possessif. Dans sa hâte, elle a trébuché et renversé une bougie. La cire rouge a coulé sur le bas de sa robe.

– Oh, maarde ! Maarde !

Elle a battu en retraite en grondant Mark.

– Je te l'avais pourtant dit que c'était grotesque de passer l'après-midi à disposer des bougies dans des lieux de passage au lieu de réfléchir aux plans de table. Maintenant, regarde ce qui...

Finalement, le plan de table était plutôt bien pensé. Maman n'avait ni papa ni Julio comme voisins, mais Brian Enderby, avec qui ça l'avait toujours amusée de flirter. Julio était assis à côté d'une tante de Mark, une superbe créature de cinquante-cinq ans qui bêlait de ravissement. Papa, rose de plaisir, aidait à s'asseoir un sosie de Shakira Caine[1]. Tout excitée à l'idée que Mark m'avait peut-être installée entre deux grands avocats de Boston ou d'ailleurs, j'ai cherché ma place. Une voix familière m'a fait sursauter.

– Alors, alors ? Comment va la petite Bridget ? J'en ai de la chance ! Tu es à côté de moi. Una m'a dit que tu étais séparée de ton jules. Parole, Bridget ! Quand est-ce qu'on va te marier ?

– J'espère bien que, le jour venu, ce sera moi qui officierai, a dit une voix de l'autre côté. J'ai vraiment besoin d'une nouvelle soutane... Mmmm... En soie abricot, peut-être, ou le nouveau modèle sublime de chez Gamirellis, à trente-neuf boutons.

---

1. Épouse très « glamour » du comédien Michael Caine.

Mark avait eu la prévenance de me placer entre Geoffrey Alconbury et le pasteur homo.

Finalement, après quelques verres, la situation s'est dégelée. J'ai demandé au pasteur ce qu'il pensait du miracle de la statue indienne de Ganesh, le dieu-éléphant, qui aspirait du lait. Il m'a répondu que dans les cercles ecclésiastiques on pensait que le pseudo-miracle était un effet du changement brutal de température sur la terre cuite.

À la fin du repas, quand les invités ont commencé à redescendre pour danser, j'ai repensé à ce qu'il m'avait dit. Dévorée de curiosité, et soucieuse de m'éviter la corvée d'un twist avec Geoffrey Alconbury, je me suis discrètement éclipsée en prenant sur la table une petite cuiller et un pot de lait, et je me suis faufilée dans la pièce où l'on avait – un point pour Una Alconbury – en effet c'était un peu voyant – déballé et exposé les cadeaux.

J'ai fini par repérer mon brûle-parfum en terre cuite, relégué dans un coin. J'ai versé un peu de lait dans la cuiller que j'ai tenue contre le bord du trou destiné à la bougie. Incroyable ! Le brûle-parfum aspirait le lait. La cuiller se vidait, c'était visible à l'œil nu.

– Mon Dieu ! C'est un miracle ! me suis-je exclamée.

Comment aurais-je pu deviner que Mark Darcy passerait justement par là à ce moment précis ?

– Qu'est-ce que vous faites ? m'a-t-il demandé, de la porte.

Muette d'embarras, je me suis dit qu'il pensait que je volais les cadeaux.

– Hein ? a-t-il insisté.

– Le brûle-parfum que j'ai offert à votre mère aspire le lait, ai-je marmonné d'un ton boudeur.

– Ne dites pas de bêtises !

Il a éclaté de rire.

– Mais c'est *vrai*, ai-je protesté, indignée. Regardez vous-même.

J'ai versé un peu de lait dans la cuiller, que j'ai tenue contre le trou, et le brûle-parfum l'a doucement aspiré.

– Vous voyez ? C'est un vrai miracle, ai-je fièrement affirmé.

Il était sacrément impressionné, c'est moi qui vous le dis.

– Vous avez raison, a-t-il murmuré. C'est un miracle.

Natasha s'est alors encadrée dans la porte. Elle m'a saluée du bout des lèvres et a ajouté, avec un petit rire pour déguiser sa vanne immonde en plaisanterie :

– Vous n'êtes pas en lapin, ce soir ?

– Nous ne portons nos costumes que l'hiver, pour nous tenir chaud.

Elle regardait la robe de Jude.

– John Rocha, n'est-ce pas ? Un modèle de l'automne dernier. Je reconnais l'ourlet.

Je n'ai pas répondu immédiatement, car je cherchais la réplique pleine d'esprit qui lui clouerait le bec. Mais je n'ai pas trouvé. Alors, au bout d'un petit moment, j'ai dit bêtement :

– Je suppose que le devoir vous appelle. Ravie de vous avoir revue. Bye, bye !

Je suis sortie pour prendre un peu l'air et fumer une cigarette. La nuit était superbe, douce, étoilée, baignée dans la lumière de la lune qui tombait sur les massifs de rhododendrons de la terrasse. Personnellement, je ne suis pas folle des rhododendrons. Dans mon esprit, ils sont liés aux sombres maisons victoriennes de D.H. Lawrence dont les habitants vont se noyer dans des lacs.

Je suis descendue dans le jardin. La musique jouait des valses viennoises, l'ambiance était très fin de millénaire. Tout d'un coup, j'ai entendu un bruit au-dessus de moi. Une ombre chinoise se détachait sur les portes-fenêtres. C'était un adolescent blond, genre séduisant fils de famille.

– Salut, m'a dit le jeune homme qui me regardait en allumant maladroitement une cigarette. Je suppose que vous n'avez pas envie de danser ? Oh ! Pardon !

Il m'a tendu la main comme si nous étions à la journée portes ouvertes annuelle de Eton et qu'il était un ex-ministre qui aurait oublié les bonnes manières.

– Simon Dalrymple.

– Bridget Jones, ai-je répondu en tendant à mon tour la main, de loin, comme si j'étais membre d'un cabinet de crise au ministère de la Défense.

– 'soir. Bon. Très heureux de faire votre connaissance. Alors, on *peut* danser maintenant ?

Il avait repris son air d'élève de collège privé.

– Ma foi, je ne sais pas, vraiment, ai-je dit avec un petit rire rauque digne d'une prostituée de Yates Wine Lodge.

– Ici, dehors. Juste un petit moment !

J'hésitais. À vrai dire, j'étais assez flattée. Ça, plus le miracle exécuté devant Mark Darcy, la tête me tournait !

– S'il vous plaît, a insisté Simon. Je n'ai jamais dansé avec une femme plus vieille que moi. Oh ! Excusez-moi... Je ne voulais pas...

Il avait vu mon expression.

– Je voulais dire une personne qui n'est plus à l'école. (Il a pris ma main avec effusion.) Oh ! Je vous en prie ! Je vous en serais tellement, tellement reconnaissant !

On avait manifestement appris à danser à ce garçon depuis le berceau, et c'était plutôt agréable d'être ainsi guidée par une main experte. Mais il avait un petit problème, si j'ose appeler ainsi la plus formidable érection qu'il m'ait été donné de constater, et, en dansant si près l'un de l'autre, il devenait de plus en plus difficile de la traiter par-dessus la jambe.

– Je vais te remplacer, Simon, a dit quelqu'un.

Mark Darcy.

– Allez, rentre, maintenant. Tu devrais être au lit depuis longtemps.

Le pauvre garçon a rougi jusqu'aux oreilles et nous a quittés précipitamment.

– Vous permettez ?

Mark me tendait la main.

– Non.

J'étais furieuse.

– Que se passe-t-il ?

– Heu…

Je cherchais désespérément une bonne raison à ma mauvaise humeur.

– C'est honteux de votre part d'avoir traité ce pauvre garçon d'une façon aussi humiliante. À son âge, on est susceptible.

Devant son expression intriguée, j'ai continué à jacasser.

– Mais je vous remercie infiniment de m'avoir invitée. C'est une soirée fantastique. Vraiment. Merci encore.

– J'avais déjà cru vous l'entendre dire, en effet.

Il a battu des paupières. À vrai dire, il avait l'air très énervé, et vexé.

– Je…

Il s'est interrompu, s'est mis à arpenter le patio en soupirant, en se passant la main dans les cheveux.

– Comment est... Vous avez lu de bons livres, récemment ?

Incroyable.

– Mark, si vous me demandez encore une fois si j'ai lu de bons livres récemment, je me jette sous une voiture. Vous n'avez pas d'autres sujets de conversation ? Interrogez-moi sur mes loisirs, mes marottes, sur la monnaie unique, demandez-moi si j'ai eu de mauvaises expériences avec le latex...

– Je...

– ... ou qui je choisirais si je devais coucher avec : Douglas Hurd, Michael Howard ou Jim Davidson. Douglas Hurd, sans l'ombre d'une hésitation.

– Douglas Hurd ?

– Oui. Mmmm. Délicieusement sévère mais juste.

– D'accord. Mais Michael Howard a une femme extrêmement séduisante et intelligente. Il doit avoir des talents cachés.

– Par exemple ? ai-je dit puérilement, en espérant qu'il allait parler de cochonneries.

– Eh bien...

– C'est peut-être un très bon coup.

– Ou un bricoleur génial.

– Ou un aromathérapeuthe distingué.

– Voulez-vous dîner avec moi, Bridget ? m'a-t-il soudain proposé d'un ton brusque, comme s'il avait l'intention de me faire asseoir à table en face de lui pour me gronder.

– C'est ma mère qui vous a suggéré cette idée ?

– Non. Je...

– Una Alconbury, alors ?

– Mais non. Non...

J'ai enfin compris ce qui s'était passé.

– C'est *votre* mère, hein ?

– Ma mère a en effet...

– Je refuse que vous m'invitiez à dîner pour faire plaisir à votre maman. D'ailleurs, de quoi on parlerait, hein ? Vous me demanderiez encore si j'ai lu de bons livres récemment et j'inventerais un mensonge pathétique pour...

Il me fixait d'un air consterné.

– Mais Una Alconbury m'a dit que vous étiez une espèce de phénomène littéraire, complètement obsédée par les livres.

– Ah oui ? (En fait, ça ne me déplaisait pas tant que ça, comme idée.) Et que vous a-t-elle dit d'autre ?

– Que vous étiez une féministe radicale, que vous meniez une vie de rêve...

– Oooh, ai-je ronronné.

– Avec des millions de soupirants qui se bousculaient à vos pieds.

– Hum.

– J'ai su pour Daniel. Je suis navré.

– Vous m'aviez prévenue, n'est-ce pas ? À propos, qu'avez-vous contre lui ?

– Il a couché avec ma femme. Deux mois après notre mariage.

Je l'ai regardé, le souffle coupé. Quelqu'un a appelé.

– Marko ?

C'était Natasha, dont la silhouette se découpait contre la lumière et qui regardait de notre côté avec curiosité.

– Marko ! Que fais-tu là, en bas ?

– À Noël dernier, a dit Mark précipitamment, je pensais que si ma mère prononçait une fois de plus le nom de Bridget Jones je l'accuserais publiquement d'avoir abusé de moi avec une pompe à vélo quand j'étais petit. Et puis, on s'est rencontrés. Je portais le ridicule chandail jacquard que Una m'avait offert pour Noël... Bridget, toutes les filles que je connais sont si artificielles, si stéréotypées. Il n'y en a pas une qui accrocherait une queue de lapin sur sa culotte ou qui...

– Mark ! Natasha hurlait, maintenant, et s'approchait de nous.

– Mais il y a quelqu'un dans votre vie, Mark, ai-je dit, histoire d'enfoncer une porte ouverte.

– Plus vraiment, non. Un simple dîner ? Un de ces soirs ?

– D'accord, ai-je chuchoté. D'accord.

À la suite de quoi il m'a semblé que j'avais intérêt à rentrer chez moi. Natasha surveillait chacun de mes gestes, comme si elle était un crocodile et que je louchais d'un peu trop près sur ses œufs. J'avais donné mon adresse et mon numéro de téléphone à Mark, nous avions rendez-vous mardi prochain. Aucune raison de m'attarder. Dans le salon, maman, Una Alconbury et Elaine Darcy bavardaient joyeusement avec Mark. Les têtes qu'elles feraient si elles savaient ! Et j'ai eu une vision : c'est Nouvel An, il y a Dinde au Curry chez les Alconbury. Brian Enderby, jovial, remonte la ceinture de son pantalon et s'exclame : « Comme c'est agréable de voir les jeunes prendre du bon temps ! » pendant qu'on nous oblige, Mark et moi, à exécuter des tours pour amuser la compagnie, par exemple se frotter le nez ou faire l'amour sur le tapis, comme des otaries dressées.

Mardi 3 octobre

56,9 kg, unités alcool : 3 (t.b.), cigarettes : 21 (médiocre), nombre de fois où j'ai prononcé le mot « salaud » en 24 heures : 369 (env.).

19:30. C'est la panique. Mark Darcy passe me prendre dans une demi-heure. Viens de rentrer du boulot, cheveux sont un vrai drame, vêtements souffrent d'éternel problème de teinturerie. À l'aide ! À l'aide ! Pensais mettre mon Levi's 501 blanc, mais c'est le genre de type à m'emmener dans un resto effroyablement chic. Seigneur ! Je n'ai rien de chic à me mettre ! Et s'il s'attendait à ce que je porte ma queue de lapin ? De toute façon, aucune importance. Ce type ne m'intéresse pas du tout.

19:50. Bon Dieu de bon Dieu. Me suis pas encore lavé les cheveux. Vite, dans la baignoire.

20:00. Suis en train de me sécher les cheveux. Pourvu qu'il soit en retard ! Aucune envie qu'il me trouve en robe de chambre et les cheveux mouillés.

20:05. Cheveux à peu près secs. Plus qu'à me maquiller, m'habiller, et planquer le désordre derrière le canapé. Indispensable déterminer priorités. Maquillage d'abord, puis dissimulation bazar.

20:15. Toujours pas là. J'aime ça, que les hommes soient un peu en retard au lieu d'arriver en avance, ce qui vous déstabilise et vous empêche de cacher les objets indésirables qui traînent chez vous.

20:20. Ça y est. Suis quasiment prête. Et si je me changeais ?

20:30. Ça m'étonne. Plus d'une demi-heure de retard, ça ne lui ressemble pas.

21:00. Incroyable. Mark Darcy m'a posé un lapin. Le salaud !

Jeudi 5 octobre

57,3 kg (nul), machins au chocolat : 4 (nul), nombre de fois où j'ai regardé la bande vidéo : 17 (nul).

11:00. Aux chiottes du bureau. Oh, non ! Oh, non ! Comme si mon humiliante débâcle publique n'avait pas suffi, il a fallu que je sois en plus le point de mire de l'attention générale pendant la réunion.

– Bon, Bridget, a dit Richard Finch. Je vais te donner une seconde chance. Le procès Isabella Rossellini. Verdict aujourd'hui. Nous supposons qu'elle sera acquittée. Va au palais de justice. Et je ne veux pas te voir grimper à un quelconque mât ni aux lampadaires. Je veux que tu lui rentres dedans. Que tu lui demandes si elle trouverait normal qu'on se mette tous à tuer des gens sous prétexte qu'on ne veut pas coucher avec eux. Qu'est-ce que tu attends ? File !

Je n'avais pas la moindre idée de ce dont il s'agissait. Pas l'ombre d'un indice.

– Tu as suivi le procès d'Isabella Rossellini, je suppose ? Tu lis les journaux, de temps en temps ?

Le problème, avec ce boulot, c'est que les gens vous balancent sans arrêt à la figure des noms et des événements et qu'on a une toute petite seconde pour décider si on va avouer qu'on ne voit absolument pas de quoi ils parlent. Cette petite seconde écoulée, il est trop tard : on passe la demi-heure qui suit à essayer désespérément de découvrir un vague indice sur le sujet dont on est en train de discuter avec assurance les tenants et aboutissants. Ce qui m'est arrivé avec Isabella Rossellini.

Dans cinq minutes, je dois retrouver l'équipe technique au palais de justice d'où je couvrirai pour la télévision un événement dont j'ignore absolument tout.

11:05. Bénie soit Patchouli. Quand je suis sortie des toilettes, elle passait par là, en s'efforçant de résister à la traction des chiens de Richard qu'elle tenait en laisse.

– Tu vas bien ? T'as un drôle d'air !

– Non, non, ça va, ai-je répondu.

– T'es sûre ? (Elle m'a regardée fixement.) Hé ! À la réunion, quand Richard t'a parlé d'Isabella Rossellini, tu as bien compris qu'il voulait dire Elena Rossini, hein ?

Loués soient Dieu et tous les anges du paradis ! Elena Rossini est la gouvernante accusée d'avoir tué son patron qui l'avait violée à plusieurs reprises et séquestrée pendant dix-huit mois. J'ai attrapé un journal ou deux, pour réviser en route, et j'ai sauté dans un taxi.

15:00. Incroyable ! J'ai attendu des heures devant le palais de justice avec l'équipe et une bande de journalistes qui faisaient le pied de grue pour la même raison que moi. En fait, on s'est sacrément bien marrés. J'ai même fini par voir l'aspect humoristique du lapin que m'avait posé ce joli cœur de Mr. Darcy. Je n'avais plus de cigarettes. J'ai demandé au cadreur, qui est très gentil, s'il pensait que je pouvais m'absenter cinq minutes, le temps d'aller au bureau de tabac du palais. Il m'a dit que oui, qu'on était toujours prévenus un peu à l'avance du moment où ils sortaient et qu'il m'enverrait chercher le cas échéant.

Voyant que j'allais au bureau de tabac, plusieurs journalistes m'ont demandé de leur rapporter des cigarettes ou des bonbons. Ça a pris un petit moment, pour centraliser les commandes. J'étais en train de payer, et de trier la monnaie que le buraliste me rendait pour chacun, quand un type à l'air extrêmement pressé m'a bousculée sans me voir et a demandé : « Une boîte de Quality Street, s'il vous plaît », comme si je n'existais pas. Le pauvre buraliste m'a regardée : il ne savait plus à quel saint se vouer.

– Excusez-moi ! Connaissez-vous le sens du mot « queue », par hasard ? ai-je dit de mon ton le plus pincé en me retournant pour toiser le malappris.

J'ai eu une espèce de hoquet. C'était Mark Darcy, en robe d'avocat. Il m'a dévisagée, à sa manière habituelle.

– Où donc étiez-vous hier soir, nom d'un chien ? ai-je demandé d'un ton rogue.

– Je pourrais vous retourner la question.

Glacial.

L'assistant du cadreur est arrivé en courant.

– Bridget ! On a raté l'interview ! Elena Rossini est partie. Tu as mes Menthos ?

Muette d'horreur, je me suis appuyée au comptoir pour ne pas tomber.

– On l'a ratée ? On l'a ratée ? ai-je bafouillé dès que j'ai réussi à articuler trois mots. Oh, Seigneur ! C'était ma dernière chance ! Une fois, je grimpe au mât, la fois d'après j'achète des bonbons ! Je vais être virée. Et les autres ? Ils lui ont parlé ?

– Personne n'a eu d'interview, est intervenu Mark Darcy.

– C'est vrai ? Mais comment le savez-vous ?

– Je suis son avocat. Et je lui ai dit de ne pas rencontrer les journalistes. Elle m'attend dans ma voiture. Regardez.

En effet, Elena Rossini a passé la tête par la portière à ce moment même.

– Maaark ! a-t-elle crié, prenez-moi plutôt des Dairy Box, s'il vous plaît !

La voiture de l'équipe est arrivée au même moment.

– Derek ! a crié le cadreur par la fenêtre, prends-nous un Mars et un Lion !

– Alors, où étiez-vous, hier soir ? m'a demandé Mark.

– Je vous ai attendu, ai-je marmonné, les dents serrées.

– À huit heures cinq ? Quand j'ai sonné une bonne douzaine de fois à votre porte ?

– Oui, je me… (J'ai commencé à comprendre.)… séchais les cheveux.

– Puissant, le séchoir ?

– Oui, 1 600 volts. Dernier modèle, ai-je répondu fièrement. Pourquoi ?

– Vous devriez peut-être en acheter un moins bruyant, ou commencer votre toilette plus tôt, a-t-il dit en riant. Bon. Allez, appelez votre cadreur, je vais voir ce que je peux faire pour vous.

Oh, Seigneur ! Quelle andouille je fais !

21:00. Incroyable ! Un vrai rêve ! Tout s'est déroulé merveilleusement. Viens de me repasser pour la cinquième fois le générique et les titres de *Bon après-midi !*

« En exclusivité dans *Bon après-midi !* l'unique entretien accordé par Elena Rossini à sa sortie du tribunal, quelques instants après son acquittement. Notre envoyée spéciale, Bridget Jones... »

J'adore ce passage : « notre envoyée spéciale, Bridget Jones... ».

Allez, je me le repasse encore une fois et je range la cassette.

Vendredi 6 octobre

58 kg (manger console), unités alcool : 6 (alcoolique ?), grattages : 6 (jouer console), appels au 1471 pour savoir si Mark Darcy a téléphoné : 21 (simple curiosité, naturellement), nombre de fois où j'ai regardé la bande : 9 (en progrès).

21:00. Avais laissé un message à maman hier, pour lui annoncer mon scoop. Quand elle a appelé ce soir, je supposais que c'était pour me féliciter, mais pas du tout, elle a continué à blablater sur la réception : Una et Geoffrey, ceci, Brian et Mavis cela. Mark est vraiment extraordinaire, je devrais lui parler, etc. Ai failli céder à la tentation de tout lui raconter, mais ai résisté, en imaginant les conséquences : hurlement d'extase au moment du rendez-vous, et assassinat de fille unique devant le résultat des courses.

J'espère qu'il me téléphonera et qu'il m'invitera un autre jour, pour compenser la déroute du séchoir. Je devrais peut-être lui écrire un mot, pour le remercier de l'interview et m'excuser encore pour mon séchoir. Non que je m'intéresse le moins du monde à lui. Pas du tout. Mais par simple politesse.

Jeudi 12 octobre

58,3 kg (mauvais), unités alcool : 3 (normal et bon pour la santé), cigarettes : 13, unités de graisse : 17 (peut-on calculer le total des unités de graisse du corps entier ? Pourvu que non !), grattages : 3 (pas mal), appels au 1471 pour savoir si Mark Darcy a téléphoné : 12 (en progrès).

Hum. Furieuse contre article condescendant de journaliste Mariée-Fière-de-l'Être, ironiquement titré, avec la subtilité des plaisanteries vaguement salées de Frankie Howard, *Les Plaisirs du célibat*.

« Ils sont jeunes, ambitieux, riches, mais leur existence dorée dissimule une douloureuse solitude... Lorsqu'ils sortent du bureau, c'est pour affronter un vide affectif abyssal... Ces individualistes farouches, obsédés par leur image, n'ont plus alors qu'à chercher une consolation dans des plats tout préparés du genre de ceux que leur cuisinait leur mère... »

Quel culot ! Mais qu'est-ce qu'elle en sait, madame la journaliste de vingt-deux ans Mariée-Fière-de-l'Être ?

Je vais écrire un article fondé sur « des dizaines de conversations » avec des femmes Mariées-Fières-de-l'Être.

« Lorsqu'elles sortent du bureau, elles éclatent en sanglots, parce que, bien qu'épuisées, il faut qu'elles épluchent les pommes de terre et remplissent la machine à laver pendant que leurs maris ventripotents et satisfaits se vautrent devant le foot en réclamant des cacahuètes. Parfois, il arrive qu'elles craquent, et se jettent en guenilles au fin fond de l'abîme parce que leurs maris ont téléphoné une fois de plus pour dire qu'ils travailleraient tard ce soir, et qu'elles ont entendu, en bruit de fond, des crissements de cuir et des petits rires bêtes. »

Rendez-vous avec Jude, Sharon et Tom après le boulot. Tom, lui aussi, travaille à un article rageur sur le vide affectif abyssal des gens Mariés-Fiers-de-l'Être.

– Leur influence est omniprésente : elle s'exerce aussi bien sur le style de maisons qui se construit que sur les denrées qu'on trouve sur les étagères des supermarchés ! Les milliers de boutiques Anne Summers[1] sont fréquentées par de pathétiques épouses frustrées, simulant l'épanouissement sexuel des célibattantes : chez Marks et Spencer, on trouve des plats de plus en plus exotiques, pour couples épuisés qui essayent de se persuader qu'ils sont dans un restaurant sympa, comme les célibattants, et qu'ils n'auront pas à faire la vaisselle après le repas.

– J'en ai plus que marre de leur arrogance, a rugi Sharon.

– Moi aussi, ai-je dit.

– Vous oubliez l'enfoirage affectif ! a dit Jude – et elle a roté.

---

1. Chaîne de magasins proposant lingerie affriolante et gadgets érotiques.

– En tout cas, nous ne sommes pas solitaires. Nous avons une grande famille d'amis, joignables par téléphone, a ajouté Tom.

– Ouais ! Hourrah ! me suis-je exclamée. Les célibattants ne devraient pas avoir à se justifier sans arrêt. Ils devraient avoir un statut, comme les geishas !

Et j'ai vidé mon verre de chardonnay chilien. Sharon m'a lancé un regard glacial.

– Les geishas ?

– Tais-toi, Bridget ! Tu es ivre morte ! Tu essayes de noyer ton vide abyssal dans l'alcool, est intervenu Tom.

– Sharon z'aussi, ai-je répliqué, boudeuse.

– Pppas du tout ! s'est récriée Sharon.

– La ffferme !

Jude a encore roté.

– Encor' une 'tite bouteill' d'chardonnay ?

Vendredi 13 octobre

58,5 kg (un vrai sac à vin, mais c'est provisoire), unités alcool : 0 (il faut vider le sac), calories : 0 (t.b.)*.

> * Autant être honnête. Pas si bien que ça, vu que me suis empiffrée 5 876 calories entre repas.

Oh, Seigneur ! Je me sens si seule ! Tout un long weekend devant moi sans personne à aimer ou avec qui s'amuser. M'en fiche ! Me suis acheté un délicieux cake au gingembre cuit à la vapeur, à réchauffer au micro-ondes.

Dimanche 15 octobre

58,4 kg (mieux), unités alcool : 5 (l'occasion fait le larron), cigarettes : 16, calories : 2 456, minutes passées à penser à Mr. Darcy : 245.

8:55. Suis sortie acheter des cigarettes en vitesse avant de me changer pour regarder *Orgueil et Préjugés*. Je n'arrive pas à croire qu'il y ait tant de voitures dans les rues. Les gens devraient être chez eux, à se préparer. Nous sommes un peuple de drogués, et ça me fait plaisir. La vraie raison de mon accoutumance personnelle, je la connais : j'ai envie, c'est bien humain, que Mr. Darcy et Elizabeth couchent enfin ensemble. Tom prétend que Nick Hornby, le gourou du football, affirme dans son livre que l'obsession des hommes pour le foot n'est pas due à l'identification : selon lui, les fans gavés de testostérone ne désirent pas être à la place de leurs idoles mais considèrent les joueurs de leur équipe préférée comme leurs représentants élus, une espèce de parlement, en somme. C'est exactement ce que je ressens à l'égard de Darcy et Elizabeth. Ils sont mes représentants dans le domaine du sexe, ou plutôt, de l'amour. Cela dit, je n'ai aucun désir de les voir marquer des buts, au contraire. Ça me déplairait beaucoup de voir Darcy et Elizabeth au lit, fumant tranquillement leur cigarette d'après. Ce serait artificiel, ce serait faux, et ils ne m'intéresseraient plus du tout.

10:30. Jude vient d'appeler. On a passé vingt minutes à se pâmer sur Darcy. J'adore sa façon de parler, comme s'il était suprêmement indifférent. Ensuite, nous avons longuement comparé les mérites de Mr. Darcy et de

Mark Darcy. Nous sommes tombées d'accord : Mr. Darcy est plus séduisant parce qu'il est plus primitif. Mais il est imaginaire, et ça, c'est un inconvénient majeur.

Lundi 23 octobre

57,8 kg, unités alcool : 0 (t.b. Ai découvert nouvelle et délicieuse boisson de substitution, les Smoothies – t. bon, fruité), cigarettes : 0 (les Smoothies suppriment le besoin de nicotine), Smoothies : 22, calories : 4 265 (dont 4 135 de Smoothies).

Beuh. Allais regarder *Panorama*, consacré aujourd'hui aux « nouvelles femmes très qualifiées qui gagnent leur vie et qui volent les meilleures places » (je prie le Seigneur et tous ses saints pour que ce soit bientôt mon cas), quand je suis tombée sur une horrible photo dans le *Standard* : Darcy et Elizabeth, en vêtements de ville, dans les bras l'un de l'autre sur une pelouse : elle, blond platine et tailleur pantalon de lin, lui en polo rayé et veste de cuir avec une moustache genre lacet de chaussure. Apparemment, ils couchent déjà ensemble. C'est absolument répugnant. Me sens complètement déstabilisée, trahie. Le vrai Mr. Darcy n'exercerait sûrement pas un métier aussi futile que celui d'acteur. Pourtant, Mr. Darcy *est* un acteur. Très troublant.

Mardi 24 octobre

58,2 kg (saletés de Smoothies), unités alcool : 0, ciga-
rettes : 0, Smoothies : 32.

Au bureau, ça baigne. Depuis l'interview d'Elena
Machin-chose, je suis en odeur de sainteté.

– Allons ! Allons ! Cogitez ! Rosemary West ! hurlait
Richard Finch quand je suis arrivée (un peu en retard,
en fait, mais ça peut arriver à tout le monde), en jouant
des poings comme un boxeur sur le ring.

– Je pense victimes de viols lesbiens, je pense Jean-
nette Winterson, je pense *Bon après-midi !* Docteur, je
pense à ce que les lesbiennes *font vraiment* au lit ! Voilà !
Voilà la question. *Que* font les lesbiennes au lit ?

Et subitement, il m'a regardée droit dans les yeux.

– Tu le sais, *toi ?*

Tout le monde m'a dévisagée.

– Allons, Bridget-en-retard-comme-d'hab' : que font
ces putains de lesbiennes au lit ?

J'ai respiré à fond.

– Je crois qu'on devrait faire un sujet sur la véridique
histoire d'amour entre Darcy et Elizabeth.

Il m'a toisée de haut en bas.

– Super ! s'est-il exclamé respectueusement. Putain,
c'est génial ! Bon. Alors, qui sont les acteurs qui inter-
prètent Darcy et Elizabeth, hein ? Hein ?

Et il s'est remis à boxer dans le vide.

– Colin Firth et Jennifer Ehle.

– Coco, a-t-il dit à un de mes seins, tu es un vrai génie.

J'avais toujours espéré devenir un génie, mais je
n'avais jamais cru que ça m'arriverait – ni à moi ni à
mon sein gauche.

Novembre

Une criminelle dans la famille

Mercredi 1er novembre

57,95 kg (voui ! voui !), unités alcool : 2 (t.b.), cigarettes : 4 (n'ai pas osé fumer chez Tom, aurais risqué mettre le feu à costume Miss Monde Alternative), calories : 1 848 (b.), Smoothies : 12 (net progrès).

Suis passée chez Tom pour conférence au sommet sur développement histoire Mark Darcy. L'ai trouvé au comble du désespoir vu imminence du concours Miss Monde Alternative. Il avait décidé depuis des siècles de se présenter en Miss Réchauffement de l'Atmosphère et, soudain, il avait des doutes.

– Je n'ai pas la moindre chance ! se lamentait-il en se regardant dans la glace, affublé d'une sphère en polystyrène peinte en globe terrestre, avec les calottes glaciaires à moitié fondues et une grosse marque de brûlure sur le Brésil. Il brandissait d'une main un morceau de bois tropical et un aérosol et de l'autre un objet en fourrure non identifié, censé représenter un ocelot mort.

– Tu crois que je devrais aussi me mettre un mélanome ? m'a-t-il anxieusement demandé.

– C'est un concours de beauté ou un concours de déguisements ?

– Voilà bien la question. Je ne sais pas. Personne ne sait ! s'est exclamé Tom en jetant sa perruque par terre (un arbre miniature, auquel il était censé mettre le feu pendant le défilé). C'est les deux à la fois. C'est un tout. La beauté. L'originalité. Le sens artistique. C'est la confusion totale.

– Il faut être pédé pour participer ? ai-je demandé en jouant avec un morceau de polystyrène.

– Non. Tout le monde peut participer : les femmes, les animaux, n'importe qui. C'est ça, le problème. Parfois, je me dis que j'ai plus de chances de gagner avec un chien qui aurait vraiment confiance en lui.

Nous avons fini par tomber d'accord : rien à reprocher au thème du réchauffement de l'atmosphère, mais la sphère en polystyrène, on pouvait peut-être trouver plus flatteur comme habit de soirée. Nous nous sommes peu à peu orientés vers des voiles de soie bleu Klein, flottant sur de la fumée et des ombres qui symboliseraient la fonte des glaces polaires.

Comprenant que je ne tirerais rien de Tom sur le sujet Mark Darcy, j'ai pris congé avant qu'il ne soit trop tard, en lui promettant de me pencher sur les tendances de la mode plein air.

En rentrant chez moi, j'ai appelé Jude, qui s'est aussitôt lancée dans un discours dithyrambique sur la nouvelle méthode orientale dont parlait *Cosmo* ce mois-ci : ça s'appelle Feng Shui, et ça vous aide à obtenir tout ce que vous désirez dans la vie. Pas grand-chose à faire, apparemment, sinon vider tous vos placards pour vous libérer, partager l'appartement en neuf sections (ce qu'on appelle cartographier le *bagua)* qui représentent les différentes régions de l'existence : carrière, famille, amours, santé, etc. Ce que l'on met dans ces diverses sections déterminera le cours de la vie dans les domaines en question. Par exemple, si on est une fauchée chronique, c'est peut-être à cause d'une corbeille à papier posée dans le coin Argent.

Nouvelle théorie t. convaincante, je trouve. Pourrait expliquer pas mal de choses. Achèterai *Cosmo* à la première occasion. Jude m'a demandé de ne pas en parler à Sharon qui, naturellement, considérerait le Feng Shui comme de la foutaise. Ai finalement réussi à aborder le sujet Mark Darcy.

– Mais *bien sûr*, Bridget, qu'il ne t'intéresse pas du tout ! Je n'ai jamais imaginé une chose pareille !

Elle prétend qu'il y a une solution toute trouvée : je donne un dîner et je l'invite.

– C'est parfait, ce n'est pas du tout comme si tu le relançais, donc tu n'auras pas d'angoisse. Tu joues le grand jeu et tu demandes à tous tes amis de faire semblant de te trouver merveilleuse.

– Tu as dit « faire semblant », Jude ? ai-je répliqué, blessée au cœur.

Vendredi 3 novembre

58,3 kg (hum), unités alcool : 2, cigarettes : 8, Smoothies : 13, calories : 5 245.

11:00. Surexcitée par mon dîner. Ai acheté nouveau livre de cuisine de Marco Pierre White. Enfin, je comprends la différence entre la cuisine familiale et celle des grands restaurants. Selon Marco, c'est une question de *concentration* des goûts. Pour les sauces, cependant, la concentration de goûts ne suffit pas : il faut disposer de fonds de sauce. On fait bouillir de grandes casseroles d'arêtes de poisson et de carcasses de poulet et on en congèle dans des bacs à glaçons. Et là, la cuisine des vedettes du *Michelin* devient aussi facile à préparer qu'un ragoût de mouton. Plus facile, même, parce qu'on n'a pas à éplucher les pommes de terre, que l'on confit simplement dans de la graisse d'oie. Comment n'y avais-je pas pensé plus tôt ?

Voilà le menu :

Velouté au céleri (t. facile et bon marché si on dispose des fonds).

Thon grillé sur velouté de tomates-cerises, coulis à l'ail confit, pommes de terre fondantes.

Oranges confites. Crème anglaise au Grand Marnier.

Sublime ! On vantera désormais mes qualités de cuisinière émérite, capable d'improviser un délicieux dîner à la dernière minute.

On se bousculera pour venir dîner chez moi. Les gens ne tariront pas d'éloges. « Dîner chez Bridget, c'est fantastique ! De la cuisine digne d'un "quatre étoiles" du *Michelin*, dans un cadre bohème. » Mark Darcy sera t. impressionné : il comprendra que je ne suis ni vulgaire ni incompétente.

Dimanche 5 novembre

58 kg (catastrophe), cigarettes : 32, unités alcool : 6 (plus de Smoothies en rayon, les salauds !), calories : 2 266, grattages : 4.

19:00. Hum. Nuit des feux de joie. Ne suis invitée à aucun feu de joie. Des fusées explosent à gauche, à droite, au milieu, partout. Vais passer chez Tom.

23:00. Sacrément bonne soirée chez Tom. C'est une sacrée Jeanne d'Arc qui a remporté le concours Miss Monde Alternative. Le choc a été rude pour lui, mais il s'efforce de le surmonter.

— Ce qui me rend dingue, c'est qu'ils prétendent que ce n'est pas un concours de beauté alors que c'en est un ! Tu comprends, je suis sûr que sans ce nez !...

Et Tom, en rage, s'est regardé dans la glace.

— Sans ce quoi ?

— Ce nez. Mon nez.

— Qu'est-ce qu'il a, ton nez ?

— Comment, qu'est-ce qu'il a ? Mais *regarde !*

En fait, il avait une bosse. Une bosse minuscule. Quelqu'un lui avait jeté un verre à la figure quand il avait dix-sept ans.

— Tu comprends, maintenant ?

À mon avis, comme je le lui ai expliqué, la bosse n'était pas responsable de la victoire de Jeanne d'Arc, à moins que les membres du jury n'utilisent une longue-vue Hubbles. Il ne s'est pas avoué vaincu pour autant.

— Et je suis beaucoup trop gros. Je vais faire un régime. À combien de calories on a droit quand on suit un régime ?

— À peu près mille. C'est le but que je me fixe, personnellement, mais j'arrive en général à quinze cents.

La deuxième partie de ma phrase, ai-je réalisé, mais un peu tard, était un mensonge éhonté.

– Mille ? Mais je croyais que pour survivre il en fallait au moins deux mille par jour !

Je l'ai regardé, interloquée. J'ai passé tant d'années au régime que j'en suis venue à négliger complètement le fait pourtant avéré que les calories étaient nécessaires à la survie. J'en suis au stade où je crois que l'idéal nutritionnel est de ne rien ingurgiter du tout et que si les gens mangent, c'est pour une seule raison : ils sont si gloutons qu'ils ne peuvent s'empêcher de transgresser et de saccager leurs régimes.

– Il y a combien de calories dans un œuf à la coque ? m'a demandé Tom.

– Soixante-quinze.

– Dans une banane ?

– Petite ou grande ?

– Petite.

– Épluchée ?

– Oui.

– Quatre-vingts, ai-je affirmé.

– Dans une olive ?

– Verte ou noire ?

– Noire.

– Neuf.

– Une boîte de Milk Tray ?

– Dix mille huit cent quatre-vingt-seize.

– Comment sais-tu tout ça ?

– Oh ! Je le sais, point à la ligne. Comme on sait l'alphabet ou les tables de multiplication.

– Neuf fois huit ?

– Soixante-quatre. Non. Cinquante-six. Soixante-douze.

– Quelle lettre précède le J ? Vite !

– P. L. I, je veux dire.

Tom prétend que je suis une grande malade, mais moi, je sais que je suis parfaitement normale, et comme tout le monde (c'est-à-dire Sharon et Jude). Honnêtement, Tom m'inquiète. Je crois que participer à un concours de beauté l'a soumis à des pressions que nous les femmes connaissons depuis longtemps. Il n'a plus confiance en lui, il est obsédé par son image et l'anorexie le guette.

Point d'orgue de la soirée : pour se consoler, Tom a lancé des fusées dans le jardin des voisins du dessous, dont il prétend que ce sont des homophobes.

Jeudi 9 novembre

57,8 kg (ça va mieux sans les Smoothies), unités alcool : 5 (mieux que d'avoir le ventre gonflé par des fruits écrasés), cigarettes : 12, calories : 1 456 (excellent).

Surexcitée par mon dîner, fixé à mardi en huit. Liste des invités :

Jude	Richard le Cruel
Sharon	
Tom	Jerome le Prétentieux (à moins qu'on ait la chance que ce soit fini entre lui et Tom d'ici mardi prochain)
Magda	Jeremy
Moi	Mark Darcy.

Mark Darcy a accepté mon invitation avec plaisir.

– Qu'est-ce que vous allez nous préparer de bon ? Vous cuisinez bien ?

– Oh, comme ci comme ça. En fait, je me sers du livre de Marco Pierre White. C'est incroyablement facile, quand on a compris la concentration des goûts.

Il a éclaté de rire.

– Ne vous compliquez pas trop la vie. N'oubliez pas que nous venons pour vous voir, pas pour manger des parfaits en cages de sucre.

Jamais Daniel n'aurait dit quelque chose d'aussi gentil. Vivement mardi.

Samedi 11 novembre

57,5 kg, unités alcool : 4, cigarettes : 35 (état d'urgence), calories : 456 (pas d'appétit).

Tom a disparu. Très inquiète depuis que Sharon m'a téléphoné pour me dire qu'elle n'en jurerait pas mais qu'elle croyait bien l'avoir aperçu jeudi soir sur Ladbroke Grove, une main sur la bouche et un œil au beurre noir. Le temps qu'elle demande au chauffeur de son taxi de rebrousser chemin, il s'était évanoui dans la nature. Hier, elle lui a laissé deux messages sur son répondeur, mais il n'a pas donné signe de vie.

Ça m'a rappelé que moi aussi je lui avais laissé un message, mercredi, pour lui demander s'il serait là pendant le week-end, et qu'il ne m'avait pas rappelée, ce qui ne lui ressemble pas du tout. Me suis alors acharnée sur le téléphone. Celui de Tom sonnait désespérément dans le vide. Jude n'avait aucune nouvelle de lui non plus. J'ai essayé le Prétentieux Jerome. Personne. Jude a proposé d'appeler Simon, qui habite à deux pas de chez Tom, pour qu'il aille jeter un coup d'œil. Vingt minutes plus tard, elle m'annonçait que Simon avait sonné et frappé longuement chez Tom, sans résultat. Puis Sharon m'a téléphoné pour me dire qu'elle avait parlé avec Rebecca, qui croyait savoir que Tom devait déjeuner chez Michael. Ai appelé Michael, qui m'a dit que Tom lui avait laissé un message bizarre, d'une voix déformée, pour s'excuser de ne pas venir déjeuner sans donner la moindre explication.

15:00. L'angoisse monte, mais j'avoue que je suis assez contente d'être au centre d'un drame. Comme suis la meilleure amie de Tom, c'est à moi que tout le monde téléphone ; je fais preuve de calme, sans cacher cependant ma profonde inquiétude. Et s'il avait rencontré quelqu'un, et qu'il soit en quelque sorte en lune de miel, à s'envoyer en l'air dans un coin tranquille ? Pas impossible. Sharon a pu se tromper de personne, l'œil au beurre noir était peut-être la conséquence de la fougueuse impétuosité du jeune amant, ou encore une parodie postmoderne du *Rocky Horror Picture Show*. Vais passer quelques coups de fil, pour tester dernière hypothèse.

15:30. Après sondage d'opinion, dernière hypothèse en miettes : tout le monde affirme que si Tom avait une nouvelle liaison, il n'aurait pas résisté au plaisir de le faire savoir à tout le monde sur-le-champ. Argument irréfutable. Rumine des idées noires. Indéniable que Tom n'allait pas bien ces temps-ci. Me suis-je vraiment conduite en amie fidèle ? On est si égoïste, si occupé, à

Londres ! Serait-ce possible qu'un de mes amis soit si malheureux qu'il... Oh ! Voilà donc où était le *Marie-Claire* de novembre ! Sur le frigo !

En feuilletant *Marie-Claire*, ai commencé à fantasmer sur l'enterrement de Tom, et ce que je porterais pour l'occasion. Aïe ! Me suis tout d'un coup rappelé l'histoire de ce policier, retrouvé mort dans un sac-poubelle, des tuyaux autour du cou et du chocolat à l'orange, ou un truc comme ça, dans la bouche. Tom se serait-il adonné à des perversions sexuelles sans nous le dire ?

17:00. Viens de rappeler Jude.

– Tu crois qu'on devrait prévenir la police et lui demander d'enfoncer la porte ?

– J'ai déjà appelé, a-t-elle répondu.

– Qu'est-ce qu'ils ont dit ?

Intérieurement, j'étais assez vexée que Jude ait pris cette initiative sans m'en parler. C'est moi, la meilleure amie de Tom ou c'est elle ?

– Ils n'ont pas eu l'air très impressionnés. Il faut les rappeler lundi, s'il n'y a rien de nouveau. Je les comprends, remarque ! C'est un peu exagéré de s'inquiéter parce qu'un jeune homme de vingt-neuf ans n'est pas chez lui un samedi matin et qu'il n'est pas allé à un déjeuner après avoir prévenu qu'il n'irait pas.

– Il y a un problème, Jude, je le sens, ai-je répondu gravement d'une voix pénétrée.

Je comprenais enfin à quel point j'étais intuitive, instinctive.

– Tu as raison, a répondu Jude, solennelle. Moi aussi, je le sens. Il y a un problème, incontestablement.

19:00. Extraordinaire ! Après ma conversation avec Jude, je ne me sentais pas d'humeur à aller faire des courses ou autres futilités. C'était l'occasion ou jamais de tester le Feng Shui. Suis descendue acheter *Cosmopolitan*. Ai soigneusement cartographié l'appart. Et, dans éclair de consternation, ai constaté qu'il y avait une corbeille à papier dans le coin Amis Fidèles. Rien d'étonnant à ce que Tom ait disparu.

Ai appelé Jude pour lui faire part découverte en question. Elle m'a conseillé d'enlever la corbeille à papier.

– Mais où veux-tu que je la mette ? Sûrement pas dans Amours ou Progéniture.

Jude m'a dit de ne pas quitter pendant qu'elle consultait *Cosmo*.

– Essaye dans le coin Argent, m'a-t-elle proposé en revenant en ligne.

– Tu crois ? Avec Noël qui arrive et tout ça…

Je n'avais pas sitôt prononcé ces mots que je mourais de honte.

– Si tu le prends comme ça, évidemment ! Remarque, tu auras probablement un cadeau de moins à acheter, cette année ! a répondu Jude d'un ton accusateur.

Finalement, je l'ai mise dans le coin Savoir, et je suis descendue acheter des plantes vertes à feuilles *rondes* pour mettre dans Famille et Amis Fidèles (les plantes à feuilles pointues, et surtout les cactées, ont des effets contraires). En sortant mes cache-pots de sous l'évier, j'ai entendu un bruit argentin. Je me suis tapé le front de la main. Les clés de Tom ! Qu'il m'avait confiées quand il était allé à Ibiza.

J'ai envisagé d'aller chez lui *sans Jude*. Après tout, elle avait téléphoné à la police sans me prévenir, oui ou non ? Mais j'ai reculé devant mesquinerie. Je l'ai appelée et nous avons décidé d'y aller, avec Sharon, qui avait donné l'alarme en premier.

En arrivant dans la rue de Tom, mon humeur a changé. Adieu mes fantasmes sur l'attitude digne, tragique et raisonnable à la fois que j'adopterais pendant les interviews des journalistes, adieu ma parano d'être accusée du meurtre de Tom par la police. Ce n'était plus un jeu. Il s'était peut-être vraiment passé quelque chose de terrible.

En grimpant les marches du perron, nous ne nous sommes ni parlé ni regardées.

– Tu ne crois pas qu'on devrait d'abord sonner ? m'a demandé Sharon au moment où j'allais introduire la clé dans la serrure de la porte de l'immeuble.

– Je vais le faire, a dit Jude, qui a joint le geste à la parole.

Nous avons attendu, sans rien dire. Puis elle a sonné encore une fois. J'allais tourner la clé quand on a entendu une voix dans l'interphone.

– Oui ?

– Qui est là ? ai-je demandé d'une voix chevrotante.

– Qui veux-tu que ce soit, espèce d'idiote !

– Tom ! Ouvre-nous !

– Qui ça, nous ?

– Moi, Jude, Sharon.

– Honnêtement, mon chou, j'aimerais autant pas.

Furieuse, Sharon m'a bousculée.

– Tom ! Espèce de folle perdue ! La moitié de Londres se ronge d'inquiétude, téléphone à la police et passe la ville au peigne fin pour te retrouver ! Et tu refuses de nous ouvrir ?

– Je ne veux voir que Bridget, a répondu Tom d'un ton catégorique.

Je me suis rengorgée béatement.

– Arrête de jouer à la diva, a dit Sharon. Allez, ouvre !

Un silence et la porte s'est ouverte. Bzzz.

– Préparez-vous à un choc ! a crié Tom de l'intérieur lorsque nous sommes arrivées sur son palier.

Nous avons toutes les trois hurlé d'horreur en même temps. Tom avait le visage tuméfié, bleu, noir, jaune, et entouré d'un bandage.

– Mon Dieu, Tom ! Que t'est-il arrivé ? me suis-je enfin écriée en me précipitant sur lui pour l'embrasser, sans savoir où, et en posant finalement mes lèvres sur son oreille.

Jude a éclaté en sanglots et Sharon a donné un coup de pied dans le mur.

– T'en fais pas, Tom, a-t-elle proféré d'un ton menaçant, on retrouvera les ordures qui t'ont fait ça.

– Mais qu'est-ce qui s'est passé ? ai-je répété, des larmes roulant sur mes joues.

– Eh bien, je… je me suis fait refaire le nez.

Cela dit, Tom a reculé, un peu gêné.

Voilà ce qui s'était passé : il s'était fait opérer le mercredi précédent, et vu le peu de cas que nous avions fait de la minuscule bosse sur son appendice nasal, il n'avait pas osé nous en parler. Jerome, que nous appellerons désormais l'Affreux Jerome (on a pensé à Jerome Cœur de Pierre, mais c'était encore trop bon pour lui) était censé s'occuper de lui. Mais l'Affreux Jerome, révulsé par l'état de Tom après l'opération, avait pris ses jambes à son cou et personne ne l'avait vu ou entendu depuis. Tom, affreusement déprimé et traumatisé par l'anesthésie, avait débranché le téléphone, s'était caché sous ses couvertures et avait dormi.

– C'est toi que j'ai vu sur Ladbroke Grove, jeudi soir ?
lui a demandé Sharon.

C'était bien lui. Qui attendait le couvert de la nuit
complice pour sortir de sa tanière et se procurer des
vivres. Malgré notre joie de le savoir vivant, Tom était
toujours très malheureux à cause de Jerome.

– Personne ne m'aime ! se lamentait-il.

Je lui ai conseillé d'interroger mon répondeur où
étaient enregistrés vingt-deux messages affolés d'amis
paniqués par sa disparition, ladite disparition accrédi-
tant notre secrète terreur à tous : mourir seuls et être
dévorés par un berger allemand.

– Ou ne pas être découvert avant trois mois et se
répandre sur le tapis, a renchéri Tom.

Nous lui avons toutes les trois dit notre façon de
penser : il n'avait pas le droit de se croire rejeté par la
terre entière à cause de la défection d'un connard au
prénom grotesque.

Deux Bloody Mary plus tard, il se moquait de
l'usage obsessionnel que faisait Jerome de l'expression
« conscience de soi-même » et de ses caleçons Calvin
Klein moulants descendant à mi-cuisse. Entre-temps,
Simon, Michael, Rebecca, Magda, Jeremy et un garçon
qui se faisait appeler Elsie avaient téléphoné pour avoir
de ses nouvelles.

– Je sais, nous sommes tous des célibataires névrosés
et inadaptés qui compensons par téléphone, a susurré
Tom rêveusement, mais nous formons une grande
famille, non ?

Je *savais* que le Feng Shui marcherait. Maintenant
qu'elles ont accompli leur mission, je vais vite installer
mes plantes à feuilles rondes dans le coin Amours. Si

seulement il y avait un coin Gastronomie ! Plus que neuf jours !

Lundi 20 novembre

57,5 kg (t.b.), cigarettes : 0 (on ne fume pas lorsqu'on commet des miracles culinaires), unités alcool : 3, calories : 200 (épreuve supermarché a sûrement brûlé plus de calories que n'en ai acheté, voire consommé).

Viens de vivre traumatisante expérience de jeune célibataire issue des classes moyennes au supermarché : vérifier liste d'achats à côté d'adultes adaptés avec enfants idoines, remplissant chariots de flageolets, bâtonnets de poisson pané, vermicelles-alphabets, etc., alors que dans le mien il y avait :

20 têtes d'ail.
Une boîte de graisse d'oie.
Une bouteille de Grand Marnier.
8 steaks de thon.
36 oranges.
Un litre de crème épaisse.
4 gousses de vanille à 1,39 £ pièce.

Je commence les préparatifs ce soir, parce que demain, boulot.

20:00. Aucune envie de cuisiner. Et surtout pas de m'occuper de ridicule sac de carcasses de poulet : absolument répugnant.

22:00. Carcasses de poulet dans la casserole. Problème : Marco dit qu'il faut attacher ensemble le céleri et le poireau, qui relève le goût, mais je n'ai que de la ficelle bleue. Bof ! Ça devrait aller.

23:00. Seigneur ! Ces satanés fonds de sauce vont mettre des heures à cuire, mais ça vaut la peine. Disposerai de huitaine de litres de liquide à congeler dans bacs à glaçons, pour la modique somme de 1,70 £. Mmm. Les oranges confites seront délicieuses. Il ne me reste plus qu'à couper mes trente-six oranges en tranches fines et à râper le zeste. Ça ne devrait pas être trop long.

1:00. Trop fatiguée pour veiller plus longtemps, mais les fonds de sauce doivent encore réduire pendant deux heures, et les oranges cuire une heure au four. J'ai une idée. Je vais laisser les fonds à tout petit feu et baisser le four au maximum, pour que les oranges soient bien fondantes, comme un ragoût, et aller me coucher.

Mardi 21 novembre

57,3 kg (l'énervement-brûle les graisses), unités alcool : 9 (t. nul), cigarettes : 37 (t.t. nul), calories : 3 479 (et toutes répugnantes).

9:30. Viens de soulever le couvercle de la casserole. En fait des huit litres tant espérés de fonds de sauce au goût explosif, dispose de carcasses de poulet calcinées en gelée. Les oranges confites, elles, ont l'air sublimes, exactement comme sur la photo, en un peu plus foncé.

Je pars au bureau. Je rentrerai vers seize heures, pour résoudre le problème de la soupe.

17:00. Oh, Seigneur ! Quelle journée de cauchemar ! À la réunion, ce matin, Richard Finch m'a secoué les puces devant tout le monde.

– Bridget, je t'en prie, range ce livre de cuisine. Je pense enfants brûlés par des feux d'artifice ou des pétards. Je pense joyeuses fêtes familiales qui tournent à la tragédie. Je pense sur vingt ans. Que devient le gamin qui a eu le pénis brûlé par les pétards qu'il avait en poche dans les années soixante ? Où est-il, aujourd'hui ? Bridget, trouve-moi ce gamin qui n'a plus de pénis. Trouve-moi une innocente victime de Guy Fawkes des années soixante.

Bon. Je passais mon quarante-huitième coup de fil pour dénicher une quelconque association de victimes de brûlures au pénis quand mon téléphone a sonné.

– Bonjour, chérie, c'est maman. Elle avait une voix bizarrement haut perchée, à la limite de l'hystérie.

– Bonjour, maman.

– Je voulais juste te dire au revoir avant de partir, chérie.

– Partir ? Mais tu vas où ?

– Oh ! Ahahahaha. Je te l'ai déjà dit, Julio et moi, nous faisons un saut au Portugal : deux petites semaines, pour voir sa famille et se faire bronzer un peu avant Noël.

– Tu ne me l'avais pas dit.

– Bien sûr que si, chérie ! Si tu m'écoutais quand je te parle… Bon. Sois sage, d'accord ?

– Oui, maman.

– Oh, ma chérie, j'ai un petit service à te demander.

– Quoi ?

– J'ai été si bousculée que je n'ai pas eu le temps de commander des chèques de voyage à ma banque.

– Ne t'inquiète pas. On t'en donnera à l'aéroport.

– Mais le problème, chérie, c'est que j'ai aussi oublié ma carte de crédit, et je suis en route pour l'aéroport.

Ça commençait à devenir curieux !

– C'est tellement agaçant ! Je me demandais si tu pourrais me prêter un peu de liquide. Pas beaucoup ! Deux cents livres, pour que je puisse acheter mes chèques de voyage.

On aurait cru entendre un clochard aviné réclamer quelques sous pour s'offrir une tasse de thé !

– Je suis en plein boulot, maman. Julio ne peut pas te les prêter ?

Elle l'a pris de haut.

– Vraiment, chérie, je n'en reviens pas ! Avec tout ce que j'ai fait pour toi ! Tu refuses de prêter quelques livres à ta mère, qui t'a donné la *vie* ?

– Mais maman, comment veux-tu que… ? Va falloir que je descende au distributeur, que je confie l'argent à un coursier. Ensuite il sera volé, et on sera bien avancées. D'ailleurs, où es-tu ?

– Tu vois comme le hasard fait bien les choses, chérie ! Je suis à deux pas de ton bureau. Tu descends au distributeur de billets sur le trottoir d'en face et je t'y rejoins dans trois minutes. Génial ! À tout de suite.

– Bridget ! Qu'est-ce que tu *fous*, putain ? a hurlé Richard en me voyant m'éclipser. Tu m'as trouvé ce foutu éclopé ?

– Je suis sur une piste toute chaude ! ai-je répondu en me tapotant le nez, et j'ai filé.

J'attendais que mes beaux billets tout neufs sortent du distributeur en me demandant comment ma mère allait se débrouiller pour passer deux semaines au Portugal avec deux cents livres quand elle est arrivée en toute hâte, lunettes de soleil sur le nez alors qu'il pleuvait comme vache qui pisse, en jetant des regards furtifs à droite et à gauche.

– Ah, te voilà, ma chérie ! Mille mercis ! Il faut que je me dépêche sinon je vais rater l'avion. À bientôt !

Elle m'a quasiment arraché les billets des mains.

– Mais qu'est-ce qui se passe, maman ? Qu'est-ce que tu fais dans ce quartier ? Ce n'est pas le chemin de l'aéroport ! Comment vas-tu te débrouiller sans ta carte de crédit ? Pourquoi Julio ne t'a-t-il pas prêté un peu d'argent ? Hein ? Tu joues à quoi, exactement ?

Pendant une seconde, elle a eu l'air effrayée, on aurait dit qu'elle allait fondre en larmes ; puis, le regard lointain, elle a pris son attitude regrettée princesse Diana blessée par la vie.

– Ça se passera très bien, chérie, a-t-elle dit en affichant son sourire « courageux », sois sage.

Sa voix s'est brisée ; une étreinte rapide et elle a traversé la rue après avoir arrêté la circulation d'un geste impérieux.

19:00. Viens de rentrer à la maison. Bon. Du calme. Du calme. Équilibre intérieur. La soupe sera parfaite. Je vais cuire et écraser les légumes comme c'est marqué dans la recette et, pour donner du goût, j'enlèverai les carcasses de poulet de la gelée bleue que je mettrai dans la soupe, avec de la crème.

20:30. Tout se passe à merveille. Les invités sont dans le living. Mark est t. gentil : il m'a apporté du champagne et des chocolats belges. Je n'ai pas encore préparé le plat de résistance, excepté les pommes de terre fondantes, mais je suis certaine que ce sera t. rapide. Bon. La soupe d'abord.

20:35. Oh, Seigneur ! Viens de soulever le couvercle, la soupe est bleu vif.

21:00. Mes amis sont formidables. Beaux joueurs et même plus : Mark et Tom ont longuement développé une argumentation en faveur du bleu dans la cuisine, exclu selon eux en vertu de préjugés d'un autre âge. Pourquoi, après tout, a demandé Mark, devrait-on condamner une soupe bleue sous prétexte qu'il n'existe pas de légumes bleus dans la nature ? Les bâtonnets de poisson seraient-ils naturellement orange, par hasard ? (À vrai dire, malgré la sophistication de la préparation, ma soupe avait le goût de crème fraîche chaude et de rien d'autre, comme me l'a cruellement fait remarquer Richard le Cruel. C'est le moment qu'a choisi Mark pour lui demander ce qu'il faisait dans la vie, ce qui était t. savoureux vu qu'il a été viré la semaine dernière pour trafic de notes de frais.) Aucune importance. Le plat principal sera délicieux. Bon, autant me mettre à mon velouté de tomates-cerises.

21:15. Oh ! là ! là ! Il devait rester quelque chose dans le mixeur, genre Paic-citron, parce que la purée de tomates mousse et qu'elle a triplé de volume. Quant aux pommes de terre fondantes, qui devraient être cuites depuis dix minutes, elles sont dures comme du bois. Si je les passais au micro-ondes ? Aargh. Aargh. Le thon n'est pas dans le frigo. Qu'est devenu le thon ? Mais qu'est le thon devenu ?

21:30. Ouf ! Jude et Mark sont venus à la cuisine, ils m'ont aidée à faire une grosse omelette, ils ont écrasé les pommes de terre fondantes à moitié cuites pour en faire des espèces de petites crêpes qu'ils ont mises à frire dans la poêle et ils ont posé le livre de cuisine ouvert à la bonne page sur la table pour que tout le monde regarde l'image et se fasse une idée de ce qu'aurait été le thon grillé. Enfin, les oranges confites, elles, elles seront bonnes. Ça a l'air sublime en tout cas. Tom m'a conseillé de ne pas me casser la tête avec la crème anglaise au Grand Marnier, il a dit qu'on n'avait qu'à boire le Grand Marnier, pour le goût.

22:00. T. triste. Attendais, pleine d'espoir, les réactions de mes invités après leur première cuillerée d'oranges. Il y a eu un silence gêné.

– Qu'est-ce que c'est, trésor ? a enfin demandé Tom. De la marmelade ?

Frappée de terreur, j'ai goûté à mon tour. En effet, c'était de la marmelade. Bilan : tout ce travail, tous ces frais pour servir quoi à mes invités ?

Une soupe bleue
Une omelette
De la marmelade d'oranges.

Je suis vraiment nulle. Moi, une « étoile » du *Michelin* ? Plutôt la star du surgelé, oui !

Après la marmelade, il ne pouvait plus rien se passer de grave, j'allais pouvoir me détendre. On n'avait pas sitôt débarrassé la table que le téléphone a sonné. Heureusement, je suis allée répondre dans ma chambre. C'était papa.

– Tu es seule, Bridget ?

– Non. Il y a tout le monde, Jude, etc. Pourquoi ?

– Je... C'est bien qu'il y ait du monde avec toi. Je suis navré, Bridget. J'ai de mauvaises nouvelles à t'annoncer.

– Parle, papa, parle !

– Ta mère et Julio sont recherchés par la police.

2:00. Northamptonshire. Dans le lit à une place de la chambre d'amis des Alconbury. Pouh... J'ai dû m'asseoir pour reprendre mon souffle. À l'autre bout du fil, papa répétait : « Bridget ? Bridget ? Bridget ? » – comme un perroquet.

– Qu'est-il arrivé ? ai-je enfin réussi à articuler.

– Eh bien, on dirait qu'ils ont... enfin, qu'il a... je prie le bon Dieu pour que ta mère n'ait pas été au courant, qu'ils ont extorqué de grosses sommes d'argent à de très nombreuses personnes, moi et nos amis les plus proches compris. On ne connaît pas encore le montant exact de leurs malversations, mais il est possible, il est même probable qu'on mette ta mère en prison pendant un bon moment.

– Oh, mon Dieu ! C'est donc pour ça qu'elle a filé au Portugal avec mes deux cents livres !

– Si ça se trouve, elle est déjà à l'autre bout du monde.

J'ai vu mon avenir se dérouler devant mes yeux, tel un épouvantable cauchemar : Richard Finch me surnommait : « La Fille de la Bagnarde de *Soudain Seule* » et m'obligeait à interviewer ma mère en direct, dans le parloir de la prison, juste avant que je sois *Soudain Saquée* à l'antenne.

– Qu'est-ce qu'ils ont fait ?

– Julio semble s'être servi de ta mère pour extorquer à Geoffrey et Una, Nigel et Elizabeth, Malcolm et Elaine (oh, seigneur ! les parents de Mark !) des dizaines de milliers de livres soi-disant destinées à acheter des appartements en multipropriété.

– Tu étais au courant ?

– Non. Je suppose qu'ils étaient un peu gênés de faire des affaires avec le bellâtre gominé qui cocufiait l'un de leurs plus anciens amis. Ils ont soigneusement évité de m'en parler.

– Et alors ?

– Alors ces fameux appartements n'existent pas. Il ne reste pas un centime de nos économies, à ta mère et à moi. Quant à la maison, comme j'ai commis l'imprudence de la laisser à son nom, elle l'a hypothéquée. Nous sommes ruinés, Bridget. Ruinés, et déconsidérés ! Nous n'avons plus de toit. Et ta mère est une criminelle de droit commun.

Il s'est effondré. Una a pris le téléphone pour me rassurer : elle allait lui préparer une bonne Ovomaltine. Je lui ai dit que je serais là dans deux heures, mais elle m'a conseillé de ne pas me mettre en route avant de m'être remise du choc. Il n'y avait rien à faire. Selon elle, je pouvais attendre le lendemain matin.

J'ai raccroché, et je me suis appuyée contre le mur, en me maudissant d'avoir laissé mes cigarettes dans le living. Coup de pôt, Jude est arrivée immédiatement, avec un verre de Grand Marnier.

– Qu'est-ce qui se passe ?

Je lui ai tout raconté, en ingurgitant une longue rasade de Grand Marnier. Jude n'a rien dit. Elle est allée chercher Mark.

– Je m'en veux beaucoup, a-t-il déclaré en se passant la main dans les cheveux. J'aurais dû être plus explicite, à la soirée Catins et Pasteurs. Je le trouvais louche, ce Julio.

– Pourquoi ?

– Je l'avais entendu parler dans son portable, au jardin. Il ne savait pas qu'on l'écoutait. Si j'avais pu imaginer que mes parents allaient être impliqués dans ses manigances… Pourtant, maintenant, je me rappelle que ma mère a fait allusion à quelque chose, mais le mot de multipropriété me donne des boutons, j'ai dû la faire taire illico. Où est votre mère, maintenant ?

– Je ne sais pas. Au Portugal, à Rio de Janeiro. Chez le coiffeur ?

Il a commencé à arpenter la pièce en posant des questions à jet continu, genre avocat au prétoire.

– Qu'a-t-on entrepris pour la retrouver ? De quelles sommes s'agit-il ? Comment a-t-on découvert le pot aux roses ? La police est-elle mêlée à l'affaire ? Qui est au courant ? Où est votre père ? Voulez-vous aller le rejoindre ? Me permettez-vous de vous y conduire ?

C'était super-sexy, c'est moi qui vous le dis !

Jude est revenue avec du café. Mark a estimé que la meilleure solution était que son chauffeur nous conduise, lui et moi, à Grafton Underwood. Pendant une fugitive seconde, j'ai éprouvé une sensation totalement inédite : de la reconnaissance pour ma mère.

Quand nous sommes arrivés chez Una et Geoffrey, c'est devenu encore plus excitant : il y avait des Enderby et des Alconbury partout, tous en larmes, et Mark Darcy arpentait la pièce à longues foulées en téléphonant. Me suis sentie coupable, parce que, malgré la gravité de la situation, je trouvais très amusant que rien ne soit comme d'habitude, que le cours naturel des choses soit interrompu et qu'on ait le droit d'avaler des verres entiers de sherry et des canapés à la purée de saumon comme si c'était Noël. J'avais éprouvé le même genre de sentiment lorsque ma grand-mère avait perdu la boule, s'était déshabillée et avait couru toute nue dans le verger des Husbands-Bosworth, d'où la police avait finalement réussi à la déloger.

Mercredi 22 novembre

57,5 kg (youpi !), unités alcool : 3, cigarettes : 27 (avec une mère criminelle de droit commun, ça se comprend), calories : 5 671 (hou ! là ! là ! on dirait que j'ai retrouvé l'appétit), grattages : 7 (acte totalement altruiste, dans le but de rembourser à tout le monde l'argent volé par ma mère : à vrai dire, en aurais peut-être gardé une partie), gain total : 10 £, bénéfice : 3 £ (il faut un début à tout).

10:00. De retour chez moi, épuisée par manque de sommeil. Et par-dessus le marché, il faut que j'aille travailler et me faire engueuler parce que je suis en retard. Quand je suis partie, papa avait un peu récupéré : il balançait entre une joie farouche à l'idée que Julio était un escroc et que maman reviendrait peut-être à la maison, qu'ils reprendraient la vie commune, et un désespoir absolu à l'idée que ladite vie commune consisterait à aller en métro lui rendre visite en prison.

Mark Darcy est rentré à Londres à l'aube. Je lui ai laissé un message pour le remercier, mais il ne m'a pas rappelée. Peux vraiment pas lui en tenir rigueur. Ce ne sont pas Natasha et ses pareilles qui le nourriraient de soupe bleue, ni qui se révéleraient être des filles de criminelle.

Una et Geoffrey m'ont dit de ne pas m'inquiéter pour papa, que Brian et Mavis restaient dans les parages, qu'ils s'occuperaient tous de lui. Il y a un truc qui m'intrigue : pourquoi dit-on toujours Una et Geoffrey et non Geoffrey et Una, alors qu'on dit Malcolm et Elaine et Brian et Mavis ? Mais aussi Nigel et Audrey Coles. Il ne viendrait à l'idée de personne de dire Geoffrey et Una, ni Elaine et Malcolm. Comment se fait-il ? En dépit de résistance acharnée, n'ai pas pu m'empêcher d'imaginer Sharon et Jude, dans quelques années, bassinant leurs filles : « Bien sûr que tu connais Bridget et *Mark*, ma chérie ! Ce couple qui habite une grande maison sur Holland Park et part aux Caraïbes pour un oui pour un non. » Oui. Bridget et Mark, Bridget et Mark Darcy. Les Darcy. Mais jamais Mark et Bridget Darcy, au nom du ciel ! Ce serait affreux ! Mais qu'est-ce qui me prend ? On dirait Maria et le capitaine von Trapp dans *La mélodie du bonheur*. Il ne me reste qu'à courir chez la mère supérieure, qui va me chanter : « Au ciel, au ciel, au ciel ! »

Vendredi 24 novembre

57,9 kg, unités alcool : 4 (mais sous surveillance policière, donc autorisées), cigarettes : 0, calories : 1 760, appels au 1471 pour savoir si Mark m'a appelée : 11.

22:30. Tout va de mal en pis. M'étais imaginée que la criminalité de ma mère aurait au moins un avantage : nous rapprocher, Mark et moi. Mais je n'ai aucune nouvelle de lui depuis qu'il est parti de chez les Alconbury. Des inspecteurs de police sont venus m'interroger chez moi. Au début, me suis exprimée comme les gens que la télé vient interviewer parce qu'un avion s'est écrasé dans leur jardin, en formules empruntées aux journaux, ou aux salles de tribunal. Me suis surprise à décrire ma mère comme « une Blanche, de taille moyenne ».

Les policiers se sont montrés charmants et rassurants. Ils sont restés assez tard et l'un des inspecteurs a dit qu'il repasserait à l'occasion, pour me tenir au courant. Très sympathiques, vraiment.

Samedi 25 novembre

58 kg, unités alcool : 2 (du sherry ! berk), cigarettes : 3 (à la fenêtre, chez les Alconbury), calories : 4 567 (en custard et canapés au saumon), appels au 1471 pour savoir si Mark avait cherché à me joindre : 9 (b.).

Ouf ! Maman a téléphoné à papa. Il ne faut pas qu'on s'inquiète, elle va très bien et tout va s'arranger. Elle a dit ça et elle a raccroché tout de suite. La police était chez Una et Geoffrey, dont la ligne est sur écoute, comme dans *Thelma et Louise.* Ils confirment que l'appel vient du Portugal, mais ils ne savent pas d'où exactement. Si seulement Mark m'appelait ! Manifestement, mes talents culinaires et mon hérédité criminelle l'ont découragé, mais il est trop bien élevé pour l'avoir montré sur le moment. Comparés au vol des économies de ses parents par la vilaine maman de la méchante Bridget, des liens noués dans une petite piscine ne font pas le poids. Cet après-midi, je vais voir papa. Cette fois-ci, je serai en vieille fille pathétique, rejetée par les hommes, et non, comme d'habitude, en voiture avec chauffeur et grand avocat.

13:00. Hourrah ! Hourrah ! Juste avant que je parte, le téléphone a sonné, mais je n'entendais rien et on a raccroché. Puis rappelé. C'était Mark. Il est au Portugal. C'est invraisemblablement gentil de sa part, vraiment ! Apparemment, il a passé la semaine à s'entretenir avec la police, en plus de ses nombreuses activités de grand avocat, et hier il a pris l'avion pour Albufeira. La police a retrouvé maman là-bas. Mark pense qu'elle s'en sortira, parce qu'il est évident qu'elle n'était pas au courant des manigances de Julio. Ils ont récupéré une partie de l'argent, mais pas Julio. Maman rentre ce soir. Elle ira directement au commissariat pour être entendue. D'après Mark, on ne doit pas s'inquiéter, il y a toutes les chances que ça s'arrange, mais il s'est déjà occupé de la libération sur parole, au cas où. On a été coupés avant que j'aie eu le temps de le remercier. Aurais adoré téléphoner à Tom pour lui annoncer fantastiques nouvelles, mais me suis rappelé à temps que personne n'est censé être au courant des mésaventures de maman, et je crains bien, la dernière fois que j'ai mentionné Mark Darcy devant Tom, avoir, par imprudence, laissé entendre que je le considérais comme un effroyable mollasson, toujours fourré dans les jupes de sa mère.

Dimanche 26 novembre

58,3 kg, unités alcool : 0, cigarettes : 12 (aucune occasion d'en fumer plus), calories : Dieu seul le sait, minutes au cours desquelles j'ai eu envie d'assassiner ma mère : 188 (estimation basse).

Journée de cauchemar. Maman devait d'abord arriver hier soir, puis ce matin, puis cet après-midi. Après avoir failli partir trois fois pour Gatwick, on a su qu'elle atterrirait à Luton, sous escorte policière. Papa et moi, assez naïfs pour croire que cette épreuve l'aurait adoucie, nous nous étions préparés à accueillir une femme toute différente de celle qui nous avait toujours rabroués.

– Lâchez-moi, bande *d'idiots* ! a clamé rageusement une voix dans le hall d'arrivée. Nous sommes sur le sol britannique, on va me reconnaître, et je ne veux pas qu'on voie la police me *malmener*. Oh ! Vous savez quoi ? Je crois que j'ai oublié mon chapeau de soleil dans l'avion, derrière le siège.

Les deux policiers levaient des yeux effarés sur maman, en manteau pied-de-poule noir et blanc très années soixante (sans doute soigneusement choisi pour être assorti à leurs uniformes), un foulard sur la tête et les yeux cachés derrière des lunettes noires, qui filait vers la zone des bagages, traînant à sa suite des inspecteurs éberlués. Trois quarts d'heure plus tard, ils revenaient. Un des policiers avait son chapeau de paille à la main.

Quand il s'est agi de la faire monter dans la voiture de police, ils ont failli en venir aux mains. Papa était au volant de sa Sierra, en larmes, et j'essayais d'expliquer à ma mère qu'elle devait aller au commissariat pour savoir si on retenait ou non des charges contre elle.

– Mais ne dis donc pas de bêtises, chérie ! Approche un peu. Qu'est-ce que tu as sur le visage ? Tu n'as pas de mouchoir ?

– Mais, maman...

Indifférente à mes protestations, elle a sorti un mouchoir de son sac et a craché dessus.

– Maman, on risque de t'accuser d'abus de confiance, je...

Elle s'est mise à me frotter le visage.

– Je pense que tu devrais suivre gentiment les policiers au commissariat.

– On verra demain, chérie, quand j'aurai nettoyé le panier à légumes. J'ai oublié un kilo de pommes de terre dedans, je parie qu'elles ont germé. Personne n'est allé à la maison depuis mon départ, et Una a dû laisser le chauffage en marche !

Il a fallu que papa s'approche et lui annonce tout net que sa maison allait changer de propriétaire, panier à légumes inclus, pour lui clouer enfin le bec. En soupirant à fendre l'âme, elle s'est installée à l'arrière de la voiture, à côté du policier.

Lundi 27 novembre

58,3 kg, unités alcool : 0, cigarettes : 50 (voui ! voui !), appels au 1471 pour savoir si Mark m'avait téléphoné : 12, heures de sommeil : 0.

9:00. Vite, un dernier clope avant d'aller bosser. Suis rompue. Au commissariat, hier soir, on nous a fait attendre pendant deux heures sur un banc, papa et moi. À la fin, on a entendu une voix de stentor dans le couloir.

– Mais oui ! C'est bien moi ! *Soudain Seule* ! Tous les matins. Mais très volontiers, voyons… Vous avez un stylo ? Là-dessus ? Je signe au nom de qui ? Oh, le coquin ! Moi qui mourais d'envie d'en essayer un depuis… Ah ! tu es là, papa, a enchaîné maman, en apparaissant, coiffée d'un casque de policier. La voiture est dehors ? Je meurs d'envie de rentrer à la maison et de boire une bonne tasse de thé. Cette idiote de Una a-t-elle pensé à programmer la bouilloire ?

Papa était déconfit, stupéfait, éberlué. Je ne valais pas mieux.

– Tu es libre, maman ?

– Ne dis pas de bêtises, chérie. Libre ! Comment veux-tu que je le sache ?

Maman a coulé un regard lourd sur l'inspecteur, un homme d'un certain âge, et m'a poussée vers la porte. Le policier avait rougi jusqu'aux oreilles. À en juger par la façon dont il s'empressait autour d'elle, je n'aurais pas été étonnée d'apprendre qu'elle avait troqué sa liberté contre certaines privautés que la décence…

– Alors ? Qu'est-ce qui s'est passé ? lui ai-je demandé après que papa eut fini d'entasser ses valises, son chapeau et son âne en osier (« Il est adorable, tu ne trouves pas ? ») dans le coffre de la voiture et qu'il se fut installé au volant.

Cette fois-ci, j'étais bien décidée à ne pas la laisser s'en tirer à bon compte. Pas question qu'elle passe outre et recommence à nous prendre de haut.

– Tout est résolu, chérie. C'était un simple malentendu. On a fumé dans cette voiture !

– Maman, réponds.

Je sentais la moutarde me monter au nez.

– Où a disparu l'argent de tes amis ? Qu'est-ce que c'est que cette histoire de multipropriété ? Où sont mes deux cents livres ?

– Tsss. Il y a eu un léger retard dans le permis de construire, chérie. Ces Portugais, tu sais, ils sont incroyablement corrompus ! C'est marché noir et bakchich, comme Winnie Mandela. Julio a remboursé, voilà tout. En fait, nous avons passé de très bonnes vacances. Le temps était mitigé, mais...

– Où est Julio, maman ?

– Il est resté au Portugal pour régler ce problème de permis de construire.

– Et ma maison ? est intervenu papa. Et toutes mes économies ?

– Mais qu'est-ce que tu racontes ? Qu'est-ce qu'il y a, avec la maison ? Elle n'a rien du tout, la maison.

Pas de chance pour maman, quand on est arrivés aux Gables, toutes les serrures avaient été changées. On a dû retourner chez Una et Geoffrey.

– Una, ma chérie, je suis épuisée ! Je crois que je vais aller tout droit au lit ! s'est écriée maman après avoir embrassé d'un seul coup d'œil les visages revêches, le repas froid et les tranches de betterave ramollies.

Le téléphone a sonné. C'était pour papa.

– C'était Mark Darcy, a dit papa en revenant dans le living.

Mon cœur a bondi dans ma poitrine, je me suis efforcée de cacher mon émotion.

– Il est à Albufeira. Ils ont négocié avec ce sale métèque... ils ont récupéré une partie de l'argent. On va peut-être sauver les Gables.

Nous avons tous crié de joie, et Geoffrey a entonné : « For He's a Jolly Good Fellow ». Je m'attendais à un commentaire d'Una, mais elle n'a rien dit. Typique ! Au moment où Mark Darcy commence à me plaire, plus personne n'essaye de me jeter dans ses bras.

– Il y a trop de lait pour toi, Colin ? a dit Una en passant à papa une chope de thé fleurie.

– Je ne sais pas... Je ne comprends pas pourquoi... Je ne sais quoi penser..., a dit papa d'un air soucieux.

– Ne t'inquiète pas, Colin, a répondu Una, étonnamment calme et maîtresse d'elle-même – si calme que tout d'un coup elle s'est mise à ressembler à la mère que je n'ai jamais eue.

– J'ai mis trop de lait. Je vais en vider un peu et rajouter de l'eau chaude.

J'ai enfin pu quitter ces lieux de désolation et je suis rentrée à Londres en conduisant beaucoup trop vite et en fumant à la chaîne pour exprimer mon impuissante révolte.

Décembre

Doux Jésus

Lundi 4 décembre

*58,5 kg (maigrir absolument avant le gavage de Noël),
unités alcool : un modeste 3, cigarettes : un 7 de sainteté,
calories : 3 876 (hou ! là ! là !), appels au 1471 pour
savoir si Mark Darcy a téléphoné : 6 (b.).*

Suis allée au supermarché où m'ont assaillie des pensées d'arbres de Noël, de coins du feu, de chants de
Noël, de gâteaux, etc. Ai fini par comprendre pourquoi.
Au lieu de l'habituelle odeur de pain, les bouches d'aéra-
tion près de la porte diffusaient aujourd'hui d'appétis-
sants arômes de pâtisseries. Je n'en reviens pas. Quel
cynisme ! Ça m'a rappelé un poème de Wendy Cope que
j'ai toujours aimé :

*À Noël, les enfants chantent et les cloches sonnent.
L'air froid de l'hiver glace nos mains et nos visages.
Les familles heureuses célèbrent les Rois mages.
Et moi, pour partager ces joies, je n'ai personne.*

Toujours pas de nouvelles de Mark Darcy.

Mardi 5 décembre

58,5 kg (régime strict à partir d'aujourd'hui), unités alcool : 4 (saison des fêtes a commencé), cigarettes : 10, calories : 3 245 (en progrès), appels au 1471 : 6 (progrès se confirme).

Suis sans cesse distraite de ma lecture par les catalogues publicitaires insérés dans les journaux. Un repose-lunettes en forme de bouclier, en métal vieilli, m'a particulièrement plu : « On pose trop souvent ses lunettes à plat sur une table, provoquant ainsi de regrettables accidents. » Complètement d'accord. Le porte-clés *Le Chat Noir*, un mécanisme simple agrémenté d'une petite lampe qui « éclairera le trou de la serrure de tous les amoureux des chats », n'est pas mal non plus. Youpi ! Des bonsaïs en kit : « Élevez vous-même votre bonsaï traditionnel, avec ces pousses d'Arbre à Soie Rose de Perse en pot. » Super bonne idée.

La désagrégation brutale de mon embryon d'aventure avec Mark Darcy, que Marco Pierre White et ma mère ont foulé aux pieds sur des pousses d'arbre à soie rose, me chagrine. Pourtant, je me force à l'accepter avec philosophie. Vu son intelligence, ses talents, son absence de vices (il ne fume pas, ne boit pas) et ses voitures avec chauffeur, Mark Darcy est sans doute trop parfait, trop net, trop poli sur les bords pour moi. Je suis peut-être destinée à un individu moins sophistiqué, plus terre à terre, moins sérieux. Du genre Marco Pierre White ou, pour citer un nom au hasard, Daniel. Hmmm. Enfin, il faut aller de l'avant et ne pas s'apitoyer sur son sort.

Viens d'appeler Sharon qui prétend que je ne suis sûrement pas destinée à Marco Pierre White et encore moins à Daniel. Une femme n'a besoin que d'une chose, de nos jours, d'elle-même. Et toc !

2:00. Pourquoi Mark ne me téléphone-t-il pas ? Hein ? Finirai par être dévorée par berger allemand, en dépit de tous mes efforts. Pourquoi moi, mon Dieu ?

Vendredi 8 décembre

59 kg (désastre), unités alcool : 4 (b.), cigarettes : 12 (excellent), cadeaux de Noël achetés : 0 (nul), cartes de vœux envoyées : 0, appels au 1471 : 7.

16:00. Hum. Jude vient d'appeler. Juste avant de rac-crocher, elle m'a dit :

– À dimanche, chez Rebecca.

– Rebecca ? Dimanche ? Quelle Rebecca ?

– Oh ! Tu n'es pas… Elle reçoit quelques… Je crois que c'est une espèce de dîner d'avant Noël.

– De toute façon, dimanche, je suis prise.

C'était un mensonge. Enfin, j'en profiterai pour passer le plumeau dans les recoins ! J'avais cru que nous étions, Jude et moi, aussi amies l'une que l'autre avec Rebecca. Alors, pourquoi a-t-elle invité Jude et pas moi ?

21:00. Suis allée boire une petite bouteille de vin avec Sharon au 192.

– Qu'est-ce que tu vas mettre, pour la fête de Rebecca ? m'a-t-elle demandé.

Une fête ? Donc, c'est une fête ?

Minuit. M'en balance. Vais pas me faire de bile pour ça ! Je n'accorde plus aucune importance à ce genre de détail. Les gens ont le droit d'inviter qui ils veulent à *leurs* fêtes sans que les laissés-pour-compte en fassent toute une histoire.

5:30. Pourquoi Rebecca ne m'a-t-elle pas invitée à sa fête ? Hein ? Il y en a combien d'autres, de ces soirées où tout le monde est invité sauf moi ? Je parie qu'il y en a une en ce moment même, et que tout le monde s'amuse, et boit du champagne millésimé. Personne ne m'aime. Je passerai Noël dans mon désert, on ne m'invitera nulle part, sauf, peut-être le 20 décembre, où je suis coincée toute la soirée par une réunion éditoriale.

Samedi 9 décembre

Fêtes en vue : 0.

7:45. Réveillée par maman.

– Bonjour, chérie. Je t'appelle en vitesse, parce que Una et Geoffrey m'ont demandé ce qui te ferait plaisir pour Noël ; j'ai pensé à un sauna facial.

Comment se débrouille ma mère ? Déconsidérée, ayant échappé de peu à plusieurs années de prison, elle a repris ses bonnes vieilles habitudes comme si de rien n'était : flirter outrageusement avec les inspecteurs de police, et me martyriser.

– À propos, tu viens à...

Pendant une seconde, j'ai cru qu'elle allait dire à la Dinde au Curry du Nouvel An, et ramener Mark Darcy sur le tapis. Mais non. C'était encore pire.

– ... à la réception de Vibrant TV, mardi ?

J'en ai frémi d'humiliation. Je *travaille* pour Vibrant TV, nom d'un chien !

– Je ne suis pas invitée, ai-je marmonné.

Il n'y a rien de pire que de devoir avouer à sa propre mère qu'on n'a pas la cote.

– Bien sûr que tu as été invitée, chérie ! *Tout le monde* sera là !

– Pas moi.

– Ça ne fait peut-être pas assez longtemps que tu travailles chez eux, voilà tout.

– Mais, maman, toi, tu ne travailles pas chez eux du tout !

– Oh, moi, c'est différent, chérie ! Bon. Il faut que je file ! Byyeee !

9:00. Subite oasis dans mon désert : une invitation dans le courrier. Mais oasis en question était mirage : une invitation aux soldes d'un opticien.

11:30. Guettée par une parano galopante, ai appelé Tom pour lui proposer de sortir avec moi ce soir.

– Désolé ! J'emmène Jerome à la soirée PACTE du Groucho Club.

Bon Dieu ! Je déteste quand Tom est heureux, sûr de lui, et que tout va bien avec Jerome. Je préfère de beaucoup qu'il soit mal dans sa peau, dans un état lamentable, au bord de la crise de nerfs. Comme il ne cesse de le répéter à qui veut bien l'entendre : « C'est si agréable, quand les autres vont mal ! »

– On se voit demain, de toute façon, chez Rebecca.

Tom et Rebecca se sont vus deux fois, chez moi. Elle et moi, on se connaît depuis neuf ans. Bon. Je vais aller faire les boutiques et arrêter de pleurnicher.

14:00. Me suis cognée dans Rebecca chez Graham et Greene. Elle achetait un foulard à 169 livres... (Qu'est-il arrivé aux foulards ? Jusqu'à hier, c'était le cadeau passe-partout idéal, à moins de 10 livres. Et aujourd'hui, d'un seul coup, il faut qu'ils soient en velours fantaisie, et ils coûtent le prix d'une télévision. L'année prochaine, la même mésaventure risque d'arriver aux chaussettes ou aux petites culottes, et on se sentira totalement déphasé si on ne porte pas de caleçons English Eccentrics en velours noir frappé, à 145 livres pièce.)

Je l'ai abordée joyeusement, en pensant que j'allais enfin me réveiller de ce cauchemar et qu'elle allait me dire, elle aussi : « À dimanche ! »

– Bonjour, a-t-elle marmonné d'un ton glacial en évitant mon regard. Excuse-moi, je suis très pressée.

Quand elle est sortie du magasin, la musique jouait « Jingle Bells » et je contemplais une passoire de Philippe Starck à 185 livres en retenant mes larmes. Je déteste Noël et son catalogue de cadeaux et de festivités sur commande pour familles ou pour amoureux. Quand on n'a pas de petit ami, pas d'argent, que sa mère file le parfait amour avec un criminel portugais en fuite et que nos meilleurs amis nous laissent tomber, ça donne envie d'émigrer dans une de ces farouches républiques islamiques où *toutes* les femmes, sans exception, sont traitées en parias. Je m'en fiche ! Je vais passer un week-end tranquille, écouter de la musique classique, lire un livre. Tiens, pourquoi pas *La Route de la Faim* ?

20:30 *Blind Date* était t. bien. Je vais me chercher une autre bouteille de vin.

Lundi 11 décembre

Message glacial sur mon répondeur, en rentrant du bureau. « Bridget. C'est Rebecca. Je sais, tu travailles à la télévision, tu es invitée chaque soir à des fêtes beaucoup plus chic, mais je supposais que tu aurais au moins la politesse de répondre à l'invitation d'une amie, même si tu ne daignais pas honorer sa soirée de ta présence. »

Me suis jetée sur le téléphone pour appeler Rebecca, qui n'était pas chez elle et n'avait pas branché son répondeur. Ai décidé d'y faire un saut pour lui déposer un petit mot. En dévalant les escaliers, me suis cognée dans Dan, l'Australien du dessous, celui que j'ai embrassé en avril.

– Salut ! Joyeux Noël, s'est-il écrié de beaucoup trop près. Tu as trouvé ton courrier ?

Je lui ai lancé un regard perplexe.

– Je le glisse sous ta porte, pour que tu n'attrapes pas froid en descendant en chemise de nuit le matin.

Je suis remontée quatre à quatre, j'ai soulevé le paillasson, et là, couchée dessous comme un miracle de Noël, j'ai trouvé toute une pile de cartes, de lettres et d'invitations qui m'étaient destinées. À moi. À moi. À moi.

Mardi 12 décembre

58,5 kg, unités alcool : 2 (moyen, mais hier 0. Compenserai excès demain, pour éviter crise cardiaque), cigarettes : 14 (mal ? Bien ? Oui, un taux raisonnable de nicotine dans le sang ne peut pas faire de mal, au contraire ; il ne faut pas se gaver, c'est tout), calories : 1 500 (excellent), grattages : 4 (mal, mais ça aurait été bien si Richard Branson avait remporté le marché[1]), cartes envoyées : 0, cadeaux achetés : 0, appels au 1471 : 5 (excellent).

Des fêtes ! Une avalanche de fêtes ! Matt, du bureau, vient de m'appeler pour me demander si j'allais au déjeuner de Noël de mardi. Il ne peut pas s'intéresser à moi, tout de même ! J'ai l'âge d'être sa grand-tante ! Mais alors, pourquoi m'aurait-il appelée chez moi ? Pourquoi m'aurait-il demandé ce que je portais ? Bon. Pas d'excitation intempestive. Cette frénésie de fêtes et ce coup de téléphone d'un collègue ne doivent pas me monter à la tête. Chat échaudé craint l'eau froide, comme on dit. On ne trempe pas deux fois son stylo dans l'encrier du bureau. J'ai payé pour le savoir. Et je ne dois pas non plus oublier ce qui s'est passé la dernière fois que j'ai flirté avec un adolescent ; l'atroce humiliation du « Oh ! tu es toute moelleuse » de Gav... Hmmm. Ce déjeuner de Noël à lourde connotation sexuelle et bizarrement suivi d'un après-midi disco

---

1. Richard Branson, patron de Virgin, riche homme d'affaires, avait tenté de devenir l'opérateur de diverses loteries privées. Il proposait de reverser les bénéfices ainsi engrangés à des bonnes œuvres. Sa candidature n'a pas été retenue par l'État.

(ainsi notre rédacteur en chef s'imagine-t-il qu'on s'amuse) mérite intensive séance de réflexion sur tenue appropriée. Mieux vaut appeler Jude.

Mardi 19 décembre

59 kg (mais il me reste presque une semaine pour perdre deux kilos d'ici Noël), unités alcool : 9 (médiocre), cigarettes : 30, calories : 4 240, grattages : 1 (excellent), cartes envoyées : 0, cartes reçues : 11, dont deux du livreur de journaux, une du balayeur, une du garage Peugeot et une de l'hôtel où j'ai passé une nuit pour mon boulot, il y a quatre ans. On ne pense vraiment pas beaucoup à moi, à moins que cette année tout le monde n'ait décidé d'envoyer ses vœux plus tard que d'habitude.

9:00. Oh, Seigneur ! Suis dans un état ! Gueule de bois abominable, et c'est le jour du déjeuner disco-bureau. Ça ne peut plus durer. Vais finir par exploser sous pression impasses dans obligations de Noël. Aussi horrible que révisions avant examen. N'ai pas envoyé de cartes de vœux ni acheté de cadeaux, sauf hier à midi, dans la panique, quand ai réalisé qu'après dîner de ce soir chez Jeremy et Magda, je ne verrais plus mes copines avant Noël.

Très délicats, ces échanges de cadeaux entre amis. Ce n'est pas comme avec la famille, on ne sait jamais qui vous en offrira et qui ne vous en offrira pas, ni si ce seront des babioles, en gage d'affection, ou de vrais cadeaux. La séance tient de la pêche au trésor. Il y a deux ans, j'ai offert à Magda une ravissante paire de boucles d'oreilles ; elle ne m'avait rien acheté, elle s'est sentie affreusement gênée. Donc, l'année dernière, je ne lui ai rien offert. Et elle, elle m'a donné un coûteux flacon de Coco Chanel. Cette année, je lui ai apporté une grande bouteille d'huile de safran avec du champagne et un porte-savon en fil de fer vieilli. Elle a bafouillé une épouvantable série de mensonges en prétendant qu'elle n'avait pas encore eu le temps de faire ses courses. L'année dernière, Sharon m'a offert un flacon de bain moussant en forme de Père Noël. Donc, hier soir, je lui ai simplement apporté une huile corporelle de chez Body Shop et un savon de douche coordonné. Elle m'a donné un sac à main. J'avais, à tout hasard, enveloppé une bouteille d'huile d'olive très sophistiquée dans du papier cadeau, au cas où j'aurais oublié quelqu'un. Elle est tombée de la poche de mon manteau et s'est cassée sur le tapis Conran Shop de Magda.

Aïe, aïe, aïe ! Si seulement on supprimait la corvée cadeaux de Noël ! C'est complètement ridicule : on se creuse les méninges, on s'épuise, on se ruine pour des trucs inutiles dont personne ne veut, qui ne sont plus des gages d'amour ou d'amitié, mais de simples solutions à d'angoissants problèmes. (Oui, d'accord, mais je suis quand même drôlement contente de mon nouveau sac.) C'est tellement idiot ! Une ville entière, surmenée et de mauvaise humeur, court dans tous les sens pendant six semaines pour préparer un inutile examen d'aptitude-à-deviner-ce-qui-fera-plaisir-aux-autres, le rate inévitablement, et finit par crouler sous une cargaison d'articles divers, tous plus moches les uns que les autres. Si on éradiquait radicalement les cartes de vœux et les cadeaux, Noël deviendrait une espèce de scintillant carnaval païen, qui nous distrairait agréablement des rigueurs de l'hiver. Au cas où le gouvernement, les autorités religieuses, les parents, la tradition, etc., conspireraient pour perpétuer cet Impôt Spécial-Noël qui gâche tout, pourquoi ne pas instituer une nouvelle règle du jeu ? Chaque individu va dans les magasins et dépense 500 £ en cadeaux pour lui : puis il les distribue dans sa famille et parmi ses amis, qui feront de jolis paquets-cadeaux et les lui offriront. Ce ne serait pas mieux que cette torture angoissante et vouée à l'échec ?

9:45. Maman vient d'appeler.

– Chérie, je te téléphone pour te prévenir que j'ai décidé de ne pas faire de cadeaux de Noël cette année. À l'heure qu'il est, Jamie et toi vous devez savoir que le Père Noël n'existe pas, et nous sommes tous très occupés. Profitons simplement du plaisir de nous voir.

Mais on a toujours reçu des cadeaux des parents, pour Noël ! Le monde se voile soudain de gris. Ce ne sera pas un vrai Noël.

Oh, Seigneur ! Il faut que je parte au bureau. Je ne boirai pas une goutte d'alcool au déjeuner-disco. Je garderai mes distances avec Matt, je resterai jusque vers trois heures et demie, et je rentrerai écrire mes cartes de vœux.

2:00. Ai gardé cap. Tous bu comme des trous. Superrigolo. Besoin de dormir. Tant pis, me déshabiraidmain.

Mercredi 20 décembre

5:30. Oh, mon Dieu ! *Oh, mon Dieu !* Où suis-je ?

Jeudi 21 décembre

58,5 kg (en fait, et pour paradoxal que cela paraisse, il n'y a aucune raison pour que je ne maigrisse pas pendant les fêtes, vu que je suis déjà pleine. On peut parfaitement refuser de manger quoi que ce soit après le dîner de Noël, en se déclarant repue. En fin de compte, c'est sans doute la saison idéale pour ne pas manger).

Ça fait dix jours que je suis en gueule de bois permanente et que je me débrouille pour sous-vivre sans repas corrects ni plats chauds.

Noël, c'est comme la guerre. Me rendre honteusement à Oxford Street, passer à l'ennemi, voilà ce qui me pend au nez. Si seulement la Croix-Rouge, ou les Allemands, pouvaient me trouver avant ! Aïe ! Il est dix heures. Je n'ai pas fait mes courses. Je n'ai pas écrit mes cartes de vœux. Il faut que j'aille travailler. Je le jure, je ne boirai plus jamais une seule goutte d'alcool de ma vie. Ah ! le téléphone de campagne.

Hum. C'était maman. Mais ça aurait aussi bien pu être Goebbels, pour me persuader d'envahir la Pologne.

– Chérie, je t'appelle pour savoir à quelle heure tu arrives vendredi soir.

Comme s'il ne s'était rien passé d'extraordinaire pendant l'année. Ma mère a prévu un Noël familial à l'eau de rose avec papa, « pour les enfants » (Jamie, qui a trente-sept ans, et moi), avec un culot qui force l'admiration.

– Maman, je *crois* l'avoir déjà dit, je ne viens pas vendredi soir mais dimanche. Tu te rappelles le nombre de fois où on en a parlé, depuis le mois d'août ?

– Ne dis pas de bêtises, chérie ! Tu ne vas pas passer le week-end de Noël toute seule chez toi ! Qu'est-ce que tu vas manger ?

Grrr. C'est insupportable. Sous prétexte qu'on est célibataires, on est considérés comme des gens qui n'ont ni foyer, ni amis, ni responsabilités, et dont l'unique raison de refuser d'être corvéables à merci pendant tout le week-end de Noël, de dormir dans un sac de couchage dans la chambre des enfants, d'écosser des petits pois pour cinquante personnes et de parler gentiment à des pseudo-« Oncle » Trucmuche pervers qui louchent ostensiblement sur vos seins, est un égoïsme forcené.

Mon frère, en revanche, est libre d'aller et venir à sa guise, avec la bénédiction générale. Pourquoi ? Parce qu'il supporte de vivre avec une adepte du Taï-Chi, végétarienne de surcroît. Honnêtement, je préférerais mettre le feu moi-même à mon appart plutôt que d'y cohabiter avec Becca.

Je n'en reviens pas que ma mère n'éprouve pas plus de reconnaissance pour Mark Darcy qui l'a sortie d'affaire. C'est même le contraire. Il fait partie, désormais, de Ce Dont On Ne Parle pas, en d'autres termes : La Grande Escroquerie de la Multipropriété, et elle se conduit comme s'il n'avait jamais existé. Ça ne m'étonnerait pas du tout qu'il ait raqué personnellement pour que tout le monde rentre dans son argent. Un type vraiment bien. Trop bien pour moi, à l'évidence.

Grands dieux ! Il faut que je mette des draps dans mon lit. C'est répugnant de dormir sur un matelas plein de boutons. Où sont les draps ? Si seulement j'avais quelque chose à grignoter !

Vendredi 22 décembre

Noël approche. Constante tendance à attendrissement sujet Daniel. N'arrive pas à croire qu'il ne m'ait pas envoyé de carte de vœux (bien que n'en ayant, personnellement, encore envoyé aucune). Ça fait bizarre d'avoir été si intimes pendant l'année et de ne plus être en contact du tout. Triste, t. triste. Et si Daniel était un juif orthodoxe ? Mark Darcy me téléphonera peut-être demain pour me souhaiter un joyeux Noël.

Samedi 23 décembre

58,2 kg, unités alcool : 12, cigarettes : 38, calories : 2 976, nombre d'amis et de proches s'intéressant à moi en cette période de fêtes : 0.

18:00. Ai donc décidé de faire la fête toute seule chez moi, comme la regrettée princesse Diana.

18:05. Où sont donc passés les gens ? Tous avec l'élu de leur cœur, je suppose, ou partis passer les fêtes dans leurs familles. L'occasion ou jamais de s'atteler à des tâches que... Sauf ceux qui ont une famille à eux naturellement. Et des enfants. Des bambins aux joues roses, en pyjama, qui trépignent de joie devant l'arbre de Noël.

Ou alors, tout le monde sauf moi est invité à une fête. Bof ! Plein de choses à faire.

18:15. Bof. Plus qu'une heure à tirer avant *Blind Date*.

18:45. *Oh, mon Dieu ! Je me sens si seule !* Même Jude m'a oubliée. Elle a passé la semaine pendue à mon téléphone parce qu'elle ne savait pas quoi offrir à Richard le Cruel. Rien de trop cher, qui aurait pu suggérer que c'était sérieux entre eux, ou passer pour une volonté de castration (plutôt une bonne idée, à mon avis) ; pas de vêtements, qui sont un champ de mines truffé de fautes de goût et auraient pu rappeler à Richard le Cruel son ex-, Jilly la Cruelle, (avec qui il n'a aucune envie de se remettre, mais dont il se prétend encore amoureux pour ne pas être obligé de tomber amoureux de Jude – l'ordure). En dernier, elle pensait à du whisky, combiné avec un autre petit cadeau pour que ça ne fasse ni trop bon marché ni trop impersonnel, par exemple des mandarines confites ou des écus en chocolat, selon que Jude aura décidé que le petit cadeau de Noël est une métaphore écœurante jusqu'à la nausée ou formidablement chic et postmoderne.

19:00. Panique à bord. Jude au téléphone, en larmes. Elle arrive. Richard le Cruel s'est remis avec Jilly la Cruelle. Selon Jude, c'est à cause de son cadeau. Heureusement que je suis restée à la maison. Suis manifestement l'Émissaire du Petit Jésus, envoyée sur cette terre pour venir en aide aux innocents persécutés par le clone d'Hérode, je veux dire Richard le Cruel. Jude sera là dans une demi-heure.

19:15. Merde ! Ai raté le début de *Blind Date*. Tom a appelé. Il va débarquer. Jerome, qui lui était revenu, l'a abandonné pour se remettre avec son ex-, qui est chorusboy dans *Cats*.

19:17. Simon va débarquer. Sa copine, une femme mariée, a réintégré le domicile conjugal. Dieu merci, je suis restée chez moi, et je vais pouvoir recevoir mes amis éplorés, telle la Reine de Cœur ou la Soupe Populaire. Je suis comme ça : j'aime me dévouer.

20:00. Hourrah ! Un miracle de Noël. Daniel vient d'appeler. « Joonsh, a-t-il susurré, Joonsh, je t'aime ! Me suis complètement gouré. Cette conne de Sippi est en toc. Le sein comme une boussole, toujours orienté au nord. Je t'aime. Joonsh. J'arrive. Je veux prendre la température de ta jupe. »

Daaanieeel ! Mon Daniel ! Si beau, si sexy, si excitant, si drôle !

Minuit. Hum. Personne n'est venu. Richard le Cruel a rechangé d'avis. Jerome et la petite amie de Simon aussi. C'était juste une épidémie de revenez-y romantico-sentimentale sur les ex-, à cause de Noël. Et Daniel ! Il a téléphoné à dix heures.

– Écoute, Bridge ! Tu sais que je regarde toujours le match du samedi soir. Tu veux que je vienne demain, avant le foot ?

Beau ? Sexy ? Excitant ? Drôle ? Hummm…

1:00. Complètement seule. Une année entière de gâchée.

5:00. M'en balance, après tout ! Noël proprement dit sera peut-être moins affreux. Si ça se trouve, papa et maman émergeront au petit matin, souriants et assouvis, pour nous dire timidement : « Les enfants, nous avons une grande nouvelle à vous apprendre », et je serai demoiselle d'honneur à la cérémonie de confirmation des vœux.

Dimanche 24 décembre

58,2 kg, unités alcool : 1 malheureux verre de sherry, cigarettes : 2, ce n'est pas drôle, à la fenêtre, calories : 1 million, environ, nombre de pensées chaleureuses et festives : 0.

Minuit. La réalité m'échappe complètement. Quand je me suis couchée, maman a mis une taie d'oreiller au pied de mon lit en disant : « Voyons voir si le Père Noël passera. » La taie est pleine de cadeaux, maintenant. Papa et maman, qui sont séparés, qui ont l'intention de divorcer, dorment dans le même lit. Paradoxalement, mon frère et sa petite amie, qui vivent ensemble depuis quatre ans, font chambre à part. Je n'ai pas bien compris les raisons de tout ça, sauf si c'est pour ne pas choquer grand-mère, qui a) est cinglée, b) n'est pas encore arrivée. L'unique élément qui me rattache au monde réel est qu'une fois de plus je passe Noël toute seule, dans un lit à une place, chez mes parents. Si ça se trouve, papa est en train d'essayer de monter maman. Oh, non ! Non ! Comment mon cerveau engendre-t-il de telles horreurs ?

Lundi 25 décembre

59 kg (oh, seigneur ! Me voilà transformée en Père Noël, ou en Christmas pudding !), unités alcool : 2 (victoire absolue), cigarettes : 3 (idem), calories : 2 657 (presque entièrement en sauce), cadeaux de Noël complètement grotesques : 12, cadeaux de Noël avec le minimum de sens : 0, réflexions philosophiques sur l'Immaculée Conception : 0, nombre d'années écoulées depuis qu'ai perdu ma propre virginité : hummm...

Suis descendue, vaguement vacillante, en espérant que mes cheveux ne sentaient pas le tabac. Maman et Una discutaient politique en écossant les petits pois.

– Oui, absolument. Il était très bien, ce type... je ne me rappelle plus son nom...

– Vraiment bien. Il a fait passer cette clause, je ne sais plus sur quoi, à laquelle personne ne croyait, tu te rappelles ?

– Oui. Oui. Il faut quand même faire gaffe parce qu'on pourrait se retrouver avec un malade mental comme ce... comment il s'appelait déjà ? Le type qui dirigeait les mineurs, tu sais ? Le problème, avec le saumon fumé, c'est que je ne le digère pas. Surtout quand j'ai mangé du chocolat. Oh, bonjour ma chérie ! Alors, qu'est-ce que tu vas mettre, pour Noël ?

– Je suis habillée, maman, ai-je marmonné, boudeuse.

– Ne dis pas de bêtises, Bridget ! On ne porte pas une chose pareille à Noël ! Et maintenant, ma chérie, va au salon, et dis bonjour à oncle Geoffrey avant d'aller te changer.

Elle a clamé ça de son ton le plus jovial, celui qui signifie : « Fais ce que je te dis ou je te passe à la moulinette. »

– Ma petite Bridget ! Entre donc ! Et comment vont tes amours, ces temps-ci ?

Geoffrey m'a serrée dans ses bras, à sa façon, puis il a rosi jusqu'aux oreilles et il a remonté son pantalon.

– Bien.

– Toujours pas de jules dans ta vie, hein ? Tsss. Mais qu'est-ce qu'on va bien pouvoir faire de toi ?

– Est-ce que c'est un gâteau au chocolat ? a demandé ma grand-mère en me regardant droit dans les yeux.

– Tiens-toi droite, chérie, m'a soufflé ma mère.

Oh, mon Dieu, je vous en supplie, aidez-moi ! Je veux rentrer chez moi. Je veux qu'on me rende ma vie. Ici, je retombe en enfance. J'ai l'impression d'être un ado à l'âge ingrat, qui exaspère tout le monde.

– Et les enfants, Bridget, tu y penses ? m'a demandé Una.

– Oh, regardez ! Un pénis ! s'est exclamée ma grand-mère en brandissant un tube géant de Smarties.

– Je vais me changer, ai-je lancé, flagorneuse, en regardant maman.

J'ai couru dans ma chambre, j'ai ouvert la fenêtre et j'ai allumé une Silk Cut. Puis j'ai aperçu Jamie, un étage en dessous, qui s'en fumait une. Deux minutes plus tard, la fenêtre de la salle de bains s'ouvrait et une tête auburn se penchait au-dehors et allumait la sienne. C'était ma propre mère !

Minuit et demi. Un vrai cauchemar, la séance cadeaux ! Comme je me suis toujours récriée avec un enthousiasme hypocrite devant tout ce qu'on m'offrait d'abominable, les cadeaux que je reçois sont de plus en plus horribles chaque année. Becca – qui, du temps où je travaillais dans l'édition, m'offrait régulièrement des objets en forme de livres de plus en plus moches à chaque fois, brosse à habits, chausse-pied, peigne – m'a donné un aimant en forme de clap à poser sur le frigo. Una, qui considère que toute tâche ménagère mérite son contingent de gadgets, m'a offert un jeu de pinces s'adaptant à tous les couvercles possibles et imaginables. Quant à ma mère, dont tous les cadeaux ont pour but unique de calquer ma vie sur la sienne, elle m'a donné une mini-cocotte programmable.

– Tu n'as qu'à faire revenir ta viande le matin, et la mettre dans la cocotte avec quelques légumes avant de partir travailler, m'a-t-elle expliqué triomphalement.

(Elle n'a manifestement pas la moindre idée de l'exploit que c'est, certains matins, de se verser un verre d'eau sans vomir.)

– Oh, regardez ! Ce n'est pas un pénis, c'est un gâteau ! s'est écriée grand-mère.

– Pam, je crois qu'il va falloir passer la sauce au tamis, a déclaré Una en revenant de la cuisine, une casserole à la main.

Oh, non ! Pas ça, non !

– Je ne crois pas que ce sera nécessaire, Una.

Maman éructait déjà de rage meurtrière, les dents serrées.

– As-tu essayé de la remuer, Una ?

– Pas de ce ton condescendant avec moi, Pam !

Una souriait d'un air menaçant. Elles se tournaient autour, têtes rentrées, comme des lutteurs. C'est tous les ans la même comédie, avec cette satanée sauce. Heureusement, quelque chose a fait diversion : la porte-fenêtre s'est ouverte dans un fracas de verre cassé et un individu a bondi dans la pièce. Julio.

Tout le monde s'est figé sur place. Una a hurlé.

Il n'était pas rasé. Il brandissait une bouteille de sherry. En vacillant, il s'est dirigé vers papa qu'il dominait de toute sa taille.

– Vous couchez avec ma femme !

– Ah, oui ! a dit papa. Joyeux Noël ! Un verre de sherry, peut-être ? Ah ! Vous en avez déjà ! Très bien. Un peu de tourte ?

– Vous couchez avec ma femme, a répété Julio, menaçant.

– Oh ! C'est un vrai Latin, hahaha ! s'est exclamée maman, toute minaudante.

Personne ne bronchait. J'avais toujours vu Julio tiré à quatre épingles, gominé. Le nouveau Julio, saoul, débraillé, hors de lui, était beaucoup plus séduisant. Pas étonnant que maman ait l'air plus excitée que gênée.

– Julio ! Mon grand méchant garçon ! a-t-elle roucoulé.

Seigneur ! Elle était encore amoureuse de lui.

– Tu as couché avec lui !

Julio a craché sur le tapis chinois puis il s'est précipité dans l'escalier, suivi de maman qui est montée en criant à mon père :

– Découpe la viande, papa, et fais asseoir tout le monde !

Personne n'a bougé.

– Bon, écoutez-moi bien, tous, a dit papa d'une voix grave et virile. Il y a un dangereux criminel au premier étage et il a pris Pam en otage.

– Oh, à mon avis, elle n'avait rien contre.

Grand-mère nous faisait profiter d'un de ses rares et inopportuns éclairs de lucidité.

– Oh ! Regardez ! Il y a un gâteau dans les dahlias ! s'est-elle ensuite exclamée.

J'ai regardé par la fenêtre et j'ai failli sauter en l'air. Mark Darcy, agile comme un jeune délinquant, traversait la pelouse en courant, à demi accroupi. D'un bond, il est entré dans la pièce. Il transpirait, il était sale, décoiffé, en tenue débraillée. *Ding-dong !*

– N'ayez surtout l'air de rien, restez absolument tranquilles, comme s'il n'y avait rien d'anormal, a-t-il dit à voix basse.

Nous étions tellement pétrifiés de stupeur, et il était si superbement autoritaire, que nous avons obéi à ses ordres, comme des zombis hypnotisés.

– Mark, ai-je chuchoté en m'approchant de lui avec la sauce, qu'est-ce que vous racontez ? Il n'y a rien de normal du tout !

– Julio pourrait devenir violent. La police est là. Dehors. Si nous arrivons à faire descendre votre mère seule, la police entrera et s'emparera de lui.

– Bon. Je m'en charge !

Je suis allée au bas des marches.

– Maman ! Je ne trouve pas les napperons en dentelle !

Tout le monde retenait son souffle. Pas de réaction.

– Essayez encore une fois, m'a dit Mark en me regardant avec admiration.

– Demandez à Una de remporter la sauce à la cuisine, ai-je murmuré.

Il s'est exécuté et a levé le pouce en signe de victoire. J'ai levé le pouce en retour, et je me suis éclairci la voix :

– Maman ! Maman ! Tu sais où est le tamis ? Una s'inquiète pour la sauce !

Dix secondes plus tard, elle dévalait les marches, rouge et un peu ébouriffée.

– Les napperons sont à leur place, sur l'étagère, bécasse ! Bon ! Allons voir ce que Una a fait à cette pauvre sauce ! Je parie qu'il va falloir la passer au mixeur, maintenant !

Pendant qu'elle parlait, on a entendu des bruits de course et un grand remue-ménage au premier.

– Julio ! a crié maman, qui s'est précipitée vers l'escalier.

L'inspecteur du commissariat de police est apparu sur le seuil.

– Tout va bien, restez calmes ! Le problème est réglé.

Maman a laissé échapper un cri en voyant Julio, menotté et poussé dehors par un des policiers.

Je l'ai regardée reprendre une contenance et jeter un coup d'œil dans la pièce, pour évaluer la situation.

– Heureusement que j'ai réussi à calmer Julio, a-t-elle enfin claironné. Quelle histoire ! Tu n'as rien, papa ?

– Ton chemisier, maman. Il est à l'envers, a dit papa.

Je ne pouvais détacher mes yeux de l'horrible spectacle, j'avais l'impression que le monde s'écroulait tout autour de moi. Une main ferme s'est posée sur mon bras.

– Venez, m'a dit Mark Darcy.

– Quoi ?

– On ne dit pas « quoi », Bridget, on dit « pardon », a sifflé maman.

– Mrs. Jones, a poursuivi Mark d'une voix décidée, j'emmène Bridget fêter ce qui reste de la naissance du petit Jésus.

J'ai respiré à fond et j'ai pris la main que me tendait Mark Darcy.

– Joyeux Noël à tous ! ai-je dit avec un gentil sourire. Je suppose que nous nous reverrons à la Dinde au Curry du Nouvel An.

Et voici la suite des événements :

Mark Darcy m'a emmenée déjeuner à Hintlesham Hall. Nous avons bu du champagne, et j'ai bcp. apprécié la liberté qui m'était offerte, pour la première fois de ma vie, de pouvoir verser de la sauce sur ma dinde de Noël sans être obligée de prendre parti. Un Noël sans maman et Una, c'est étrange et merveilleux. Nous bavardions sans aucune gêne et nous avons glosé à loisir sur la scène réjouissante de l'arrestation de Julio par la police.

En fait, Mark a passé pas mal de temps au Portugal, ce mois-ci, à jouer les détectives privés au cœur tendre. Il a filé Julio à Funchal, et il a retrouvé la piste d'une grande partie des fonds. Mais Julio, que ce soit sous la menace ou par la douceur, refusait catégoriquement de rendre l'argent.

– Maintenant, a-t-il conclu en souriant, je pense qu'il se laissera convaincre.

Il est vraiment adorable, ce Mark Darcy, en plus d'être supérieurement intelligent.

– Comment se fait-il qu'il soit revenu en Angleterre ?

– Pardon d'utiliser un cliché, mais j'ai découvert son talon d'Achille.

– Quoi ?

– On ne dit pas « quoi », Bridget, on dit « pardon » ! J'ai pouffé de rire.

– Votre mère a beau être la personne la plus insupportable de la terre, Julio l'aime. Il l'aime vraiment.

Sacrée maman ! Comment a-t-elle réussi à devenir cette irrésistible déesse de l'amour ? Je devrais peut-être aller chez son coiffeur, après tout.

– Et alors, qu'avez-vous fait ?

Je me suis mordu la langue pour éviter de crier : *Et moi ? Et moi ? Pourquoi est-ce que personne ne m'aime ?*

– Il m'a suffi de lui apprendre qu'elle passait Noël avec votre père, et, excusez-moi, d'ajouter qu'ils dormiraient dans le même lit. J'avais la nette impression qu'il était assez cinglé, assez stupide aussi, pour... *s'interposer !*

– Pourquoi ?

– Une intuition. Ils sont souvent comme ça, dans sa corporation.

Quel homme !

– C'est tellement gentil de votre part d'avoir pris sur votre temps de travail ! Pourquoi vous êtes-vous donné tant de mal ?

– Ça me semble assez évident, Bridget. Vous ne trouvez pas ?

Oh, mon Dieu !

Quand nous sommes montés, j'ai découvert qu'il avait loué une suite. Fantastique ! T. sophistiqué ! Nous nous sommes amusés avec tous les gadgets, nous avons bu encore du champagne et il m'a répété sur tous les tons qu'il m'aimait. Pour être honnête, je dois reconnaître que ça ressemblait assez aux discours de Daniel, dans le temps.

– Alors, pourquoi ne m'avez-vous pas téléphoné avant Noël ? Je vous ai laissé *deux* messages.

– Je voulais d'abord résoudre ce petit problème. D'ailleurs, je pensais que je ne vous plaisais pas.

– *Quoi !*

– Après tout, vous m'avez posé un lapin parce que vous vous séchiez les cheveux. Oui ou non ? Et le jour où on s'est connus, je portais ce ridicule pull en jacquard que m'avait offert Una et les chaussettes avec des bourdons de ma tante. En plus, je me suis conduit comme un idiot. Je pensais que vous m'aviez trouvé guindé et prétentieux.

– C'est un peu vrai. Mais...

– Mais quoi ?

– Mais *pardon*, vous voulez dire ?

Alors, il m'a enlevé mon verre de champagne de la main, il m'a embrassée et il a dit :

– Et maintenant, Bridget Jones, je vais vous expliquer ce que *pardon* veut dire.

Il m'a prise dans ses bras, m'a portée dans la chambre à coucher (avec un lit à baldaquin !) et m'a fait tant et tant de choses que la prochaine fois que je verrai un chandail jacquard à col en V, je me consumerai spontanément de honte.

Mardi 26 décembre

4:00. Ai enfin découvert le secret de la réussite avec les hommes et c'est animée du plus profond regret, de la plus incoercible des rages et d'un épouvantable sentiment de défaite que je suis contrainte de l'exprimer avec les mots d'une femme célèbre, adultère et complice d'un criminel :

« On ne dit pas "quoi", chérie, on dit "pardon", et on obéit à sa mère. »

Janvier/Décembre

Bilan

Unités alcool : 3 836 (médiocre).
Cigarettes : 5 277.
Calories : 11 090 265 (répugnant).
Unités graisse : 3 457 (approx..) À vomir.
Poids repris cumulé : 32,4 kg.
Poids perdu cumulé : 32,9 kg (excellent).
Bons numéros de loterie : 42 (t.b.).
Mauvais numéros de loterie : 387.
Grattages achetés, au total : 98.
Gains au grattage : 110 £.
Bénéfices au grattage : 12 £ (Voui ! Voui ! Ai vaincu le système tout en apportant ma contribution à de nobles causes).
Appels au 1471 : un certain nombre.
Cartes reçues à la Saint-Valentin : 1 (t.b.).
Cartes de vœux : 33 (t.b.).
Jours sans gueules de bois : 114 (t.b.).
Petits amis : 2 (dont un depuis six jours seulement).
Petits amis charmants : 1.
Nombre de bonnes résolutions du nouvel an tenues : 1.

Année *globalement très positive.* **En net progrès.**

Table

Bonnes résolutions du nouvel an 7

Janvier : Pour un début, ça ne pourrait pas être 13
   pire ....

Février : Le massacre de la Saint-Valentin 45

Mars : Anniversaire : la panique des trentenaires 75

Avril : L'équilibre intérieur 99

Mai : Future maman 127

Juin : Ha ! Un jules 155

Juillet : Pouh… 179

Août : Désintégration 199

Septembre : Sur le mât du pompier 227

Octobre : Rendez-vous avec Darcy 249

Novembre : Une criminelle dans la famille 275

Décembre : Doux Jésus 311

Janvier/Décembre : Bilan 341

Remerciements

Toute ma gratitude à Charlie Leadbeater, qui a proposé cette chronique à L'*Independant*. Je remercie également Gillon Aitken, Richard Coles, Scarlett Curtis, la famille Fielding, Piers, Paula et Sam Fletcher, Emma Freud, Georgia Garret, Sharon Maguire, Jon Turner et Daniel Woods, mes sources d'inspirations, mes fidèles soutiens, et surtout, comme toujours, Richard Curtis.

5418

Composition
PCA à Rezé

Achevé d'imprimer en France (Malesherbes)
Par MAURY-IMPRIMEUR
le 2 septembre 2013

Dépôt légal : septembre 2013
EAN 9782290077252
L21EPLN001503N001
N° d'impression : 184587

ÉDITIONS J'AI LU
87, quai Panhard-et-Levassor, 75013 Paris

Diffusion France et étranger : Flammarion